나 혼자만 레벨업

파피루스

나 혼자만 레벨업

Only I level up

추공 장편소설

Ⅳ

파피루스

- 목 차 -

1. 진정한 보상

1. 진정한 보상

"후-."

진우는 안도의 한숨을 짧게 내쉬었다.

악마성 던전의 1층에서부터 100층에 이르기까지, 길었던 대장정이 드디어 막을 내리는 순간이었다.

감정의 격류를 진정시키기 위해 잠깐 눈을 감은 진우의 눈앞에 어머니의 얼굴이 떠올랐다.

'…….'

다시 눈을 떴을 땐, 아직 사라지지 않은 시스템 메시지가 시야에 들어왔다.

레벨업 알림이 무려 네 개나 연이어 떠 있었다.

'한 번에 4업씩이나?'

진우의 얼굴이 밝아졌다.

90레벨을 넘기고 나서 레벨업 속도가 얼마나 더뎌졌는가를 생각하면 믿기지 않는 쾌거였다.

바로 상태 창을 확인해 보았다.

[레벨 : 97]

레벨은 정확하게 4만큼 올라가 있었다.

'좋았어!'

진우는 주먹을 불끈 쥐었다.

던전을 클리어했다는 안도감 위에 짜릿한 성취감이 덧씌워졌다. 하지만 기쁨은 뒤로 미루었다.

지금은 레벨업보다 훨씬 더 중요한 게 있었으니까.

'정화된 악마왕의 피.'

아이템 '생명의 신수'를 만들기 위한 마지막 조각.

손에 감고 있던 붕대를 벗겨 낸 진우가 악마왕 바란의 사체에서 반짝이는 빛들을 향해 손을 뻗었다.

['아이템 : 악마 군주의 반지'를 발견했습니다. 획득하시겠습니까?]

['아이템 : 악마왕의 장검'을 발견했습니다. 획득하시겠습니까?]

['아이템 : 악마왕의 단검' 2개를 발견했습니다. 획득하시겠습니까?]

['아이템 : 바란의 뿔' 2개를 발견했습니다. 획득하시겠습니까?]

['재료 아이템 : 정화된 악마왕의 피'를 발견했습니다. 획득하시겠습니까?]

쉴 새 없이 올라가는 아이템 발견 메시지들을 보면서 진우는 기뻐하기는커녕 오히려 초조했다.

원하는 아이템이 보이지 않았기 때문이다.

그러다 마지막에 나온 재료 아이템 '정화된 악마왕의 피'를 보고서 환호성을 내질렀다.

'됐다!'

진우는 일단 모든 아이템들을 획득해 둔 뒤 '정화된 악마왕의 피'로 보이는 것을 집어 들었다.

[재료 아이템 : 정화된 악마왕의 피]

입수 난이도 : ??

종류 : 재료

악마들의 군주 '바란'의 피를 정제해 만든 액체입니다.

강한 마력을 품고 있으나 정제 후에도 독성이 남아 있어 약재로 쓰려면 독성을 중화시켜 줄 '세계수의 파편'과 '메아리 숲의 샘물'이 필요합니다.

투명한 유리병에 담긴 붉은 액체가 기울어진 각도에 따라 찰랑거렸다.

'이게 악마왕의 피…….'

나머지 재료인 '세계수의 파편'과 '메아리 숲의 샘물'은 이미 준비된 상태였다.

무엇을 망설일까?

진우는 제작 스킬을 불러왔다.

[제작 스킬]
소모품 : 생명의 신수 (3/3)

전에 봤을 때와 다르게 '생명의 신수'라는 글자가 깜박이고 있었다. 내용을 확인해 봤더니 제작 가능이라는 단어가 눈에 띄었다.

[생명의 신수]
–제작 가능
–재료
정화된 악마왕의 피 (1/1)
세계수의 파편 (1/1)
메아리 숲의 샘물 (1/1)

['아이템 : 생명의 신수'를 제작하시겠습니까?]

어서 빨리 결과물을 보고 싶었던 진우는 주저하지 않고 제작을 선택했다.
"제작."

['아이템 : 생명의 신수'를 제작합니다.]
[10, 9, 8…….]

진우는 숨죽이며 결과를 기다렸다.

[7, 6, 5…….]

[제작자의 지능 수치에 따라 '제작품의 성공 확률'과 '제작 결과물의 개수'가 달라집니다.]

진우의 눈이 커졌다.

'제작 성공 확률과 완성품 개수가 지능 수치에 따라 달라진다고?'

머리가 멍청하면 제작도 못 한다는 말인가?

……묘하게 설득력 있어서 진우는 고개를 끄덕거렸다.

그러는 와중에도 카운트다운은 계속되고 있었다.

[4, 3, 2…….]

왜 이렇게 성공 확률이라는 말이 마음에 걸리는 것일까?

뒤늦게나마 지능 스탯의 중요성을 알아차리고 모든 포인트를 투자했다는 것이 유일한 위안이었다.

[1, 0.]

[제작이 완료되었습니다!]

[제작에 성공하였습니다!]

['아이템 : 생명의 신수' 6개를 획득했습니다!]

"그렇지!"

가슴 졸이며 기다리던 진우가 제작이 성공했다는 메시지를 보며 양손을 번쩍 치켜들었다.

'어?'

그러다 이상한 점을 발견했다.

악마왕의 피가 담긴 병이 아직 오른손에 남아 있었다.

'피가 조금 줄긴 했지만…….'

진우는 고개를 갸웃거리며 창고에서 '세계수의 파편'과 '메아리 숲의 샘물'을 불러왔다.

그러나 바닥에 놓인 것은 일부가 깎여 나간 '세계수의 파편'뿐.

창고를 열어 안을 뒤져 봐도 샘물은 발견되지 않았다.

'설마……?'

혹시나 싶어 제작 스킬을 확인해 보니 역시나 예상대로였다.

–재료

정화된 악마왕의 피 (1/1)

세계수의 파편 (1/1)

메아리 숲의 샘물 (0/1)

재료 중에 메아리 숲의 샘물만 개수가 0으로 변해 있었다.

'재료가 전부 없어지는 게 아니라 딱 필요한 만큼만 소모되는 건가?'

여분이 남아 있는 다른 재료와 달리, '메아리 숲의 샘물'이 동나서 제작이 멈춘 듯했다.

악마왕의 피는 원래 제작 시 소모량이 많지 않은 것처럼 보였고, 세계수의 파편은 처음 획득했을 때부터 엄청 큰 나무 덩어리였다.

작은 병에 담겨 있던 메아리 숲의 샘물이 먼저 바닥나는 게 당연하다면 당연해 보였다.

진우가 미소를 지었다.

'나쁜 소식은 아니네.'

어디선가 다시 '메아리 숲의 샘물'을 구할 수 있다면 또 '생명의 신수'를 제작할 수 있다는 이야기니까.

아니, 다음은 두 번째 문제다.

딱 한 병의 '생명의 신수' 아이템이 절실했던 진우는 발아래에 가지런히 나타난 여섯 개의 목제 물병을 보고 터질 듯이 뛰는 심장을 억눌러야 했다.

[아이템 : 생명의 신수]

입수 난이도 : S

종류 : 소모품

강한 마법의 힘으로 모든 병을 낫게 하는 신비로운 물약입니다. 한 병을 모두 사용했을 때만 온전한 효과가 나타납니다.

과연 이 아이템으로 어머니의 병이 나을 수 있을까?

'……오늘 알 수 있겠지.'

가슴이 두근거렸다.

진우는 조심스럽게 생명의 신수 여섯 병을 창고로 보내 놓고, 남은 재료 아이템들도 창고에 넣었다.

그런데도 아직 남아 있는 아이템이 가득했다.

'반지 하나에 장검 하나, 단검 두 개에다 잡템 두 개까지.'

S급 인던 보스라고 많이도 주네.

푸짐한 아이템들이 눈을 즐겁게 만들었으나 지금은 하나하나 살펴볼 여유가 없었다.

어서 여기를 빠져나가 어머니를 만나는 게 우선이었다.

진우는 악마왕의 사체에서 획득한 아이템들도 뭉뚱그려 창고에 밀어 넣었다.

그러고선 손을 탁탁 털며 주위를 둘러보았다.

바쁜 일이 있다고 놓치는 게 있어서는 안 되는 법.

왜, 급할수록 돌아가라는 말도 있지 않은가?

진우가 돌아보자 10배가 넘는 적을 상대로 승리한 그림자 병사들이 간격을 맞춰 도열해 있는 모습에 눈에 들어왔다.

그들의 뒤에는 악마 병사들의 사체들이 널려 있었다.

'비룡은?'

진우의 시선은 악마왕이 타고 있던 몬스터를 찾아 헤맸다.

하지만 어딜 둘러봐도 잔뜩 쌓여 있는 악마 병사들의 사체들뿐, 비룡의 모습은 보이지 않았다.

'설마 싸움 중에 날아가 버린 건가?'

걱정도 잠시.

아이언이 축 늘어진 사체 하나를 질질 끌고 왔다.

비룡 카이셀린이었다.

"아이언, 네가 웬일이야?"

간만에 나온 진우의 칭찬에 아이언이 쑥스러운지 뒷머리를 긁적였다.

그래 봐야 투구 뒷면이었지만.

진우는 아이언의 어깨를 툭 쳐 주고서 비룡의 사체 앞에 섰다.

'예상대로다.'

이름과 모습을 보고 짐작했었던 것처럼 비룡의 사체에서는 검은 연기가 모락모락 올라오고 있었다.

그림자 추출이 가능하다는 뜻이었다.

진우가 손을 뻗었다.

"일어나라."

훌쩍 뛰어 버린 레벨 덕분인지 그림자 추출이 너무도 쉽게 이루어졌다.

키아아아악-!

짐승의 단말마 같은 것이 들려옴과 동시에, 비룡의 그림자에서 검은 기체로 뒤덮인 짐승 하나가 기어 올라왔다.

비룡의 그림자는 바로 주인을 알아보고서 진우에게 다가와 머리를 숙였다.

[병사의 이름을 정해 주십시오.]

'오.'

진우가 의외라는 눈빛을 했다.

싸우는 모습을 못 봤기에 그저 탈 것이라고만 생각했었는데, 의외로 전투가 능숙한지 비룡의 그림자는 기사 등급이었다.

그림자 군단의 에이스인 이그리트가 얼마 전까지 기사 등급이었다는 사실을 떠올리면 대단한 일이었다.

하긴.

악마왕 쯤이나 되는 녀석이 허접한 몬스터를 타고 다닐 리는 없겠지.

진우는 새 병사의 등급에 만족하며 메시지에 답했다.

"카이셀린…… 아니."

문득 네 글자는 너무 길다는 생각이 들었다.

"카이셀."

새로운 이름을 부여받은 비룡의 그림자가 머리를 쳐들고 허공을 향해 긴 울음소리를 토해 냈다.

키에에에엑—!

"모두들 수고했다."

그 한마디를 끝으로 진우는 카이셀을 포함한 그림자 병사 전원을 자신의 그림자 속으로 불러들였다.

이제 슬슬 악마성을 나가야 할 때.

남은 일은 하나였다.

진우는 퀘스트 완료 메시지가 도착해 있는 메시지 함을 열었다.

['일반 퀘스트 : 악마의 영혼을 모아라 2'를 완료하셨습니다.]

[완료 보상이 도착하였습니다.]

[보상을 확인하시겠습니까?] (Y/N)

'예스.'

대답이 끝나자 보상 목록이 주르륵 떠올랐다.

띠링.

[아래와 같은 보상이 준비되어 있습니다.]

보상 1. 최상급 룬석
보상 2. 보너스 스탯 +30
보상 3. 공개되지 않는 보상

[전부 수락하시겠습니까?]

진우는 처음 퀘스트를 받았을 때부터 정체가 궁금했던 최상급 룬석을 우선해 선택했다.

'일단 1번 보상부터.'

띠링.

['최상급 룬석 : 그림자 교환'이 지급되었습니다.]

메시지가 끝나고 나자 손안에 작은 돌 같은 촉감이 느껴졌다.

코앞에서 손바닥을 펴 보니 일반 룬석의 색과는 전혀 다른 검은 빛의 룬석이 놓여 있었다.

평범한 검은색과는 비교할 수 없는 신비로운 색감이었다.

퍼석.

손목에 힘을 줘서 깨트려야 했던 예전과 달리, 지금은 힘을 줘야겠다는 생각이 떠오른 것과 동시에 룬석이 바스러졌다.

룬석에서 피어오른 검은 기운은 몸 주변을 감싸더니 곧 흡수되었다.

진우는 바로 스킬 창을 확인했다.

[스킬 : 그림자 교환 Lv.1]

직업 전용 스킬.

필요 마나 없음.

지정한 그림자 병사와 시전자의 위치를 뒤바꿀 수 있습니다.

한 번 시전한 후에는 3시간의 대기 시간이 지나야 다시 사용할 수 있습니다. 대기 시간은 스킬 레벨에 따라 달라집니다.

'헉!'

스킬 설명을 읽어 내려가던 진우의 눈이 커졌다.

대기 시간이라는 약간의 제약이 있긴 하지만, 아니 제약이 있어야 할 정도로 엄청난 스킬이었다.

'그림자 병사가 어디에 있든 상관없이 위치를 바꾸는 게 가능하단 말인가?'

사용하기에 따라서는 거의 순간이동이나 마찬가지인 스킬이었다.

당장 병사 하나를 꺼내서 스킬을 테스트해 볼까 마음먹었던 진우는 곧 생각을 바꾸었다.

'기왕 테스트해 볼 거면 좀 더 멀리 있는 녀석이 좋겠지.'

마침 악마성 바깥에 남겨 두고 온 병사들이 있었다.

한쪽은 동생의 그림자에 심어 두었고, 한쪽은 동네를 순찰하도록 해 놓았다.

'고민할 것도 없네.'

동생이 놀랄 것은 둘째치고, 스킬의 여파가 어느 정도 일지도 모르는데 무턱대고 동생의 근처로 이동할 수는 없었다.

그래서 진우는 동네를 순찰하게 한 그림자 병사 다섯 중 하나의 신호를 잡았다.

"그림자 교환."

진우가 입을 열자마자.

"어, 어?"

진우는 강한 중력에 이끌리듯 자신의 발밑 그림자 속으로 빨려 들어갔다.

그림자에 완전히 삼켜지기 직전, 시스템 메시지가 들려왔다.

[보스가 처치되었으므로 던전 내부가 원래의 모습으로 복구…….]

아래로 떨어진다는 느낌은 오래가지 않았다.

갑자기 중력의 방향이 반대가 되어 떨어지던 속도 그대로 위로 치솟기 시작한 것이다.

어둠에 잠겼던 시야가 순식간에 원래대로 돌아왔다.

'여기는……?'

진우는 주위를 두리번거렸다.

틱, 틱.

고장이 났는지 불이 깜빡이는 가로등, 벽에 비스듬히 세워 둔 리어카, 뜯기다 만 광고가 붙어 있는 전봇대.

집에 가다 보면 자주 지나치게 되는 인적 드문 골목이었다.

'우리 동네잖아?'

공교롭게도 그림자 병사 다섯에게 처음 동네를 순찰하라고 지시했던 바로 그 장소였다.

'정말로 위치가 바뀌었다.'

진우는 놀라움을 금치 못하면서도 한편으로는 침착하게 자신의 발아래를 확인했다.

그림자 병사들을 소환했을 때처럼 자신도 이 그림자에서 솟아올랐다.

발끝으로 조심스럽게 그림자를 밟아 보았다.

'…….'

스킬이 발동되던 당시에는 마치 수면 위를 밟은 것처럼 푹 꺼지더니 지금은 평범한 그림자로 돌아와 있었다.

진우는 감탄하며 스킬 정보를 확인했다.

스킬 설명에 적혀 있던 것처럼 정확히 3시간의 재사용 대기 시간이 적용되고 있었다.

[스킬 : 그림자 교환 Lv.1]

직업 전용…….

……2시간 59분 57초 후 스킬 사용이 가능합니다.

'대박이다.'

스킬의 힘을 두 눈으로 직접 확인한 진우의 심장이 빠르게 뛰었다.

'이렇게 순식간에…….'

그림자에 빨려 들어갈 때부터 집중 상태를 유지하고 있었다.

집중 상태에서는 시간의 흐름이 느리게 느껴진다는 것을 감안하면 그야말로 찰나의 시간에 이동한 것이다.

목을 타고 침이 꼴깍 넘어갔다.

그림자 교환.

어떻게 쓰냐에 따라 무한한 가능성을 지닌 스킬이었다.

'참, 이럴 때가 아니지.'

진우는 흥분을 가라앉히고 마력을 거두었다.

겨우 어머니를 치료할 약을 손에 넣었는데, 여기서 이렇게 시간을 지체할 수는 없었다.

마음이 급해진 진우가 헌터폰을 켜 시간을 확인했다.

'벌써 시간이…….'

진우의 미간이 구겨졌다.

액정의 숫자가 오후 10시를 가리키고 있었다.

면회가 가능한 시간이 아니었지만 비룡의 그림자를 불러내는 진우의 행동에는 망설임이 없었다.

'카이셀.'

키에에엑—

주인의 부름을 받은 카이셀이 기쁜 듯 울며 땅 위로 머리를 내밀었다.

곧 팔이 없는 대신 커다란 날개를 달고 있는 트럭만 한 도마뱀이 전신을 드러냈다.

카이셀이 날개를 펼치자 그렇지 않아도 좁았던 골목이 완전히 꽉 차 버린 느낌이었다.

근처에 사람이 없는 것이 다행이라고 할까.

진우가 다가가자 카이셀은 그가 타기 쉽게 알아서 몸을 숙였다. 진우는 가볍게 그 위에 올라탔다.

처음 타 보는 데도 예전부터 오랫동안 타고 다녔던 것처럼 익숙한 느낌이 들었다. 이대로라면 하늘을 나는 것도 문제없을 듯했다.

'누가 막아도 상관없다.'

병원 관계자가 아니라 경찰이나 군대가 앞을 막아선다고 해도 돌파할 수 있는 힘이 있었다.

그리고 지금 이 순간만큼은 그 누구에게도 방해받고 싶지 않았다.

'가자.'

진우가 비장한 얼굴로 명령을 내리자, 카이셀이 커다란 날개를 움직이기 시작했다.

키에에에엑-

금방 공중으로 날아오른 카이셀은 진우가 원하는 방향으로 빠르게 날아갔다.

* * *

헌터협회에서는 늦은 시간까지 회의가 한창이었다.

한일 연합팀의 레이드가 코앞으로 다가온 시기.

제주도 개미 마수들을 성공적으로 토벌하기 위해서 협회도 심혈을 기울이는 중이었다.

"일본에서 보내온 자료입니다."

직원이 리모컨 버튼을 눌렀다.

대형 화면에 일본 위성이 마력

탐지 카메라를 이용해 촬영한 개미 마수들의 영상이 흘러나왔다.

1, 2, 3차 토벌 작전 때의 기록이었다.

고건희의 눈이 가늘어졌다.

'여왕개미와 여왕의 호위들 빼고는 모든 개미들이 빠져나가는군.'

과연.

개미들은 일본이 했던 말 그대로 움직이고 있었다.

호위 개미들의 존재가 거슬리기는 하나 상급 던전이라면 어느 곳에나 보스급을 지키는 마수들이 몇 마리 정도는 있는 법이니까.

하지만 그렇다고 해서 모든 위험이 사라졌다고는 말할 수 없었다.

한국 측 책임자인 고건희는 만에 하나의 가능성까지 생각했다.

"여왕이 위험하다는 사실을 알게 된 개미들이 예정보다 빠르게 방향을 돌릴 가능성은?"

일본은 이에 대한 대책도 준비해 두었다.

"방해 전파를 쓸 거라고 합니다."

"방해 전파?"

"개미 마수들은 일반적인 개미들과 달리 자기들만의 특수한 파장으로 의사를 나눈다고 합니다."

수천이나 되는 군단을 일사불란하게 움직이려면 그만한 지시 체계 정도는 있어야 하리라.

고건희는 고개를 끄덕거렸다.

"그걸 방해 전파로 교란시킬 수 있다?"

"그렇다고 합니다, 협회장님."

"우리는 여왕과 호위만 신경 쓰면 된다는 건가……."

토벌 작전은 간단했다.

간단하면서도 그 어떤 토벌 작전보다 성공 가능성이 높았다.

그런데 어째서 이렇게 마음 한편이 불안한 것일까?

고건희는 턱을 괴었다.

'혹시 내가 불안한 이유가…….'

그때.

고건희가 크게 뜬 눈을 창밖으로 획 돌렸다.

협회장의 갑작스러운 행동에 회의실 안에 있던 모든 직원들이 움찔했다.

협회장의 옆을 지키던 우진철 과장이 빠르게 다가왔다.

"무슨 일이십니까?"

"방금……."

고건희가 우진철을 바라보았다. 우진철의 표정은 평소와 같았다.

"자네는 느끼지 못했나?"

"예? 무슨 말씀인지 저는 잘……."

"……."

방금 창밖 저 멀리 어디선가에서 엄청난 마력 파장이 흘러들어왔다.

짧은 시간 이어졌던 마력 파장은 금세 자취를 감추었지만 고건희는 분명히 느낄 수 있었다.

'……'

창밖에서 눈을 떼지 못하고 있는 협회장에게 회의를 진행하고 있던 직원이 조심스럽게 물었다.

"협회장님……?"

그제야 고건희가 고개를 갸웃거리며 시선을 옮겼다.

갑자기 나타났던 강한 마력 파장의 정체도 신경 쓰이지만, 지금은 회의에 집중해야 할 때였다.

무언가를 골똘히 생각하던 고건희가 담당자에게 물었다.

"성진우 헌터의 연락은 아직인가?"

* * *

백윤호는 뒤로 향해 있는 고개를 돌리지 않고 물었다.

"너도 느꼈냐?"

민병구가 대답했다.

"은퇴했다고 어디 등급까지 떨어진답니까."

단골 포장마차에서 모처럼 만나 잔을 나누고 있던 두 사람 사이에 무거운 정적이 흘렀다.

백윤호는 고개를 바로 했다.

"방금 뭐였지?"

"최종인이랑 차해인이 헌터스 지분 때문에 멱살이라도 잡았나 보죠."

술잔을 쥔 채로 멈춰 있던 민병구가 낄낄 웃으며 소주를 톡 털어 넣었다.

백윤호는 어이없다는 표정을 지었다.

"그거 웃기려고 한 얘기야?"

"안 웃겨요, 형?"

"……아니다. 됐다."

하긴.

개그 센스까지 포함해서 민병구는 어딘가 좀 이상한 녀석이었다.

'사지 멀쩡한 상태에서 은퇴한 세계 최초의 S급 헌터라지, 아마.'

세계 최초에다가 아직까진 세계 유일이기도 했다.

S급 헌터가 벌 수 있는 돈은 상상을 초월한다. 그럼에도 하기 싫

다고 대뜸 집어치울 수 있는 인간이 또 있을까?

원래부터 집에 돈이 많았던 것도 아닌데 말이다.

백윤호의 시선을 느꼈는지 민병구가 물었다.

"형, 진짜 갈 겁니까?"

"응."

"은석이 형 어떻게 죽는지 봤잖아요."

"그러니까 더 가야지."

민병구가 의외라는 듯 돌아보았다. 백윤호는 잔을 비우고서 대답했다.

"개미들 그대로 놔두면 한국 전체가 그렇게 될 텐데."

"언제부터 그리 애국자셨다고……."

"어차피 해야 하는 거 이유라도 멋지게 붙이는 거지."

길드들은 협회의 호출을 거절할 수 없었다.

협회가 길드의 편의를 봐주는 만큼 길드도 협회의 부름에 응해야 했다.

정 원치 않을 때는 나라를 떠 버리는 방법이 있다.

하지만 안타깝게도 고난이도의 레이드에서 도망친 상급 헌터를 반겨 주는 선진국은 없었다.

받아 줬다가는 언제 또 뒤통수를 치고 도망갈지 모르는 일 아닌가?

'도망가기도 싫지만.'

백윤호가 피식 웃었다.

민병구는 딱 잘라 말했다.

"저는 안 갈 겁니다. 절대 안 가요. 저 데려가려고 오신 거라면 번지수 잘못……."

"아니야."

백윤호는 술값을 올려놓고 자리에서 일어났다.

마침 술병을 모두 비운 참이었다.

"혹시 모르니까 인사해 두러 온 거야. 또 언제 볼 수 있을지 모르니까."

"형……."

민병구는 벌써 저만치 멀어져서 손을 흔드는 백윤호를 보고 그를 설득하길 포기했다.

백윤호도 이번 토벌 작전의 위험성은 충분히 알고 있으리라.

'그러면서도 간다니.'

두려움에 떨면서 억지로 끌려 나가는 표정이 아니었다.

오히려 이번에야말로 개미 새끼들을 모조리 다 밟아 버리겠다는 얼굴. 어느 정도는 기대에 찬 표정이었다.

기가 막힌다는 얼굴로 남은 안주를 씹고 있던 민병구가 젓가락을 멈추었다.

'가만…… 그러고 보니 헌터들 중에는 마수와 싸우는 걸 싫어하는 사람이 별로 없네?'

힐러들 중에는 가끔 있긴 한데, 대신 그들은 타인을 치료해 주는 걸 끔찍이 좋아했다.

멍하니 어묵 국물을 바라보고 있던 민병구가 옆머리를 북북 긁었다.

'설마 싸움을 즐기는 성격이 각성자가 될 수 있는 조건인가?'

에이, 그렇기야 하겠어.

민병구는 뭐가 웃긴지 또 혼자 껄껄 웃다가 남은 국물을 들이마셨다.

* * *

진우는 금방 병원에 도착했다.

'분명…… 305호실이었지.'

처음부터 정문으로 들어갈 생각이 없었던 진우는 카이셀을 탄 채로 어머니가 계신 병실 창문을 찾았다.

'지배자의 손길.'

창을 가리고 있던 커튼이 스르르 움직였다.

어머니는 침대 위에 조용히 잠들어 계셨다.

마지막에 들렀을 때 모습 그대로.

진우는 다시 한번 지배자의 손길을 이용해 창문을 열고 조용히 병실 안으로 들어섰다.

카이셀은 이미 진우의 그림자가 되어 사라진 뒤였다.

진우가 침대 옆에 섰다.

결과를 알 수 있는 순간이 오니 가슴이 두방망이질 치기 시작했다.

'잘못되면 되돌릴 수 없어.'

어머니는 오랫동안 의식이 없는 상태였다.

생명의 신수를 아예 넘기지 못할 수도 있고, 넘긴다고 해도 멀쩡하리라는 보장은 없었다.

'하지만…….'

진우는 그동안 시스템이 일으킨 많은 기적들을 보았다.

남에게서 들었다면 믿지 못했을 이야기들.

멀리 갈 것도 없이 가장 확실한 증거가 바로 본인이지 않은가?

'E급이었던 내가 여기까지 왔다.'

전부 시스템의 힘이었다.

말없이 자신의 두 손을 내려다보던 진우가 고개를 들었다.

부르면 금방이라도 잠에서 깨어날 것 같은 어머니가 눈앞에 있었다.

진우는 창고에서 '생명의 신수' 아이템을 불러왔다.

스르륵.

손 위에 나무로 된 병 하나가 놓였다.

행여나 놓친 것이 있을까 봐 아이템의 정보를 몇 번이고 몇 번이고 다시 읽었다.

그렇게 수차례 반복한 후 아이템 정보를 완전히 외울 지경이 되어서야 겨우 목제 물병의 마개를 뽑을 용기가 생겼다.

뽁.

목숨을 걸고 악마왕과 싸우던 순간에도 멀쩡했던 손이 떨려 왔다.

진우는 마음을 다잡기 위해 긴 숨을 내쉬었다.

'내가 실수하면 어머니가 다친다.'

결코 실수가 있어서는 안 된다고 다짐하는 순간, 거짓말처럼 평소의 눈빛을 되찾았다.

어느덧 손의 떨림도 멎었다.

'……됐다.'

진우가 침착하게 왼팔로 어머니 박경혜의 뒷목을 받쳤다. 그러고는 병의 입구를 입술에 갖다 댔다.

벌어진 입술 사이로 '생명의 신수'가 조르륵 흘러 들어갔다.

진우는 서두르지 않고 신중히 소량만을 흘려보냈다.

'이 상처는…….'

문득 어머니의 목 양쪽 측면에 남아 있는 화상 자국이 눈에 들어왔다. 화상 자국은 뒷목으로 이어져 있었다.

이 각도에선 보이지 않지만 어머니의 목덜미 전체와 뒷머리 일부까지 화상으로 일그러져 있음을 진우는 잘 알고 있었다.

'나 때문에 생긴 상처…….'

그냥 어머니의 머리를 감겨 주고 싶었을 뿐이었다.

어머니가 어린 진우의 머리를 감겨 주었던 것처럼.

하지만 목욕탕을 방문한 횟수조차 얼마 되지 않은 어린 진우에게는 물의 온도를 구별할 수 있는 능력이 없었다.

콸콸콸.

끼익.

목욕탕 바가지에는 펄펄 끓어도 이상하지 않을 고온의 물이 가득 담겼다.

애써 담은 온수를 흘리지 않게 진우는 최대한 조심조심 어머니의 등 뒤로 다가갔다.

그리고.

촤악.

바가지에 있던 물이 쏟아졌다.

잠깐 움찔했던 어머니는 자신이 피해 버리면 딸의 얼굴에 물이 튈까 봐 진아를 꼭 끌어안고서 살이 벌겋게 익을 때까지 조금도 움직이지 않으셨다.

아무 소리도 없이.

비명 소리는 잠시 후 어머니가 아니라 근처에 있던 다른 아줌마들의 입에서 튀어나왔다.

"어머나, 어떡해!"
"진우 엄마!"
진우는 그제야 무언가 잘못됐다는 걸 깨달았다.
그냥 엄마를 도와주고 싶었을 뿐이었는데.
바가지를 떨어뜨린 채 막 울음을 터트리려고 하는 진우의 어깨를 어머니가 꽉 붙들었다.
그리고 물었다.
"진우야, 괜찮아? 어디 다친 데 없어?"
어린 마음에도 크게 혼이 날 거라고 생각했던 진우는, 그날의 기억을, 그때 어머니의 한마디를 지금까지도 잊을 수가 없었다.
'누구한테도 빚진 적은 없다고 생각했었는데.'
아버지가 실종되고 나서 여자 홀몸으로 진우, 진아 두 자녀를 떠맡아 키운 것도 어머니였다.
빚지는 것도, 빚지게 만드는 것도 싫어하는 성미라 평생 빚 갚을 일은 없을 줄 알았는데.
어머니에게만은 감당할 수 없는 빚을 졌다.
그때.
'생명의 신수' 마지막 한 방울이 어머니의 입안으로 떨어졌다.
톡.
진우는 병을 세우고 어머니를 바로 눕혔다.
그리고 조용히 서서 기도하는 심정으로 결과를 기다렸다.
쿵, 쿵, 쿵!
가슴이 아플 정도로 심장이 요동쳤다.
침이 꼴깍 목을 타고 넘어갔다.

'……'

그러나 변화는 없었다.

진우의 꽉 움켜쥔 주먹에서 핏방울이 떨어져 내리려는 그때.

"허헉-!"

물에 빠졌다가 간신히 살아 나온 사람처럼 어머니가 눈을 감은 채로 숨을 크게 들이마셨다.

'……!'

진우의 눈이 커졌다.

약간 창백했던 어머니의 얼굴에 혈색이 돌아오고 있었다.

마치 흑백 화면에 컬러가 번져 나가는 것처럼 어머니는 건강한 모습을 되찾아 가고 있었다.

1초가 1시간같이 느껴졌다.

얼마나 지났을까?

어머니가 천천히 눈을 떴다. 잠깐 주위를 두리번거리던 시선이 곧 진우에게서 멈추었다.

"누구…… 혹시 진우니?"

잠깐 심장이 덜컹했던 진우는 고개를 끄덕였다.

못 알아보는 게 당연하다.

벌써 4년이라는 시간이 지나간 데다, 그때보다 체격도 많이 커졌다.

진우는 재촉하지 않고 차분히 기다렸다.

빈 그릇에 서서히 물이 차오르는 것처럼 4년이라는 공백을 뛰어넘은 기억들이 진우의 어머니, 박경혜의 머릿속을 차츰차츰 채워 나갔다.

왜 자신이 병원에 누워 있는지 깨닫는 데는 그리 많은 시간이 걸리지 않았다.

"엄마가 얼마나 누워 있었어?"

"4년."

4년하고도 며칠이 더 지났는지까지 말할 수 있었지만 그러지 않았다.

어머니에게 최대한 안정이 필요한 상황인 만큼 일부러 말투나 표정도 담담하게 굴었다.

4년이라는 말을 듣고 놀라는 듯했던 어머니가 이어 물었다.

"진아는? 진아는 괜찮아?"

진우는 마음속 깊숙이에서 무언가가 울컥 솟아오르는 걸 느꼈다.

4년 동안 생사의 경계를 헤매다 지금 막 돌아와서 하는 말이 동생의 안부를 묻는 거라니.

입술을 꽉 깨물지 않으면 눈물이 흐를 것 같았다.

'동생을 걱정할 때가 아니잖아요.'

그렇게 말하고 싶었다.

하지만 감정을 최대한 억누르고서 옅은 미소를 지어 보였다.

"응, 잘 있어."

어머니는 진심으로 안도하는 표정과 함께 한숨을 내쉬었다.

본인 생각도 좀 하기를 바랐던 진우도 변함없는 어머니의 모습에 마음 한편으론 안심이 되었다.

'이제 모든 게 정상으로 돌아가는 거야.'

어머니의 병이 나았다는 것이 실감 나면서 가슴이 설레기 시작했다.

그러다 흠칫 놀랐다.

어느새 어머니가 왼손을 붙들고 계셨다.

"엄마?"

"고마워, 아들. 약속 지켰네."

약속?

아, 잊고 있었다.

그동안 너무 당연하다고 생각해서 약속이라는 의미조차 부여하지 않았기 때문인지도 모른다.

점점 깊은 잠에 빠져들어 다시는 깨지 못하게 되는 병, '익면증'.

날이 갈수록 수시로 다가오는 수마에 거동이 불편해지던 어머니는 어느 날 진우에게 부탁했다.

"엄마가 만약에 이대로 못 일어나게 되면 동생 잘 보살펴 줄 거지?"

간단한 심부름을 시키는 것처럼 가벼운 미소를 지으며.

그래서 견뎌 왔던 거였다.

원망하지는 않았다.

어머니가 견디던 짐의 무게를 대신 이어받은 것뿐이니까.

그러나 어머니는 다 알고 있다는 듯 손을 꼭 쥐었다.

"아들…… 많이 힘들었지?"

진우는 아무렇지 않았던 것처럼, 이번에도 역시 웃으며 어머니를 안심시키고 싶었다.

그러나 그럴 수가 없었다.

참았던 눈물이 뺨을 타고 흘러내리며 입술이 저절로 열렸다.

"응."

2. 한일 연합팀

2. 한일 연합팀

"뭐?"

서울 일신 병원의 원장 이성출은 놀라운 소식을 들었다.

익면증 환자 중 한 사람이 '최후의 수면' 상태에서 깨어났다는 것이다.

"그게 정말인가?"

"그렇습니다, 원장님. 제가 직접 확인했습니다."

남의 병원에서 일어난 일이라도 의료인 입장에서 귀가 쫑긋할 상황인데, 이 병원에 있는 환자란다.

'이런 행운이 찾아올 줄이야!'

이성출 원장의 비상한 두뇌가 주판을 두들기기 시작했다.

"이거 지금 세계에 유례가 없는 일 아닌가?"

"그렇습니다, 원장님."

담당의가 고개를 끄덕였다.

이성출의 입이 귓가에 걸리다 못해 찢어질 지경이 되었다.
"잘했어! 닥터 최!"
"예? 원장님, 전 아무것도……."
"어허, 이 사람!"
이성출은 담당의에게 슬쩍 눈치를 주었다.
"과정이야 뭐 어떻게 갖다 붙이든 간에 일단 환자가 나았으면 의사는 당연히 칭찬을 받아야지!"
물론 그 의사가 몸담은 병원까지 같이!
"아, 네……. 감사합니다, 원장님."
담당의는 마지못해 원장에게 고개를 숙였다.
그러나 담당자의 미지근한 반응에도 뜻밖의 호재를 접한 이성출의 얼굴에서 미소가 떠날 줄을 몰랐다.
'잘하면 전 세계의 시선이 일신 병원에 모일 수 있다!'
계속 좋은 일로 남의 입에 오르내리는 것은 그야말로 백익무해.
좋으면 좋았지 나쁠 것이 없었다.
이 소식이 알려지면 세계의 기자들이 모두 병원으로 몰려들어 조금이라도 더 관련 정보를 캐 가려고 아우성칠 터.
돈 한 푼 안 들이고 가만히 앉아서 병원 이름을 알릴 절호의 기회였다.
'기자들이 원하는 것은 치료 방법이겠지만…….'
그거야 환자를 곁에 두고 차근차근 알아보면 될 일이다.
전혀 문제될 것이 없었다.
그렇게 생각했는데.
담당의가 난처하다는 듯 눈치를 살피며 말했다.

"환자의 보호자분이 퇴원을 요구하고 있습니다."

"뭐?"

안 되지, 안 돼!

환자가 병원에 있어야 기자도 몰릴 것이 아닌가?

아니, 기자는 둘째치고 병이 치료된 원인을 알아내기 위해서라도 환자를 잡아 둘 필요성이 있었다.

이성출의 눈썹이 꿈틀거렸다.

"환자의 상태는?"

"전부 정상이었습니다."

"4년이나 꼼짝 않고 잠들어 있었는데 몸이 멀쩡하다는 말인가?"

"생명 유지 장치 때문이 아닐까요?"

"흐음……."

하여간 기계의 성능이 너무 좋은 것도 문제라니까.

"경과를 살펴봐야 한다고 둘러대고 퇴원을 최대한 미루게."

"저도 보호자분께 그렇게 말씀드렸지만 소용이 없었습니다."

'환자가 나가겠다는데 이유도 없이 억지로 잡아 둘 수도 없고…….'

그렇다면 방법은 하나뿐.

환자가 퇴원하기 전에 먼저 소식을 알리는 것이다.

"아직 우리 병원에 있을 때 얼른 언론에 제보하지."

그러자 담당의가 고개를 가로저었다.

"그게…… 어렵습니다, 원장님."

"어째서?"

"환자의 신원을 저희가 노출할 수가 없습니다. 이거 잘못하면 큰 일 납니다, 원장님."

뜬금없는 말에 이성출이 당황스러운 표정을 지었다.

담당의의 눈빛을 보니 그냥 하는 말은 아닌 듯했다.

이성출의 태도가 신중해졌다.

"환자가 그렇게 대단한 사람인가?"

"환자 쪽이 아니라 환자의 보호자 쪽이 좀……. 정보 보호도 보호자분이 신청해 놓은 겁니다."

그러고 보니 닥터 최는 아까부터 그 보호자란 사람에게 꼬박꼬박 존칭을 쓰고 있었다.

"대체 뭐 하는 사람인데 그래?"

어떤 사람이기에 가족이 신원 보호를 받고, 닥터 최가 자연스레 존칭을 붙이고 있을까?

"성진우 씨라고 알고 계십니까?"

"성진우?"

저력 있는 정치인인가? 아니면 대기업의 총수?

어디서 들어 본 것 같은 이름인데 마땅히 떠오르는 얼굴은 없었다. 이성출은 고개를 저었다.

그럴 줄 알았다는 듯 담당의는 빠르게 설명을 이었다.

"최근에 S등급을 받으신 헌터님이십니다."

"S급!"

닥터 최가 조심스러운 태도를 보였던 이유가 있었다.

하필 환자의 보호자가 S급 헌터라니.

'이거 섣불리 행동했다가 일이 꼬이기라도 하면 끝장이다.'

S급 헌터가 지닌 사회적 영향력 자체도 어마어마하지만, 만에 하나 그 헌터가 분노에 이성을 잃기라도 한다면…….

생각지도 못한 이름이 튀어나오자 이성출은 마른침을 꼴깍 삼켰다.
'큰일 날 뻔했군.'
굳은 표정을 짓던 그가 돌연 가벼운 미소를 지었다.
"당장 퇴원 수속 시작하게."
"그래야겠죠?"
"암, 그래야지."
허허, 사람 좋아 보이는 미소가 이성출의 입가에 걸리었다.
당연히 보내야지.
무슨 꼴을 보려고 S급 헌터의 심기를 건든단 말인가?
대충 그 비슷한 내용을 상식적인 표현을 섞어 둘러 말했다.
"몸 건강한 환자를 병원이 억지로 붙잡아 둘 수는 없지 않겠나?"
"알겠습니다, 원장님."
담당의는 곧바로 일어섰다.
그가 나가고 나자.
"휴-."
이성출은 닫힌 원장실 문을 바라보며 안도의 한숨을 내쉬었다.

* * *

연락받은 진아가 만사를 제쳐 두고 병원으로 달려왔다.
어머니의 침대 옆 의자에 앉아 있던 진우는 빠르게 가까워지는 동생의 기척을 느끼고 자리에서 일어섰다.
덜컹.
병실 문이 열렸다.

"엄마? 엄마?"

안으로 들어서기도 전에 이미 진아의 얼굴은 눈물범벅이 되어 있었다.

"우리 딸, 많이 컸구나."

박경혜가 진아를 마지막으로 본 것은 진아가 중학생 때였다.

훌쩍 커 버린 딸을 놀란 눈빛으로 바라보던 그녀는 곧 푸근한 웃음을 지으며 진아를 향해 두 팔을 널찍이 벌렸다.

그러자.

"엄마!"

진아가 와락 안겨 들었다.

진우는 멈칫했다.

4년 만에 의식을 회복한 환자에게 해서는 안 될 행동이었지만, 품에 안겨 엉엉 울고 있는 동생을 보니 차마 말릴 수가 없었다.

"엄마……."

다 큰 척하고 있었지만 진아 역시 아직 애였던 것이다.

평소 씩씩하던 진아의 모습이 겹쳐 보이며 코끝이 아릿해졌다.

"이제……."

진우가 진아를 떼어 놓으려고 하자 박경혜가 검지를 입술에 붙이며 고개를 가로저었다.

다른 한 손으로는 여전히 딸의 등을 토닥이며.

진우는 나직이 숨을 내쉬고서는 물러났다.

어머니에게 안긴 동생과 어머니의 온화한 표정을 지켜보고 있자니, 저도 모르게 미소가 지어졌다.

'내 노력은 틀리지 않았어.'

그동안의 수고가 지금 이 순간 전부 보상받는 느낌이었다.

가슴 한구석을 콱 틀어막고 있던 무언가가 사르르 녹아서 흘러내려 가는 것 같은 기분이 들었다.

그럼, 조금만 더 놔둘까?

동생이 자기 감정을 추스를 수 있을 때까지.

똑똑한 녀석이니 어머니에게 부담을 줘서는 안 된다는 사실을 모르지는 않을 거다.

다만 시간이 조금 필요할 뿐.

진우는 피식 웃으며 창밖으로 시선을 돌렸다.

가족의 재회를 축하라도 해 주려는 듯 화창한 날씨였다.

한동안 우두커니 창밖만 바라보던 진우는 핸드폰을 꺼내 들었다.

'…….'

무시무시할 정도로 많은 연락이 와 있어서 하나하나 답장을 보낼 엄두가 나지 않았다.

미수신 통화와 문자 목록을 주르륵 내리던 진우가 창을 닫았다.

'급한 일이면 알아서 다시 연락들 하겠지.'

응답을 포기한 진우는 인터넷 창을 띄웠다.

그런데.

'헉!'

무심코 포털 뉴스로 들어갔던 진우가 이마를 짚었다.

「서울 도심 상공에 마수 출현?」

「비행 마수의 목적지는 어디?」

「대응하지 못한 헌터협회. 시민들의 안전은?」

인터넷 뉴스들이 카이셀의 사진으로 도배되어 있었다.
집 근처에서 이곳 병원까지.
거리는 멀지만 순식간에 날아와서 별말 안 나올 줄 알았더니.
'짧은 시간에 많이도 찍혔네.'
그나마 한 가지 다행인 점이라면 카이셀 위에 타고 있는 자신의 모습은 거의 드러나지 않았다는 것.
어제 카이셀을 불러낼 때는 남들의 시선 따위 신경 쓰지 않겠다는 마음가짐이었는데, 막상 화제가 된 걸 보니 기분이 묘했다.
'하긴.'
누구라도 하늘에 떠 있는 마수를 보면 심장이 철렁하겠지.
진우는 불안감으로 가득 차 있는 기사들을 훑어보면서 앞으로는 조심해야겠다는 생각을 했다.
'일부러 사람들을 겁줄 필요는 없으니까.'
애초에 네크로맨서라는 직업이 꺼림칙했던 이유도 사람들의 시선을 감당하기가 힘들어질까 봐 우려했던 것이 아니었던가.
'근데 겨우 날개 달린 도마뱀에 이 정도 열기라면 거대화시킨 어금니 반응은 진짜 볼만하겠는데?'
그런 생각을 하고 있을 무렵.
우우웅- 우우웅-
전화가 몸을 떨기 시작했다.
'누구지?'
못 보던 번호에 진우는 병실을 나가서 전화를 받았다.
"여보세요?"
-성진우 헌터님.

중저음이지만 어둡지 않은 노인의 목소리.

진우는 단박에 목소리의 주인을 기억해 냈다.

"협회장님?"

—예, 헌터협회 고건희입니다.

'협회장님이 전화를?'

천하의 헌터협회장이 무슨 일로 직접 전화를 다 걸었을까?

병원 복도에 사람들이 좀 오고 가는 걸 본 진우는 한적한 곳을 찾아 이동하며 물었다.

"무슨 일이십니까?"

—이미 소식은 들으셨겠지요.

'소식?'

진우는 고개를 갸웃거리다 안 되겠다 싶어 다시 물었다.

"무슨 소식을 말씀하시는 건지……?"

—혹시 뉴스 보신 적 없으십니까?

이야, 소식 한번 빠르네.

진우는 순순히 인정했다.

"그건 죄송하게 됐습니다. 앞으로는 조심하겠습니다."

—예?

당황하는 고건희의 목소리에서 진우는 자신이 뭔가 잘못 짚었다는 사실을 깨달았다.

'카이셀 이야기가 아닌가?'

그거 말고 신문에 나올 짓은…….

이중 던전, 레드 게이트, A급 던전 클리어, '탐욕의 구슬' 등등.

따지고 보니 너무 많았다.

"……무슨 일이죠?"

–정말 아무 말도 못 들어 보신 모양이군요.

"연락이 좀 힘든 곳에 있다 와서요."

이건 거짓말이 아니다.

놀랍다는 반응을 보이던 고건희의 목소리가 평소보다 조금 낮게 깔리었다.

–헌터님.

경험상 이제부터 하는 이야기가 본론이라는 의미였다.

–제가 찾아뵙고 말씀드려도 되겠습니까?

진우의 의아함은 처음 전화를 받았을 때보다 더 커졌다.

'협회장님이 직접 전화를 건 것도 모자라서 만나러 오기까지 한다고?'

얼마나 중대한 사안이기에 몸소 나서는 것일까?

그래도.

진우는 어머니가 계신 병실 쪽을 바라보았다.

'여기로 협회장님을 부를 수는 없지.'

괜히 어머니 일로 말을 지어내는 경우가 생길지도 모르니까.

"제가 가겠습니다."

–그래 주시겠습니까?

"네."

그 편이 더 편했다.

빠르게 약속을 잡은 진우가 어머니께 잠시 어디 좀 다녀오겠다며 인사를 드리고 병원을 나섰다.

태양이 없던 악마성에서만 지내다 햇살을 마주하니 눈이 간질거렸다.

진우는 눈살을 찌푸렸다.

'귀찮은데 그냥 카이셀을 불러낼까?'

잠깐 고민하던 진우가 피식 웃으며 손님을 기다리고 있는 택시로 향했다.

* * *

영상은 충격적이었다.

도로 위 감시 카메라에서 녹화된 영상이었다.

한적한 찻길.

영상을 빠른 속도로 재생해도 지나치는 차량이 몇 대 없을 정도로 매우 조용한 도로였다.

인적 드문 시외나 시골 같은 곳에서 촬영된 것이 아닐까 짐작되는 영상이었다.

곧 빠르게 재생되던 화면이 느려지기 시작했다.

그때.

화면 끝부분에서 승용차 한 대가 나타났다. 차는 빠르게 달리고 있었다. 느린 영상 속에서도 차의 속도가 느껴졌다.

그런데 눈 깜짝할 사이.

달리는 차 앞에 검은 물체 하나가 내려섰다.

인간처럼 두 발로 서 있는 검은 생명체였다.

갑작스러운 상황에 차는 속도를 줄이지 못했다. 그러나 차와 생명체가 부딪치는 일은 없었다.

충돌하기 직전, 차가 공중으로 솟구쳐 버린 것이다.

정면에서 달려오는 중형급 승용차를 한 손을 던져 버린 검은 생명체는, 뒤집힌 차에서 의식을 잃은 사람을 끄집어내 머리부터 먹기 시작했다.

와그작, 와그작—

감시 카메라에 녹음 기능이 있다면 분명 그런 소리가 날 것 같았다.

영상은 거기서 끊겼다.

진우는 협회장실의 한쪽 벽면 전체를 차지한 대형 TV에서 눈을 떼고, 맞은편의 고건희 협회장을 바라봤다.

고건희는 탁자 위에 리모컨을 조용히 내려놓았다.

"3백 명."

누구와는 다르게 그는 이웃 나라의 불행을 가볍게 이야기하지 않았다.

"저 개미 한 마리가 죽인 사람의 숫자입니다."

"일본의 대응이 늦었던 겁니까?"

"그렇지는 않습니다."

고건희는 고개를 가로저었다.

"헌터들이 현장에 도착하기까지 채 30분이 걸리지 않았다고 합니다. 그리고 그 짧은 시간 사이에 마을 하나가 사라졌지요."

일본은 아시아에서 손꼽히는 헌터 시스템 선진국.

그런 일본에서도 이만한 피해자가 나왔는데, 개미가 한국으로 날아왔다면 어떻게 됐을까?

몇 번이나 돌려 본 영상이지만 아직도 아찔함을 느끼는 고건희였다.

'더 늦기 전에 개미 녀석들을 박멸해야 한다.'

작전 개시는 나흘 후.

일본 측에서 얼마 전부터 작전에 참가하는 한국 헌터들의 최종 명단을 요구하고 있었다.

그러나 고건희가 한국 측 대표의 권한으로 최종 명단 발표를 연기시켰다.

이유는 단 하나.

그동안 진우와 연락이 닿지 않았기 때문이다.

오랜 기다림 끝에 드디어 최종 명단을 확정 지을 수 있는 순간이 왔다.

고건희는 떨리는 심정으로 말문을 열었다.

"우리는 제주도로 가서 개미 놈들을 제거할 겁니다."

이어 간절한 눈빛으로 말했다.

"그러려면 성진우 헌터님의 도움이 필요합니다."

고건희는 긴장된 낯빛을 했다.

만약 진우가 거절한다 해도 어쩔 수 없는 일이었다.

진우는 길드에 소속되어 있는 것도 아니고, 협회의 요구를 이행해야 할 의무도 없었다.

결정은 전적으로 진우의 의사에 달려 있었다.

고민 끝에 진우가 입을 열었다.

"저는."

* * *

협회장과의 면담을 끝낸 진우가 자리에서 일어나려다 무언가를 느끼고 고개를 돌렸다.

'뭐지?'

가까운 곳에서 마력 충돌이 이어지고 있었다.

'던전 브레이크?'

잠시 어디서 던전 브레이크라도 일어났나 싶었지만, 이내 아니란 것을 알 수 있었다.

마수의 기척은 전혀 없이 헌터들의 마력만 흘러나오고 있었으니까.

"무슨 일 있으십니까?"

진우를 배웅하기 위해 먼저 일어나 문 쪽에 다가가 있던 고건희 협회장이 뒤돌아보았다.

"별일은 아닙니다만…… 근처에서 헌터들이 싸우고 있는 것 같아서."

"그럴 리가요."

고건희는 허허 웃음을 터트렸다.

어떤 간 큰 헌터들이 감히 헌터협회 본부 근처에서 싸움을 벌인단 말인가?

있을 수 없는 일이었다.

'가만…… 성진우 헌터님의 고개가 향하는 방향이?'

문득 떠오르는 것이 있었다.

"지금 체육관에서 S급 헌터들이 몸을 풀고 있을 겁니다. 혹시 그걸 말씀하시는 겁니까?"

'몸풀기?'

확실히 그거라면 이렇게 연속적으로 발생하면서도 절제된 마력 충돌이 설명된다.

진우는 고개를 끄덕거렸다.

"그렇군요."

진우를 바라보는 고건희의 시선에 놀람이 어렸다.

'이 거리에서 그게 느껴진단 말인가?'

협회의 체육관은 밖으로 흘러나가는 마력량이 최소화되도록 설계되어 있었다.

실제로 고건희 본인조차 아무것도 느끼지 못했다.

그런데 진우는 그곳에서 흘러나오는 마력을 눈치챘을 뿐만 아니라, 마력끼리 부딪치고 있다는 것까지 맞혔다.

'도대체 기감이 얼마나 뛰어난 것인지…….'

도저히 짐작조차 힘들었다.

"참, 헌터님도 한번 가 보시겠습니까?"

고건희가 가볍게 권유했다.

S급들이 한자리에 모이는 일은 흔치 않았다.

다른 S급들의 실력을 가까이서 체감해 보는 것도 최근에 S급이 된 성진우 헌터에게는 많은 공부가 되리라.

"고토 류지 씨도 거기 같이 있습니다."

가벼운 마음으로 구경이나 한번 해 볼까 했던 진우가 멈칫했다.

"고토 류지라면 혹시……?"

"예."

헌터라면, 아니 헌터가 아니더라도 누구나 한 번쯤 들어 봤을 일본 최강 헌터의 이름이었다.

"그 고토 류지 씨가 맞습니다. 한국에 머물면서 한일 양측 헌터들의 의견을 조율하고 있지요. 내일 떠난다고 하니 오늘이 아니면 만날 기회가 없을 겁니다."

국내 최고의 헌터들이 모여 있는 데다 일본 최강 헌터까지 같이 있다?

'이런 기회를 놓칠 수는 없지.'

진우는 흥미로운 얼굴로 고건희의 권유를 받아들였다.

* * *

그 시각 고토는 필사적으로 하품을 참고 있었다.

'이게 한국 최고라는 것들의 실력인가?'

형편없다.

아니, 보잘것없다.

형편없다는 것은 객관적인 평가라 할 수 있었고, 보잘것없다는 것은 평가에 동정심을 섞은 결과였다.

'이런 이들의 손에 안전을 맡겨야 할 국가라면 차라리 우리 일본의 보호를 받는 것이 낫지 않은가?'

고토는 비릿하게 웃으며 헌터들을 둘러보았다.

딱 하나.

한국에서 만난 S급 중 유일하게 쓸 만한 헌터가 보였다.

'차해인이라고 했던가?'

하지만 그래 봤자 일본의 최상급 헌터들과 엇비슷한 수준일 뿐.

일본의 베스트 멤버들과 견주기에는 턱없이 부족했다.

'하긴 어쩔 수 없는 일인가.'

한국은 국토가 작고 인구도 얼마 없었다.

그런 곳에서 최고의 능력으로 각성한 이가 하필이면 살날이 얼마 남지 않아 싸우기도 힘든 노인이라니.

'고건희 정도면 우리 베스트 멤버와 견주어도 손색이 없겠지만…….'

한국 입장에서는 운이 나빴다고 할 수밖에.

한국 헌터들의 역량 파악은 대충 끝이 났다. 한국에 머문 진짜 목적을 달성한 것이다.

'토벌 때 우리가 철수하면 5분도 못 버티고 나자빠지겠군.'

더 이상 볼 것도 없다고 판단한 고토가 돌아서려는데, 입구 쪽으로 다가오는 누군가가 보였다.

'음……?'

고토의 눈썹이 씰룩거렸다.

이렇게 거리가 가까워질 때까지 누군가 이곳으로 다가오고 있다는 사실을 깨닫지 못했다.

눈으로 보고 있는 지금도 기척이 전혀 느껴지지 않았다.

'암살자 타입의 헌터인가.'

고토가 옆의 통역을 담당하는 헌터협회 직원에게 물었다.

"저 사람은 누구입니까?"

직원이 안경을 만지작거리며 한참을 응시하더니 겨우 대상의 얼굴을 알아보고 미소를 지었다.

"아, 요번에 새로 S급 헌터로 등록하신 분입니다."

"아하……."

그 알려진 것이 거의 없다는 재각성자 말인가.

한국에 남아 있는 동안 그의 정보도 캐 가고 싶었는데 마침 잘됐다는 생각이 들었다.

고토는 빙글빙글 웃으며 물었다.
"제법 뛰어난 암살자인가 보군요."
"예?"
직원이 뭔 소리인가 하는 얼굴로 돌아보자 고토도 의아해 했다.
"제가 무슨 실수라도?"
"아뇨, 그게 아니라."
직원은 입구로 들어서는 진우를 가리키며 말했다.
"저분은 마법 계열 헌터시거든요."
'그럴 리가?'
고토는 믿지 못하겠다는 표정으로 직접 헌터협회 사이트에 접속해 S급 헌터 목록을 확인했다.
번역 프로그램이 한국어로 된 S급 헌터들의 정보를 바로 읽을 수 있게 만들어 주었다.

[성진우, S급, 마법 계열.]

진짜였다.
프로필 사진과 대상의 얼굴은 일치했다.
'진짜 마법 계열이라고?'
고토가 경악하며 놀란 얼굴을 들어 올렸다.
남자는 어느새 지척까지 다가와 있었다.

* * *

'이 사람이 고토 류지인가?'

진우는 한눈에 일본 최강의 헌터를 알아보았다.

샤프한 스타일의 장신.

깔끔하게 다듬은 수염.

언뜻 보면 일본의 배우 같은 느낌이 드는 남자였다.

'근데 왜 날 계속 쳐다보는 거야?'

뚫어져라 보고 있는 시선이 막 불쾌하게 느껴지려 할 때, 그가 눈인사를 보내왔다.

처음 보는 얼굴이라 그랬나.

진우도 별생각 없이 가볍게 눈인사로 답했다.

그러고는 주위를 둘러보았다.

실내의 중앙에서 웃통을 벗고 있는 백윤호와 초거구의 중년 사내가 대련을 하고 있었다.

고토를 제외한 모두가 흥미로운 시선으로 그들을 지켜보았다.

쉭-!

백윤호는 순식간에 다가오는 사내의 손을 쳐 내고 하체를 비틀어 강한 로우킥을 넣었다.

퍽!

그러나 예상과 달리 얼굴을 찡그린 쪽은 백윤호였다.

'오호.'

진우는 알 수 있었다.

그 찰나의 순간에 초거구의 사내가 강화 스킬을 사용해 다리를 방어했다.

몸집이나 스킬로 봐서는 탱커 계열인 것 같은데 민첩 스탯도 보통 수준을 넘어선 듯했다.

S급답다고 할까.

초거구가 피식 웃었다.

“백 사범! 젊은 사람이 이렇게 힘을 못 써서야.”

“저는 사범이 아닙니다, 마 사범님.”

마 사범이라 불린 초거구가 허허 웃으며 자기 도복의 허리끈을 쥐었다. 스모를 할 것 같은 덩치로 유도복을 입고 있어서 그런지 어색한 느낌이었다.

“그럼.”

잠시 옷깃을 여미던 초거구가 다시 득달같이 달려들었고, 백윤호도 마력을 해방하며 반격을 시작했다.

두 사람 다 즐거운 표정.

밀어붙이는 마 사범도, 밀리는 백윤호도 신나 보였다.

아무래도 S급끼리 만나는 자리가 흔치 않다 보니 평소 억눌러 두었던 힘을 발산하며 실컷 즐기는 모양이었다.

“그래도 백윤호 씨가 진짜 전력을 다해 싸우면 마동욱 씨는 버틸 수 없을 겁니다.”

최종인이 옆에서 말을 걸어왔다.

진우가 돌아보자 그가 목례를 했다. 진우도 인사를 받았다. 대화는 그 뒤에 이어졌다.

“저 도복 입은 사람이 명성의 마동욱입니다.”

아.

어디서 들어 본 이름이다 했더니, 명성 길드의 마스터였다.

고개를 끄덕이던 진우가 넌지시 물었다.

"딱히 봐줘야 할 정도로 약한 상대도 아닌 것 같은데 왜 힘을 숨기는 거죠?"

"보는 눈이 많으면 힘을 쓰기가 좀 곤란하죠. 백 사장은 싸울 때 진짜 괴물로 변하거든요."

레드 게이트.

그 앞에서 진우는 백윤호의 짐승 같은 눈을 본 적이 있었다.

'눈만 변하는 게 아니었나 보네.'

백윤호의 변신 능력처럼 가끔 최상급 헌터들 중에서는 독특한 힘을 가진 이들이 있다.

그야말로 괴물 같은 힘.

남들 눈에는 자신도 마찬가지로 보일 터였다.

'괴물로 변하는 사람이나, 괴물들을 불러내는 사람이나.'

자신이 신기해 하는 만큼 남들도 자신을 신기하게 여길 거라 생각하니 피식 웃음이 나왔다.

하지만 단지 백윤호가 괴물로 변할 수 있다는 사실이 신기하다고 느꼈을 뿐.

백윤호와 마동욱의 대결 자체는 그다지 볼 것이 없었다.

'느려.'

굳이 집중하고 있지 않아도 두 사람이 주고받는 공방을 모두 읽을 수 있을 정도였다.

그때.

"어?"

무언가를 발견한 백윤호가 움직임을 멈추었다.

동시에 마동욱도 정지했다.

두 사람의 시선이 사전에 짜기라도 한 것처럼 동시에 진우를 향했다.

지루하다고 생각한 게 너무 티가 났던 걸까?

'……?'

그렇다고 보기에는 너무 많은 사람들의 시선이 자신에게로 쏠려 있었다.

진우는 곧 이유를 알았다.

'내가 아니라, 내 뒤…….'

고개를 돌리자 고토가 있었다.

예사롭지 않은 눈빛.

옆의 통역이 고토를 대신해 말을 전해 주었다.

"헌터님, 고토 씨가 헌터님께 드릴 말씀이 있다고 합니다."

고토가 접근하고 있다는 사실을 알고 있었지만 자신에게 말을 걸지는 몰랐던 진우가 의아하다는 시선을 보냈다.

'이 사람, 아까부터 시선이 이상하더니…….'

진우의 불쾌함이 전해졌던 걸까.

고토가 조용히 물었다.

"당신과 한번 겨뤄 볼 수 있겠습니까?"

3. 고토 류지

3. 고토 류지

별 뜻은 없었다.

고토가 한국을 방문한 목적은 한국 최상급 헌터들의 기량을 두 눈으로 직접 확인해 보기 위한 것.

그들 중 조금 특이한 자를 발견해 호기심이 생겼을 뿐이다.

'진짜 마법 계열인지 아닌지는 금방 알게 되겠지.'

고토는 아직도 눈앞의 사내가 전투 계열 헌터가 아니라는 사실을 믿을 수가 없었다.

데이터(Data).

이번 토벌 작전 때 혹시나 모를 변수를 제거하기 위해서라도 성진우의 정보가 필요했다.

'반쯤은 그냥 재미 삼아서지만…….'

고토는 씩 웃었다.

고토가 하는 말을 듣고 있던 통역 담당이 화들짝 놀라며 물었다.

"고, 고토 씨, 진심이십니까?"

"제가 방금 했던 말 그대로 이분에게 전해 주시길."

"아니, 그래도……."

"무슨 문제라도 있습니까?"

고토는 능청스럽게 물었다. 한국 헌터들은 모두 몸을 풀고 있는데 왜 자신은 안 되냐는 말투였다.

통역은 진땀을 흘리다 마지못해 대답했다.

"아…… 알겠습니다."

고개를 돌려 진우와 눈을 마주친 통역이 머뭇거리다 말했다.

"고토 씨가…… 한번 연습해 보실 생각이 없냐고……."

무엇을 연습하자는 말인지는 따로 설명할 필요도 없었다.

진우의 시선이 고토를 향했다.

고토는 속을 알 수 없는 미소를 보이며 대답을 기다리고 있었다.

'내 실력을 한번 보고 싶다는 건가?'

고토 류지 정도 되는 유명인이 고작 자기 실력을 뽐내려고 이렇게 눈에 띄는 짓을 벌일 리가 없었다.

그게 목적이었다면 차라리 국내 1, 2위 길드를 이끄는 최종인이나 백윤호를 노렸을 터.

'무슨 속셈인지는 몰라도…….'

아까부터 보내던 노골적인 시선도 그렇고, 아무래도 고토의 관심사는 자신인 듯했다.

진우는 느닷없는 고토의 제안이 싫지 않았다.

아니, 오히려 흥미로웠다.

악마성에서 키운 힘을 시험해 보고 싶기도 했고, 일본 최고라는 헌터의 실력이 궁금하기도 했다.

상대의 실력이 궁금한 것은 고토뿐만이 아니었다.

'……음?'

미소를 짓던 고토의 얼굴에 미묘한 주름이 생겼다.

'웃어?'

당연히 난처해 하다 내뺄 것이라는 자신의 예상과 달리 성진우라는 자의 얼굴에 여유가 보였다.

믿는 구석이라도 있는 것일까?

아니면 이 상황이 너무 곤란한 나머지 실소를 흘린 것일까?

답은 금방 나왔다.

진우가 통역에게 뭔가를 이야기했고, 통역은 듣자마자 펄쩍 뛰어올랐다.

만류하려는 듯 보이는 통역과 웃으며 진정시키려 하는 진우.

죄다 한국어라 알아들을 수 없었던 고토가 이맛살을 찌푸렸다.

'뭐라고 하는 거야, 대체…….'

예스 혹은 노우.

이렇게 간단하게 답이 나올 문제에 제삼자인 통역 담당이 저리 쩔쩔맬 이유가 어디 있을까?

슬슬 인내심이 바닥을 드러내 가는 고토에게 통역이 진우의 눈치를 살피며 말했다.

"저어…… 고토 씨."

보는 눈들만 아니었으면 뜸 들이지 말고 빨리 말하라며 닦달이라도 했을 텐데.

고토는 미소를 유지하기 위해 억지로 눈썹을 씰룩이며 통역의 다음 말을 기다렸다.

"성진우 헌터님이 승낙하셨습니다. 그런데……."

"그런데?"

"조건이 있으시답니다."

'조건?'

꽁지를 내릴 줄 알았던 상대가 제안을 받아들인 데다 조건까지 내걸다니.

이번에는 고토도 당혹감을 숨기지 못했다.

"무슨 조건입니까?"

"성진우 헌터님께서……."

통역은 다시 한번 진우의 눈치를 살폈고, 진우는 고개를 끄덕였다.

"고토 씨가 전력을 다할 생각이 있으시면 응하겠다고 하십니다."

고토의 시선이 휙 돌아갔다.

'진심으로 하는 소린가?'

진우의 표정을 보니 농담으로 하는 소리는 아닌 듯했다.

고토가 고개를 갸웃거렸다.

'설마…… 내가 누군지 모르나?'

아니, 설사 지금까지 몰랐었다고 하더라도 방금 통역 담당에게 설명을 들었을 것이다.

그런데도 뜻을 굽히지 않았음은 오만인가, 착각인가.

'……재미있겠군.'

어느새 고토의 얼굴에서 미소가 사라져 있었다.

가볍게 수준을 맞춰 가며 상대의 실력이나 한번 살펴보고 끝낼 작정이었는데, 생각이 달라졌다.

다행히 근처에 S급 힐러도 있으니 큰 사고는 없으리라.

"좋습니다."

"헉!"

통역의 얼굴이 창백해졌다.

성진우 헌터야 이제 막 S급이 돼서 넘치는 혈기를 주체하지 못한다고 해도, 산전수전 다 겪은 고토 씨까지 왜 이러실까?

그러나 이미 돌이킬 수 없는 분위기가 되어 가고 있었다.

"저기 일본 헌터 앞에 있는 사람이 누구야?"

"저 사람…… 성진우 헌터인데?"

"뭐야? 대련이라도 할 참인가?"

마주 선 두 사람 주위로 체육관에 남아 있던 S급 헌터들과 협회 관계자들이 몰려들었다.

다들 걱정 반 기대 반으로 상황을 지켜보고 있는 가운데, 차해인도 헌터들 옆에 가서 섰다.

'괜찮을까……?'

상대는 S급 헌터만 스무 명이 넘는 일본에서도 정점에 선 남자.

그리고 성진우 헌터는 E급 때의 경력을 제외하면 S급이 된 지 이제 며칠밖에 되지 않은 신참이었다.

원래라면 성진우 헌터를 말려야 하는 게 맞을 것이다.

차해인이 소속된 헌터스 길드 입장에서 성진우 헌터는 정예 공격대 전원의 목숨을 구해 준 은인.

은인이 다치는 것이 불 보듯 뻔한 데도 가만히 지켜보고 있을 정도로 차해인은 염치없는 여자가 아니었다.

하지만 말리려고 나서려는 찰나, 그날의 기억이 떠올랐다.

A급 던전의 보스와 백 마리가 넘는 하이오크들을 앞에 두고서도 방해하지 말라는 시선을 보내던 진우의 모습이.

당시 진우가 보여 주었던 강렬한 시선만 떠올리면 가슴이 뛰면서 묘한 기대감이 솟구쳤다.

그래서 앞으로 나서지 못하고 아랫입술만 살짝 물었다.

그때.

"오늘은 헌터들 옆에 있어도 괜찮으신가요?"

어느새 옆에 선 백윤호가 물어 왔다.

과거에 몇 차례 같이 레이드를 펼친 적 있던 백윤호는 차해인의 증상을 알고 있었다.

"제주도에 가서도 코를 막고 있을 순 없으니까요."

차해인의 대답에 백윤호는 고개를 끄덕였다.

이번엔 차해인이 물었다.

"백 사장님은 성진우 헌터와 구면이라고 하셨죠?"

"네."

차해인은 백호 길드도 헌터스와 마찬가지로 성진우 헌터에게 도움을 받았다는 기억을 상기했다.

"그럼 성진우 씨를 말려야 하시는 거 아닌가요?"

"그게 정상이겠죠."

상대는 그 '고토'니까.

차해인이 고개를 갸웃거렸다.

"그럼 왜……?"

백윤호는 고개를 돌려 차해인과 시선을 마주하며 대답했다.

"차 헌터님과 같은 이유입니다."

움찔.

차해인은 백윤호에게 속마음을 들킨 것 같아 놀랐다. 늘 담담하던 그녀의 표정에 약간의 변화가 생겼다.

“무슨…….”

“이상하게 기대감이 들지 않습니까?”

부인할 순 없었다.

지금도 ‘혹시 성진우 헌터라면’ 하는 마음에 가슴이 뛰고 있었으니까.

“저도 마찬가지입니다.”

그렇게 싱긋 웃으며 대답한 백윤호가 다시 진우와 고토 쪽으로 고개를 틀었다. 그의 시선은 기대감으로 가득 차 있었다.

‘만약 성 헌터가 내 예상대로 성장이 가능한 각성자라면…….’

드디어 확인할 수 있는 순간이 온 것이다.

고토가 먼저 주먹을 들었다.

가까이 있던 통역 담당은 허둥지둥 자리를 벗어났다.

S급 두 사람이 맞붙는 데다, 한 사람은 일본 최강의 헌터라고 일컬어지는 사내였다.

일반인은 휘말리기만 해도 목숨을 잃을 수 있는 상황.

통역 담당이 안전한 거리까지 빠지는 것을 지켜보던 진우도 뒤늦게 손을 들어 올렸다.

아니, 들어 올리려고 했다.

그때.

쉭!

조금의 딜레이도 없이 뻗어진 고토의 주먹이 진우의 머리가 있던 곳을 갈랐다.

고토의 눈이 커졌다.

'빗나갔다?'

진우를 한 방에 쓰러뜨리고 구겨진 체면을 회복하려 내질렀던 일격이 허사로 돌아간 것이다.

고개를 옆으로 숙여 주먹을 피해 낸 진우가 가볍게 거리를 벌렸다.

반응 속도가 놀라울 정도였다.

'이러고도 마법 계열이라고?'

웃기는 소리.

역시 자신의 눈은 정확했다.

왜 한국 헌터협회에서 저 남자의 능력을 숨기고 있는 것인지는 모르겠으나 저 남자는 전투 계열, 그것도 암살자 타입이 분명했다.

민첩한 움직임과 소리 없는 걸음.

'남들은 다 속일 수 있을지라도 내 눈은 속일 수 없지.'

고토가 한쪽 입꼬리를 올렸다.

좀 더 벗겨 내 주마.

네가 가진 밑천을 다 드러낼 때까지.

고토는 오랜만에 흥미가 끓어올랐다.

고토와 적당히 멀어진 진우는 가만히 서서 자신의 심장 소리에 귀를 기울였다.

두근, 두근, 두근.

가슴이 뛰었다.

고토에게서는 다른 S급 헌터들과는 격이 다른 강함이 느껴졌다.

하나, 고토의 남다른 기운이 피부에 와 닿을 때마다 가슴속에 차오르는 감정은 강한 자신감이었다.

'저 남자가 일본 최고…….'

레벨을 97까지 올리는 동안 자신이 얼마나 달라졌는지 비로소 실감할 수 있었다.

강한 자신감은 표정에 뚜렷하게 나타났다.

반대로 고토의 얼굴은 굳어졌다.

'또 웃어?'

감히 내 앞에서?

고토가 숨을 훅 뱉어 냈다.

그가 내뿜는 어마어마한 마력이 내부의 공기를 무겁게 짓눌렀다.

지켜보던 헌터들이 화들짝 놀랐다.

'이거 말려야 하는 거 아냐?'

'고토 류지, 이거 진짜로 할 생각인가 본데?'

반면 진우는 옅게 웃었다.

바라던 바였다.

고토는 자신이 마력을 개방했는데도 진우에게서 주눅 드는 낌새가 없자, 속에서 뭔가 욱하고 올라오는 것을 느꼈다.

번뜩이는 고토의 안광!

다른 헌터들이 막아서기 전에 고토가 먼저 성난 맹수처럼 달려들었다.

순식간에 좁혀진 거리, 뻗어 나온 고토의 손끝.

그러나 진우는 아슬아슬하게 몸을 젖혀 피했다.

'……!'

고토의 눈동자가 떨렸다.

이걸 피해?

이것도 우연인가, 아니면……?

머릿속에서 여러 생각이 교차하는 동안에도 손은 멈추지 않고 무차별적인 공격을 쏟아 내었다.

하지만 어느 것 하나 제대로 적중하지 못하고 전부 아슬아슬하게 빗나가거나 막혔다.

'어떻게 이런 일이……?'

고토의 이마에 식은땀이 맺히기 시작했다.

현란하게 공격하는 고토와 가까스로 피해 내는 진우.

헌터들은 두 사람을 보고 감탄했다.

"무서운 공격이다."

"눈으로 좇아가기도 힘든 움직임이야."

"성진우 헌터도 잘 버티는데?"

"일본 최강을 상대로 저만큼 피해 낼 수 있는 게 어딘가?"

차해인은 속으로 몇 번이나 고개를 가로저었다.

'성진우 헌터는 지금 버티고 있는 게 아니야.'

다른 이들의 눈에는 진우가 고토의 끊임없는 공격에 손쓸 틈 없이 끌려다니는 것으로 보였지만, 실상은 그 반대였다.

차해인은 경악스러운 눈으로 침을 꼴깍 삼켰다.

'고토의 공격이 끊임없이 이어지도록 다음 공격을 유도하고 있어!'

자신의 눈이 틀리지 않았다면…… 성진우 헌터는 수준을 맞춰 가며 상대의 역량을 파악하고 있었다.

그건 상대보다 몇 수 위의 실력을 가지고 있을 때만 가능한 일이었다.

'말도 안 돼…….'

그 말도 안 되는 일이 눈앞에서 벌어지고 있었다.

어쩌면 저 두 사람을 말려야 하는 이유는 성진우 헌터가 위험하기 때문이 아니라, 그 반대로…….

차해인의 생각이 거기까지 미쳤을 때.

차해인은 옆에서 부들부들 떨고 있는 백윤호를 발견했다.

"백 사장님……?"

자그마한 목소리로 불렀지만 백윤호는 대답하지 않았다. 그의 시선은 오직 진우에게 고정되어 있었다.

백윤호의 안색을 살피던 차해인이 흠칫 놀랐다.

'백 사장님의 눈이…….'

백윤호의 두 눈은 짐승의 그것처럼 노랗게 빛나고 있었다. 세로로 쭉 찢어진 눈동자가 충격에 잘게 떨렸다.

차해인이 걱정스럽게 쳐다봤지만 백윤호는 그녀가 자신을 바라보는 줄도 모르고 있었다.

백윤호는 지금 '마수의 눈'으로 똑똑히 보았다.

'내가…… 내가 맞았어.'

진우의 힘은 협회 앞에서 그를 마지막으로 봤을 때와는 비교되지 않을 만큼 강대해져 있었다.

'성장하는 헌터라니……!'

온몸이 전율로 떨려 왔다.

그때.

"아."

진우를 응시하던 백윤호가 순간 무의식적으로 침음성을 내었다.

옆에 있던 차해인도 소름 끼치는 기운을 느끼고 급히 고개를 돌렸다.

"아!"

불과 몇 초전.

자신이 진우의 페이스에 휘말려 들고 있다는 사실을 누구보다 잘 알고 있는 사람이 바로 고토였다.

항상 '최강'이라는 이름으로 불렸던 고토는 자존심이 송두리째 하수구로 처박히는 느낌이었다.

'감히 나를 상대로……?'

빈틈을 정확히 노리고 들어갔던 일격마저 진우가 간발의 차로 흘려보내자, 분노한 고토의 두 눈에 진득한 살기가 어리었다.

'죽인다!'

진우의 눈이 커졌다.

고토의 살의가 찌릿하게 피부로 느껴졌다.

'살기?'

심장이 철렁했다.

누군가가 자신에게 살의를 품으면, 시스템은 메시지를 띄운 후 긴급 퀘스트를 부여한다.

만약 여기서 고토를 죽이라는 퀘스트가 뜬다면……?

띠링!

때마침 터져 나온 기계음에 진우가 고개를 들었다.

[경고! 살의를 가진 이가 주변에 있습니다!]

다행히 경고 메시지만 떴을 뿐, 황동석이나 강태식 때와 달리 긴급 퀘스트는 뜨지 않았다.

그러나.

쇡-!

진우의 눈을 노리고 날카롭게 들어온 고토의 손끝이 진우의 뺨을 베었다.

극한에 이른 반사 신경으로 반응하여 고개를 틀지 않았다면 한쪽 눈을 잃었으리라.

명백히 살의가 담긴 공격이었고, 정확히 급소를 노리고 들어왔다. 연습 대결 중에 있어서는 안 될 일이었다.

뿌득.

순간, 공기가 변했다.

"아."

진우를 응시하던 백윤호가 무의식적으로 침음성을 내었다.

바뀐 공기를 가장 먼저 느낀 이는 고토였다.

하나 몸으로는 이해했으되 머리로는 이해하지 못했다.

싸늘한 한기에 소름이 돋고, 뒷목의 털이 쭈뼛 곤두섰다. 처음 겪어 보는 감각이었다.

'이게 대체……?'

미처 뇌가 판단을 내리기도 전에 팔목이 진우에게 붙잡혔다. 힘을 줘 봐도 뺄 수가 없었다.

'무슨 힘이…….'

잠깐 팔목으로 향했던 시선이 진우의 얼굴로 옮겨 갔다.

얼음장같이 차가운 시선.

그러나 진우의 눈보다 더 시선을 잡아끄는 것은 잔뜩 팽창한 진우의 오른쪽 어깨와 팔뚝이었다.

힘껏 젖혀진 진우의 팔이, 팔 끝의 주먹이, 자신의 얼굴을 겨냥하고 있었다.

주변에 가라앉은 묵직한 공기가 어깨를 짓눌렀다.

갑자기 숨이 덜컥 막혀 왔다.

어째서일까?

그 순간 문득 고토는 머릿속에 '죽음'이라는 단어를 떠올렸다.

그때.

"그만!"

본능적으로 달려 나온 백윤호와 차해인이 진우의 오른팔을 붙들었다.

백윤호는 거의 매달리다시피 해서 진우의 어깨를 안았고, 차해인은 양손으로 있는 힘을 다해 그의 손목을 잡았다.

진우가 돌아보자 백윤호가 고개를 저었다.

차해인도 겁먹은 것처럼 보이는 얼굴로 긴장한 눈빛을 보내왔다.

'…….'

몸을 사리지 않았던 두 사람의 필사적인 만류 덕분에 진우는 겨우 흥분을 가라앉힐 수 있었다.

"후."

진우는 짧게 숨을 내시며 고토의 손목을 놓아주었다.

고토는 자유로워진 손목을 주물럭거리며 뒤로 몇 걸음 물러섰다.

통역이 빠르게 고토 옆으로 다가오자, 백윤호가 통역에게 말했다.

"분위기가 너무 격해지는 것 같으니 연습 대결은 여기까지 하는 걸로 하죠. 고토 씨께 말해 주십쇼."

통역이 고개를 끄덕였다.

그가 백윤호의 의사를 일본어로 전해 주자, 고토는 진우를 노려보다 인사도 없이 휙 돌아서 체육관을 나갔다.

"고, 고토 씨!"

고토를 따라 나가는 통역의 목소리가 애처로웠다.

안도의 한숨을 내쉰 백윤호가 진우에게 머리를 숙였다.

"방해해서 죄송합니다."

"……."

"저 사람은 며칠 뒤 일본 팀을 이끌어야 하는 사람입니다. 일이 잘못될 가능성이 있다는 걸 알면서도 가만히 보고 있을 수는 없었습니다."

백윤호는 진우의 눈치를 살피며 조심스레 물었다.

"제가 괜한 짓을 한 겁니까?"

"아닙니다."

진우는 순순히 인정했다.

백윤호의 말이 옳았다.

고토가 잘못되기라도 해서 계획에 차질이라도 생긴다면 양국의 피해가 이만저만이 아닐 터.

시기적절하게 달려 나온 백윤호와 차해인을 탓할 생각은 없었다.

와—

상황이 정리된 듯하자 고토와 진우의 대결을 흥미진진하게 지켜보던 사람들이 진우에게 다가왔다.

사람들의 눈빛이 달라져 있었다.

그중에서도 가장 먼저 다가온 사람은 명성 길드의 마스터이자 초거구를 지닌 마동욱이었다.

"허허!"

마동욱은 웃으며 말을 붙였다.

"그 천하의 고토를 상대로 볼에 작은 상처 하나 입고 끝내다니 보통이 아닌걸!"

아쉽게도 차해인과 백윤호 말고는 방금 무슨 일이 벌어졌었는지 정확하게 파악하지 못했다.

"오! 몸이 아주 단단해! 훌륭한 체격이야!"

마동욱은 진우의 어깨와 팔을 만져 보더니 감탄했다.

"우리 길드는 죄다 마법 계열들뿐이라 전투 계열이 너무 부족해. 성 사범, 혹시 마음에 둔 길드가 없다면 우리 쪽으로 오지 않으시겠나?"

"저기, 마 사범님."

한 걸음 물러서서 조용히 사태를 관망하던 최종인이 나섰다.

"음?"

마동욱이 고개를 돌리자, 최종인은 기다렸다는 듯 말했다.

"성진우 헌터는 마법 계열입니다."

마동욱의 동공에 지진이 일었다.

"뭐?!"

한편.

체육관을 빠져나간 고토는 통역에게서 빠르게 멀어진 뒤 손목을 확인해 보았다.

'……'

손목에는 온통 시퍼렇게 멍이 들어 있었다.

덥지 않은 날씨임에도 그의 이마에 식은땀이 송골송골 맺혔다.

그는 폰을 꺼내 익숙한 번호를 눌렀다.

대기음이 몇 번 울린 후 수화기를 들어 올리는 소리가 들려왔다.

딸깍.

—마쓰모토입니다.

"협회장님."

—고토? 자네 목소리가 왜 그런가?

고토는 떨리는 목소리를 진정시키려 애쓰며 말했다.

"한국에…… 한국에 엄청난 헌터가 있습니다."

—자네보다 더?

"어쩌면 그럴지도 모릅니다."

—…….

"계획을 조금 달리해야 할 필요가 있을 것 같습니다."

한참 말이 없던 마쓰모토가 무언가를 뒤적거리더니 다시 물었다.

—그 헌터의 이름은?

"성진우. 최근에 S급이 됐다는 재각성자입니다."

—이상하군. 그런 이름은 없네.

"예?"

그런 이름이 없다니.

그럼 방금 만난 헌터가 귀신이라도 된다는 소리인가?

하긴, 귀신에 홀린 것 같은 기분이기는 했다.

하지만 자신이 직접 협회 홈페이지에 들어가 마법 계열이라는 것까지 확인하지 않았던가.

“그게 무슨 말씀이십니까? 성진우가 없다니요.”

—실은 방금 전 한국에서 최종 명단을 보내왔다네.

“거기 성진우가 없다는 말씀이십니까?”

그럴 리가.

고건희 협회장이 미치지 않고서야 그렇게 강한 헌터를 빼놓고 레이드 멤버를 구성할 리 없지 않은가?

수화기 너머에서 마쓰모토가 차분히 말을 이었다.

—최종인, 마동욱, 백윤호, 차해인, 임태규, 민병구.

계획의 변경이 필요하지 않다는 것을 어필하려는 듯 마쓰모토가 확신에 찬 목소리로 말했다.

—이 여섯 명이 나흘 후 출발할 한국 팀 전력의 전부일세.

* * *

백윤호는 심호흡을 했다.

체육관 안을 떠들썩하게 만들었던 두 사람이 떠난 뒤에도 심장 소리가 쉽게 가라앉지 않았다.

‘그게 가능한 일이었나?’

머릿속으로 가정만 하고 있던 일을 현실에서 직접 목격하자 백윤호는 경악을 감출 수 없었다.

‘정말로 성장하는 각성자라니…….’

그의 가치는 얼마나 될까?

백윤호로서는 감히 짐작도 할 수 없었다.

진우를 영입하려는 최종인, 마동욱, 임태규의 노력을 멀리서 그저 지켜만 보고 있었던 것도 그 때문이었다.

손 놓고 있는 자신을 의아하게 바라보던 최종인의 눈빛이 아직도 기억난다.

'나라도 다른 길드에는 안 들어가지.'

그래.

성진우 헌터를 영입하려는 시도는 헛수고다.

그러나 영입이 아니더라도 뛰어난 헌터와 관계를 이어 갈 방법은 여러 가지가 있었다.

플랜 B를 가동시킬 차례였다.

그런데.

우웅-

핸드폰이 부르르 몸을 한 번 떨었다. 떨림이 계속되지 않는 걸로 봐서는 분명 문자인데.

백윤호는 별생각 없이 주머니 속에 있던 핸드폰을 꺼내 들었다.

협회에서 알리는 소식이었다.

나흘 후 개미 토벌에 참여하는 최종 명단의 공개.

길게 이어진 일본 헌터 목록을 슥 지나쳐 한국 헌터들을 살펴보던 백윤호의 눈이 커졌다.

벤치에 앉아 있던 그가 벌떡 일어났다.

"성진우 헌터가 없잖아!"

* * *

매스컴들이 후끈 달아올랐다.

―제주도를 불모의 땅으로 만든 마수들을 퇴치하기 위하여 한일 두 나라가 손잡고 연합팀을 결성한다!

국민들의 호기심을 이보다 더 자극할 수 있는 이야기가 어디 있을까?

TV에선 매일같이 관련 프로그램을 내보냈고, 신문의 1면은 항상 한일 연합팀 소식이었다.

하지만 들떠 있는 곳은 한국뿐.

작전에 참여하는 일본 헌터가 한국 헌터의 세 배가 넘는데도, 이상하리만큼 일본의 매스컴들이 조용하다는 사실을 눈치챈 사람은 없었다.

몇 개 안 되는 기사에 달린 일본인들의 댓글마저 부정적 반응 일색이었다.

ㄴ한국이 허접해서 게이트 못 닫은 걸 어쩌라고?

ㄴ왜 우리가 한국이 싼 똥을 치워야 하냐?

ㄴ개미들에게 입은 피해 보상은 해 주고 하는 말이지?

ㄴ무능한 일본 헌터협회와 무책임한 한국 헌터놈들. 전부 제주도에서 나란히 뒈져 버렸으면(笑).

동상이몽.

같은 상황을 두고 서로 다른 생각을 하는 가운데, 오직 시간만이 묵묵히 작전 일을 향해 흘러가고 있었다.

그리고 진우에게는 그 며칠이 어머니가 병원에 입원한 이후부터 지금까지, 가장 행복한 시간이었다.

많은 것들이 달라졌다.

먼저 퇴원한 어머니를 모시고 집으로 돌아왔다.

덜컹.

문을 열었더니 진우가 악마성에 가 있는 동안 혼자 있었던 진아가 난장판으로 만들어 놓은 거실이 보였다.

"……."

진아의 볼을 힘껏 잡아당기는 진우를 어머니는 웃으며 말려야 했다.

4년 만에 의식을 찾은 어머니가 집으로 돌아와 첫 번째로 하는 일이 청소라니.

진우는 거듭 만류했지만 결국 어머니의 고집을 꺾을 수 없었고, 가족 전원이 팔을 걷어붙였다.

집이 깨끗해지는 만큼 세 사람의 얼굴도 밝아졌다.

어머니가 입원한 뒤로 허전하게만 느껴지던 집이 드디어 꽉 찬 것 같은 느낌이 들었다.

아주 오랜만에, 진우는 아무런 근심 걱정 없이 두 발 뻗고 눈을 붙일 수 있었다.

그리고 다음 날 아침 눈을 떠 거실로 나왔을 때.

식탁 위에 아침 식사가 차려져 있는 것을 보고 어머니가 돌아왔다는 사실을 비로소 실감할 수 있었다.

파를 다듬던 박경혜가 진우를 돌아보며 물었다.

"잘 잤어, 아들?"

진우는 잠이 덜 깬 얼굴로 웃으며 대답했다.

"……네."

*　*　*

TV 속 전문가가 말했다.

-개미 마수들이 보여 준 진화 속도는 정말 경이로울 정도입니다.

전문가 옆의 게스트는 과장된 표정을 지으며 물었다.

-마수가 진화라뇨? 일본에서 발견된 개미는 그냥 변종이 아니었나요?"

-맞습니다. 그리고 변종의 개체 수가 늘어나 집단 전체를 장악하게 되는 것, 그것을 우리는 진화라고 합니다.

이어 준비된 영상이 흘러나왔다.

1, 2차 토벌 때 촬영된 개미 마수들의 모습이었다.

처음 나타났을 때만 해도 놈들은 보통 개미처럼 바닥을 기어 다녔다. 겉만 보면 크기가 어마어마하게 큰 개미와 다름없었다.

그러나 잠시 뒤.

-이것이 3차 토벌 작전 당시에 찍힌 개미들의 모습입니다.

개미 마수들은 인간처럼 직립보행을 하고 있었다.

거대했던 머리가 훨씬 작아졌고, 좀 더 날렵하게 움직일 수 있게 되었으며, 네 개의 다리를 손처럼 쓸 수 있게 되었다.

개미와 인간이 반반씩 섞인 듯한 모습.

불과 2년 만에 종의 특징 자체가 바뀐 것이다.

-그리고 이것이 가장 최근에 찍힌, 일본에 큰 피해를 입힌 개미 마수의 모습입니다.

와아-

영상을 본 방청객들이 일제히 놀라움을 표현했다.

놀랍게도 개미의 모습은 인간에 더 가까워져 있었으며, 등에는 커다란 날개까지 달려 있었다.

게스트로 참석한 개그맨이 화들짝 놀라며 목소리를 높였다.

-저런 게 하늘을 날아다닌다고요?

-그렇습니다. 이번 한일 연합팀이 만들어진 결정적인 계기이기도 하지요.

한일 연합팀.

진우는 그 단어가 나오자 조용히 TV를 껐다.

진우도 이번 작전에 빠지고 싶지 않았다.

고건희 협회장에게 참여해 달라는 제의를 받았을 때는 경험치를 쌓을 생각에 가슴이 다 두근거렸을 정도였다.

하지만.

흥분은 금세 가라앉았다.

그러자 상황을 좀 더 객관적이고 냉철하게 볼 수 있었다.

'어머니가 깨어나신 지 만 하루도 되지 않았어.'

아직 아들이 헌터가 됐다는 사실조차 모르는 어머니다.

그리고 옛날, 아버지가 게이트에서 실종됐다는 소식을 듣고 몇 달이나 뜬눈으로 밤을 지새우셨던 어머니의 모습도 떠올랐다.

그런 기억을 가지신 어머니를 두고 제주도에 가겠다고는 차마 말할 수 없었다.

입술이 떨어지지 않았다.

적어도 며칠 동안은 가족과 함께 있고 싶다.

간절히 기다려 오던 순간을 다른 일 탓에 제쳐 두고 싶지 않았다.

"저는."

간신히 결심이 선 진우가 어렵게 말했다.

"……빠지겠습니다."

경험치보다 더 소중한 것.

진우가 지금까지 이를 악물고 힘을 길러 왔던 이유였다.

그 선택에 후회는 없었다.

단지.

ㄴ근데 왜 한국 명단에 성진우는 빠져 있음?

ㄴS급 됐다고 천성이 어디 가겠냐? 한번 E급은 영원히 E급이지. 오줌 지리면서 도망갔을 듯ㅋ

ㄴ일본은 S급 21명 전원+한국도 은퇴한 헌터까지 참여…… 근데 성진우는?

ㄴS급이 돼 가지고 그러고 싶을까? 정말 쪽팔린다;;

사정을 알지도 못하는 불특정 다수의 손가락질이 신경 쓰일 뿐이었다.

정확히는 동생의 스트레스가.

'나야 남이 뭐라 하든 상관없고, 어머니도 인터넷을 안 하니까 괜찮지만.'

진아는 이런 거 은근히 찾아보는 듯하던데.

쯧.

진우는 혀를 차며 핸드폰을 내려놓았다.

하필 타이밍이 맞물려서 어쩔 수 없는 일이니까.

어머니는 일찍 잠자리에 드셨고, 동생이 올 시간은 아직 멀었다.

기분 전환으로 바람이나 쐬러 나갈까 하는데, 어떻게 알았는지 기가 막히게 전화가 울렸다.

진우가 발신인을 보며 씩 웃었다.

틱.

—형님! 접니다, 유진호!

"어, 진호야."

그러고 보니 진호는 아직도 모텔에 있는 건가?

"방은? 아직도 모텔이냐?"

—아닙니다, 형님. 얼마 전에 새로 방을 하나 구했습니다. 다행히 어머니께서 연락을 주셔서…….

헤헤 웃는 소리를 간만에 들으니 나름대로 반가웠다.

잠깐 자신의 근황을 설명하던 유진호가 볼일이 생각났다는 듯 빠르게 말을 이었다.

—참, 형님. 사무실 하나 봐 둔 게 있는데 보러 오실 수 있으십니까?

무슨 사무실을 말하는 것일까?

"사무실?"

진우가 의아한 목소리로 되묻자, 유진호가 당당하게 대답했다.

—저희 길드 사무실 말입니다! 길드를 만들려면 사무실도 있어야죠, 형님.

유진호 이 녀석……. 아무래도 자기가 부사장이 될 길드를 헌터스나 백호같이 그럴듯한 대형 길드로 키우겠다는 당찬 포부를 품은 듯했다.

진우가 턱을 긁적거렸다.

'소속 레이드 멤버가 앞으로도 쭉 나 혼자라는 걸 알면 기겁하겠네…….'

반쯤 지나가는 말로 이쪽으로 오라고 부르긴 불렀는데, 막상 자신이 구상한 길드에 대해 설명해 줘야 할 때가 오자 막막해지는 진우였다.

* * *

"어떠십니까, 형님?"

유진호가 자신 있게 말을 꺼낸 이유를 알 것 같았다.

진우는 사무실 내부를 둘러보며 고개를 끄덕였다.

위치도 좋고.

"형님 자택에서 멀지 않은 곳 중 가장 좋은 데로 골랐습니다."

깔끔하고.

"일부러 첫 분양 사무실로 얻었습니다. 새 술은 새 부대에 담으라는 말도 있지 않습니까, 형님?"

결정적으로 더럽게 넓었다.

'…….'

"앞으로 5대 길드를 뛰어넘는 길드로 키워 보이겠습니다, 형님!"

유진호는 의욕에 활활 불타오르고 있었다.

'본인이 불타오르는 것까지는 좋은데 나는 좀 빼 줬으면…….'

진우는 심각하게 고민했다.

지금이라도 다시 유진 길드로 돌아가라고 할까?

아들 계좌까지 막아 버린 회장이 받아 줄 것 같진 않지만.

생각에 잠겨 있는 진우를 보고 유진호가 헉 하는 표정을 지었다.

"형님…… 마음에 안 드십니까?"

"……아니다."

"그럼 여기로 계약해도 되겠습니까, 형님?"

"……그래."

크기를 보니 월세는 많이 들어가겠지만, 길드 수입에 비하면 월세 정도는 푼돈일 테니까.

'당분간 꿈 정도는 꾸게 해도 괜찮겠지.'

앞으로 이 넓은 사무실을 너와 나만 쓰게 될 거라는 말을, 진우는 차마 할 수 없었다.

"아."

유진호가 손바닥을 쳤다.

"그리고 남은 한 사람은 누구로 하실 겁니까, 형님?"

"남은 한 사람?"

뭔가 자리를 만들어 주기로 한 약속이 있었던가?

어지간한 약속은 거의 잊어버리지 않는 진우가 의아하다는 눈빛을 보내자, 유진호가 신나서 설명을 이었다.

"길드를 처음 만들 때는 최소한 세 명의 헌터가 있어야 합니다, 형님."

사장, 부사장, 직원.

이렇게 세 명이 창립 멤버의 최저 기준인가?

가장 낮은 랭크인 E급 게이트의 최소 공략 멤버 수가 세 명이란 것과 무관하지 않은 듯했다.

'실제로 E급 게이트를 공략하려는 길드는 없겠지만…….'

창립 멤버라.

진우의 머릿속에 남은 한 명의 멤버를 누구로 할지를 두고 여러 얼굴들이 하나씩 스쳐 지나갔다.

조건은 헌터일 것.

그리고 기왕이면 활동할 의지가 전혀 없어서 머릿수만 채울 용도일 것.

'어째 여자들 얼굴만 자꾸…….'

헌터가 되기를 포기한 고딩이나 부산으로 돌아간 힐러의 얼굴이 잠시 떠올랐다 사라졌다.

그때.

"참."

유진호가 입을 열었다.

진우는 물었다.

"누구 적당한 사람이라도 떠올랐어?"

"아니요, 형님. 그게 아니라 형님을 찾던 사람이 있었습니다."

"나를?"

"네, 형님."

진우가 관심을 보였다.

직접 연락을 취하지 않고 유진호를 통해 우회적으로 연락을 시도한 걸 보면 자신을 꽤 조사한 듯 보였다.

'아직 유진호와 공개적인 접점은 없는 상태니까.'

둘은 기껏해야 공대장과 공대원 사이에 불과했다.

그런데도 유진호를 통해 나를 찾고 있다?

진우의 눈매가 살짝 가늘어졌다.

"누군데?"

"저도 모르겠습니다, 형님. 영어를 쓰는 외국인이었는데…… 잠시."

품을 뒤적거리던 유진호가 지갑에서 메모지 하나를 꺼냈다.

"17일까지 한국에 머무니까 꼭 좀 연락해 줬으면 좋겠다고 했습니다, 형님."

받아 든 메모지에는 휴대폰 번호와 호텔 방 번호, 딱 두 개만 있었다.

뒷면을 뒤집어 봤지만 아무것도 적혀 있지 않았다.

'17일이면 앞으로 3일…….'

영어를 쓰는 외국인이라……. 누굴까?

마땅히 떠오르는 사람은 없었다.

그런데 갑자기.

"집에 좀 가 봐야겠다."

진우의 표정이 굳어졌다.

"예? 벌써 들어가십니까, 형님?"

오랜만에 진우와 회식할 생각에 들떠 있던 유진호가 나라를 잃은 듯한 표정을 했다.

그러나 야속하게도 진우는 동생의 마음을 헤아려 주지 않았다.

"먼저 들어갈게."

유진호는 금세 실망한 기색을 감추고 언제나처럼 깍듯하게 허리를 숙였다.

"들어가십시오, 형…… 님?"

고개를 들었을 땐 이미 진우가 사라진 뒤였다.

* * *

골목골목 사이마다 깊은 어둠이 내려앉은 시간.

집으로 돌아가는 여대생 은지민의 심장은 미친 듯 쿵쾅거렸다.

'아니겠지…….'

뒤에서 따라오는 남자.

분명히 가는 길이 같아서 어쩔 수 없이 계속 발소리가 이어지는 중이리라.

'게시판에서 봤어.'

이런 경우에는 여자들뿐만 아니라 남자들도 몹시 곤란하다고.

걸음걸이는 남자가 더 빠르거나 비슷한데, 제치고 가자니 여자가 겁먹고, 따라가자니 의심을 사게 마련이고.

게다가 이 코너를 돌아가면 고장 난 가로등까지 있는 음산한 골목이 나와서 양쪽 다 난처해질 수 있다.

은지민은 뒤를 힐끔 바라보았다.

모자를 쓰고 고개를 푹 숙인 남자는 조용히 걸음을 옮기고 있었다.

수상하긴 하지만 모자를 쓰고 다니는 게 죄는 아니다.

이렇게 거북한 동행이 이어질 바에는 차라리 내가 먼저…….

은지민은 운동화 끈을 묶는 척하면서 걸음을 멈췄고, 남자는 그녀를 그대로 휙 지나쳐 앞으로 갔다.

"휴-."

남자가 사라진 걸 보고 은지민은 안도의 한숨을 내쉬었다.

그리고 기도하듯 두 손을 모으고 눈을 감았다.

'의심해서 죄송합니다, 이름 모를 아저씨.'

주변을 둘러보다 옷깃을 추스른 은지민이 미소를 띠고서 다시 힘차게 걸음을 옮겼다.

밀린 과제가 산더미!

기말시험까지 준비하려면 뛰어가도 시간이 부족했다.

'범위가 어디까지더라?'

밤새 공부할 생각에 어깨를 축 늘어뜨리며 코너를 돌던 은지민의 눈이 커졌다.

"소리 지르면 죽는다."

아까 자신을 지나쳐 갔던 남자가 모퉁이 바로 앞에서 식칼을 들고 눈을 희번덕거리고 있었다.

"여기서 몇 명 죽은 거…… 너도 알지?"

"아……."

은지민은 소리도 지르지 못하고 파랗게 질린 얼굴로 얼어붙었다.

남자가 쓰고 있던 하얀색 마스크를 내리며 씩 웃었다.

"따라와."

틱, 틱.

주변엔 사람 하나 없이 고장 난 가로등만이 깜박이고 있었다.

"아…… 사, 살려……."

은지민이 나오지 않는 목소리를 쥐어짜 내며 뒷걸음질 쳤다.

아니, 치려고 했다.

하지만 발목에 무거운 쇳덩이라도 매달린 듯 걸음이 떼어지지가 않았다. 그저 눈물만 나올 뿐이었다.

남자는 주변을 살폈다.

여자가 움직이지 못할 것 같으니 그냥 여기서 해치울 생각이었다.

다행히 아무도 없었다.

이런 후미진 골목에 감시 카메라 같은 게 있을 리도 없고.

'이래서 이 동네가 좋다니까.'

남자가 음흉한 미소를 지으며 은지민의 복부를 향해 칼을 들이밀었다.

그러나 그 순간.

어둠 속에서 튀어나온 손이 칼날을 덥석 잡았다.

"어?"

고개를 들어 보니 웬 사내놈이 서 있었다.

후드를 눌러쓰고 있어서 턱선밖에 보이지 않는, 건장한 체격의 남성이었다.

'장갑…… 같은 걸 끼고 있나?'

칼날을 잡은 손에서는 피 한 방울 흐르지 않고 있었다.

"너 뭐야?"

연쇄살인범은 몇 번 팔에 힘을 줘 보다가 칼이 꿈쩍도 하지 않자 손잡이를 놓고서 휙 돌아섰다. 그러고는 빠르게 자리를 벗어났다.

"별 이상한 새끼가……."

연쇄살인범은 몇 번이고 뒤돌아보았다.

그 이상한 놈이 주위를 둘러보며 계속 자신을 따라오고 있었다.

'뭐야 저놈……?'

연쇄살인범은 방향을 틀어 여자를 끌고 오려고 했었던 으슥한 공터로 상대를 유인했다.

손을 뭔가로 보호하고 있다면 다른 곳을 공격하면 된다.

목적지에 다다르자 연쇄살인범은 조금씩 걸음을 늦춰 갔고, 속도를 유지하고 있는 이상한 놈과 슬슬 거리가 좁혀졌다.

둘의 간격이 한 발짝 정도가 되었을 때.

“이 새끼가 보자 보자 하니까.”

연쇄살인범은 휙 돌아서며 품속에 지니고 있던 송곳을 꺼내 남자의 가슴에 박았다.

“내가 만만해 보이냐?”

푹!

가슴을 찌르고 있는 손이 부들부들 떨렸다.

‘……뭐가 이렇게 단단해?’

방검복? 아니면 뭘 받쳐 입고 있나?

연쇄살인범이 물었다.

“뭐야, 너? 안에 뭘 껴입고 있는 거냐?”

그가 조금이라도 마력을 느낄 수 있었다면 이런 멍청한 질문은 하지 않았을 테지만, 두 차례나 공격해도 가만히 있는 상대를 보면서도 헌터라는 단어를 떠올리지 못했다.

후드 안에서 낮은 소리가 흘러나왔다.

“나도 궁금한 게 있는데.”

진우의 목소리였다.

진우는 아까 연쇄살인범에게 뺏었던 식칼을 바닥에 던졌다.

“이런 짓은 왜 하는 거냐?”

“왜? 설교라도 하시게?”

“무슨 이유라도 있는지 궁금해서.”

연쇄살인범은 코웃음 쳤다.

갑자기 튀어나와서 여자를 구해 주고, 그것도 모자라 계속해서 따라오기에 정의의 사도 흉내라도 내고 있는 줄 알았더니.

'그냥 또라이잖아?'

어쩌면 자신과 같은 부류가 아닐까?

잘 구슬리면 좋게 끝날 수도 있겠다 싶어서 연쇄살인범은 흔쾌히 어울려 주었다.

"이유는 무슨. 뭐 굳이 찾는다면…… 재미있으니까?"

"재미?"

"나는 이상하게 나보다 약한 걸 보면 막 괴롭혀 주고 싶단 말……."

……이지.

연쇄살인범은 말을 잇지 못했다.

"으아아아악! 으악!"

그는 바닥에 털썩 주저앉아 인대가 끊어진 왼쪽 발목을 움켜쥐었다. 고개를 들어 보니 어느새 진우의 손에 식칼이 들려 있었다.

'바닥에 던져 놓은 걸 언제 주워서……?'

그때 또다시 진우의 인영이 흐릿하게 사라졌다.

"으아아악!"

이번엔 오른쪽 발목.

연쇄살인범은 바닥을 뒹굴었다. 진우는 양쪽 발목 인대가 끊어져 움직이지 못하는 살인범의 주머니를 뒤져 핸드폰과 지갑을 꺼냈다.

"너, 너 뭐야, 이 새끼야!"

악을 쓰는 살인범을 무시하고 진우는 침착하게 119에 전화를 걸어 구급차를 부른 뒤, 지갑에서 꺼낸 신분증을 확인했다.

그리고 파르르 떨고 있는 살인범의 손에 핸드폰과 지갑을 쥐여 주며 말을 이었다.

"내일 오전 0시까지 자수해라."

"뭐?"

"살고 싶으면."

할 말은 다 했다.

진우는 자리에서 일어나기 전에 그림자 병사 하나를 연쇄살인범의 그림자에 심었다. 그리고 그림자 병사에게도 비슷한 명령을 내려놓았다.

'하이오크 그림자가 얼마나 인내심이 있는지는 모르겠지만…….'

기다리는 건 못해도 그다음 명령은 하이오크의 전문 분야니까.

"난 네가 살았으면 좋겠다."

목숨이 붙어 있어야 오랫동안 자기 잘못을 반성할 수 있겠지.

"뭐…… 뭐냐고, 대체 너?"

진우는 통증과 두려움에 벌벌 떨고 있는 연쇄살인범을 두고 천천히 공터를 벗어났다. 멀리서 구급차의 사이렌 소리가 들려왔다.

한참 떨어진 곳까지 이동한 진우가 주변에 기척이 없는 것을 확인하고서 후드를 벗었다.

"휴."

연쇄살인범을 발견한 병사가 신호를 보내와서 늦지 않게 도착할 수 있었다.

그림자 교환.

쓰면 쓸수록 편리한 스킬이었다.

'괜히 최상급 룬석이 아니네.'

최근 여러 차례 그림자 교환의 위력을 실감한 진우가 흡족한 미소를 지었다.

스킬 레벨이 오르고 쿨타임까지 줄어든다면 앞으로 얼마나 더 활용성이 높아질지, 지금은 짐작도 가지 않았다.

그렇게 집으로 돌아가다가.

'음?'

문득 고개를 들었더니 달이 어느덧 머리 꼭대기까지 와 있었다.

'그러고 보니…… 벌써 내일인가?'

한일 연합팀의 레이드.

코앞까지 다가왔다.

연합팀에 들어가지 않은 자신도 가슴이 뛰는데, 레이드 멤버들의 심정은 어떨까?

진우는 자신이 알고 있는 레이드 멤버들의 몇몇 얼굴을 떠올리며 레이드가 무사히 끝나기를 마음속으로 응원해 주었다.

* * *

야심한 시각.

고토는 일본 헌터협회의 도장에 나와 있었다.

고토의 앞에 두 명, 뒤에 한 명.

그와 같은 등급인 S급 헌터들이 주변을 둘러싸고 있었다.

심호흡하던 고토가 눈을 떴을 때.

"타하앗!"

기회를 엿보던 헌터들이 동시에 그를 향해 맹렬히 달려들었다.

그러나.

쿵!

쓰러진 것은 세 명의 헌터들이었다.

"수고하셨습니다!"

"역시 고토 상!"

"상대가 안 되는군요."

도장의 나무 바닥에 누워 있던 세 명의 헌터가 훌훌 털고 일어났다. 고토가 힘 조절을 했기 때문이다.

고토는 수고했다는 의미로 말없이 그들에게 고개를 숙여 보였다.

'역시 내 컨디션에는 문제가 없다.'

굳이 평가를 내리자면 최상.

한국을 집어삼킬 생각을 하는 것만으로도 컨디션이 쑥쑥 올라가는 느낌이었다.

그런데 어째서…….

고토는 세 명의 헌터가 떠나 텅 비어 버린 도장을 우두커니 바라보며 그날의 기억을 떠올렸다.

성진우.

그의 정체는 무엇인가?

'…….'

기억을 떠올리면 떠올릴수록 입맛이 썼다.

곧 고토는 고개를 가로저었다.

'뭐, 상관없는 일이다.'

어차피 성진우라는 자는 이번 레이드에 참여하지 않고, 협회장의 계획은 차질 없이 진행된다.

이번 일로 한국이 S급 헌터들을 잃으면 주도권은 일본에게로 넘어올 수밖에 없다.

지금 한국에게서 타당한 대가를 받아 내라고 외치는 국민들의 원성도 그때쯤에는 이미 환호성으로 바뀌어 있을 터.

그때가 되면.

'성진우 혼자서 무얼 할 수 있을까?'

성진우가 진짜 강한 헌터든, 아니면 자신의 착각에 불과했든 간에 그가 내일 레이드에 참가하지 않는 것은 일본의 호재였다.

거슬리는 것은 아무것도 없다.

결전은 내일.

달빛이 비치는 적막한 도장 안에서 고토는 조용히 미소를 지었다.

* * *

"잘 부탁드리겠습니다!"

방송국 국장이 일개 카메라맨에게 고개를 숙였다.

있을 수 없는 일.

하지만 국장의 앞에 있는 남자는 평범한 카메라맨이 아니었다. 무려 A급 헌터 자격증을 소지한 현역 헌터인 것이다.

"이번 레이드에 저희 방송국의 사활이 달려 있습니다."

중계권을 따내느라 방송국 전체 예산의 절반을 때려 부었다. 경쟁자들이 너무 몰렸기 때문이다.

하지만 그런 과감한 결정을 내릴 수 있는 배경이 있었다.

S급 게이트는 전 세계에서 몇 번 열리지 않았다.

게이트가 생성된다 해도 촬영 장비를 안에 가지고 들어가서 영상을 찍어 오는 것은 불가능.

즉, 일반인들이 S급 레이드를 볼 기회는 이번이 처음이자 마지막인 것이다.

또다시 어딘가에서 S급 게이트가 열려 버리는 불상사가 일어나지 않는다면 말이다.

게다가 이번 방송은 녹화가 아닌 생중계로 이뤄진다.

10분 정도의 딜레이가 있긴 해도.

시청률이 얼마나 나올까?

70퍼센트? 80퍼센트?

영상을 타국에 판매하는 데서 생길 수익까지 계산하면 예산의 반이라는 투자가 아깝지 않았다.

'레이드가 실패만 하지 않는다면!'

레이드에 참여한 최상급 헌터들이 마수들에게 먹히는 영상을 보고 싶어 하는 시청자들은 없을 것이다.

아니, 있다고 한들 방송에 내보낼 수 없다.

국장은 이번 4차 토벌 작전의 성공 가능성에 자신의 모든 것을 걸었다.

그런 영상을 촬영할 기사님에게 고개 몇 번 숙이는 것쯤이야.

원한다면 절이라도 할 수 있었다.

"너무 걱정하지 마세요, 국장님."

카메라맨은 불안감에 떨고 있는 국장을 안심시켰다.

헌터가 되기 전에는 카메라로 밥을 먹었고, 이 일을 수락하고 나서는 열심히 공부도 했다.

전 국민이 다 지켜볼 방송을 자신의 실수로 망치고 싶은 마음은 눈곱만큼도 없었다.

그만큼 돌아오는 것도 컸고.

'방송 수익의 일부를 떼어 주겠다니.'

이미 A급 헌터로서 많은 돈을 벌고 있었지만, 그런 그가 흥분할 만큼 고액이었다.

제대로 일을 끝내면 작전에 참가한 S급 헌터들과 마찬가지로 어마어마한 돈과 명성을 손에 쥘 수 있었다.

아마 한국에서 가장 유명한 A급 헌터가 될 수 있지 않을까?

기분 좋은 상상에 카메라맨의 입가에 미소가 어렸다.

"그런데 고건희 협회장님께서 용케 촬영을 허락하셨네요? 그 고지식한 분이 돈 때문에 이러는 건 아닐 텐데."

국장은 고개를 끄덕였다.

"저희가 낸 돈은 다 작전 참가 헌터들에게 분배한다더군요."

"그럼 왜……?"

왜 촬영을 허락해 준 것일까?

국장은 자신의 추측을 조심스럽게 얘기했다.

"제 생각에는…… 국민들을 위로해 주기 위해서가 아닐까 싶습니다."

이미 한국 헌터협회는 개미들에게 세 번이나 고배를 마셨다.

잇단 실패로 많은 피해를 입은 협회는 신뢰를 잃었고, 국민들은 개미들에게 이길 수 없다는 무력감에 빠졌다.

그런 상황에서 드디어 역전의 기회가 생긴 것이다.

'사람들의 반응은 요즘 인터넷만 봐도 알 수 있지.'

협회장은 거기서 한발 더 나아가길 원했다. 승리의 순간을 카메라에 담아 국민들에게 알리자고.

더 이상 실패가 없어야 한다는 필사의 결의가 그 뜻에 담겨 있었다.

국장의 설명에 카메라맨도 고개를 끄덕거렸다.

그는 손목의 시계를 보더니 비장한 얼굴로 자리에서 일어났다.

“벌써 시간이 다 됐네요. 이만 일어나겠습니다.”

국장은 다시 한번, 카메라맨에게 깍듯하게 허리를 굽혔다.

“잘 부탁드리겠습니다, 헌터님!”

* * *

타타타타타타타타타타—!

헌터들을 태운 헬기가 날아올랐다.

“…….”

“…….”

항상 허허 웃는 마동욱도, 매사에 자신감을 보이는 최종인도, 긍정적인 성격의 백윤호도 지금 이 순간만은 엄숙한 표정이었다.

카메라맨은 마지막으로 촬영 장비를 점검했다.

머리에 끼우고 다니기만 하면 되는 방식이라 움직임에는 전혀 지장을 주지 않는 물건이었다.

‘몸을 불편하게 만들 카메라였으면 여기 오지도 않았지.’

지금 이 헬기가 향하는 곳은 대한민국에서, 아니 어쩌면 세계에서 가장 위험할지도 모르는 곳이다.

목적지를 떠올린 카메라맨은 침을 꼴깍 삼켰다.

태연하려고 아무리 애를 써 봐도 슬금슬금 피어오르는 긴장감은 어쩔 수 없었다.

긴장하는 건 S급 헌터들도 마찬가지였다.

긴장감을 풀기 위해, 백윤호는 친한 동생에게 말을 걸었다.

"병구야, 난 네가 여기 올 줄은 몰랐다?"

민병구가 씩 웃었다.

"제 힐이 없으면 이 중에서 형이 제일 먼저 죽을 것 같아서요. 형은 마수만 보이면 일단 덮치고 보니까."

"아니, 넌 꼭 말을 해도 그런 식으로. 내가 마수를 덮치긴 왜 덮치냐?"

두 사람의 대화에 헌터들이 피식피식 웃음을 터트렸다.

대한민국의 힐러 중 유일하게 S급인 민병구.

은퇴했던 그가 특별히 이번 레이드에 참가한다는 소식을 듣고 멤버들 전원이 환영했다.

힐러가 있고 없고는 차이가 컸다.

부상을 걱정하지 않고 싸울 수 있으니까 말이다.

백윤호와 민병구의 대화로 얼어붙어 있던 분위기가 풀려 가는 가운데, 백윤호 옆의 차해인이 조용히 물었다.

"백 사장님, 혹시 성진우 씨 만나고 오셨어요?"

"성진우 씨요?"

"네."

백윤호는 고개를 저었다.

"아니요. 그런데 그건 왜?"

"아…… 아닙니다. 제가 좀 착각했나 봐요."

그때.

마동욱이 허허 웃음을 터트렸다.

"허허, 드디어 시작이군."

그가 가리키는 방향으로 헌터들의 시선이 돌아갔다.

헬기의 창 유리 너머로 이미 마수들의 땅이 되어 버린 검은 대지가 조금씩 보이고 있었다.

4. 불길한 기운

4. 불길한 기운

헬기를 발견한 변종 개미들이 날아올랐다.

부웅-

부웅-

아직 비행이 가능한 개체는 얼마 되지 않는지 일단 눈에 보이는 숫자는 일곱에 불과했다.

"제가 처리하죠."

팀 내 유일한 마법 계열 헌터인 최종인이 나섰다.

스킬 '플레임 스피어'.

캐스팅이 끝나자 나타난 일곱 개의 불꽃이 창처럼 길게 꼬리를 그리며 날아가 개미들에게 적중했다.

콰과광-!

분산된 화력으로 개미 마수를 한 방에 죽이는 것은 어려운 일.

그러나 놈들의 날개를 태워 버리기엔 충분했다.

키엑-

캬악-

날개가 타 버린 개미들이 아래로 떨어져 내렸다.

최종인은 그런 놈들을 바라보며 주먹을 불끈 쥐었다.

하지만 승리의 여운을 즐기고 있을 때가 아니었다.

돌아선 최종인이 마동욱에게 물었다.

"일본 쪽은 어떻습니까?"

개미들이 접근을 눈치채고 움직이기 시작했다.

그 말은 더 이상 여유 부리고 있을 시간이 없다는 뜻이었다.

치익-

마동욱은 귀에 꽂은 수신기에 귀를 기울였다. 탱커인 그가 이번 한국 측 공격대의 리더를 맡고 있었다.

"이제 들어간다네."

퍼엉-!

말이 끝나기가 무섭게 폭음이 들려왔다.

콰광!

쾅!

그것이 신호가 된 듯 섬 곳곳에서 폭음이 연달아 들려오고 매캐한 연기가 피어올랐다.

4차 토벌 작전의 시작이었다.

사신 길드의 마스터 임태규가 헬기에서 지상을 내려다보며 눈살을 찌푸렸다.

일제히 개미굴을 빠져나온 개미 수천 마리가 네 갈래로 흩어져 섬의 동서남북을 향해 이동하고 있었다.

"아주 징그럽군, 징그러워."

"다 빠져나간 거 같은데요?"

"……그렇구먼."

길게 이어지던 개미들의 줄은 금방 끝나고, 남은 것은 지면에 뚫려 있는 커다란 구멍 하나.

개미굴의 입구였다.

개미굴 규모가 어찌나 큰지 입구 크기부터가 고속도로에서 흔히 볼 수 있는 터널만 했다.

저 개미굴의 가장 안쪽에 여왕개미가 있으리라.

공격대의 목표는 오직 하나.

여왕의 제거였다.

"다들."

개미굴로 침투하기 직전 마동욱이 손짓으로 팀원들을 전부 불러 모았다. 머뭇거리던 카메라맨에게도 손짓했다.

이번 작전에 참여하는 전원이 이마를 맞댔다.

"수백 번의 시뮬레이션에서 일본 헌터들이 끌 수 있었던 시간은 대략 1시간. 우리는 그 1시간 내 무조건 여왕을 처치해야 하네."

굳이 '실패했을 경우' 같은 말은 하지 않았다.

1, 2, 3차 토벌 작전 때와 달리, 이번 작전에서는 달아날 길이 없다. 그대로 개미굴 속에 고립되는 것이다.

마동욱이 팀원들을 얼굴을 하나씩 훑어보자, 다들 비장한 얼굴로 고개를 끄덕였다.

'최고의 팀원들이다.'

아마 또다시 이러한 비극이 생기는 않는 한, 이만한 팀과 함께할 기회는 없을 터.
마동욱은 팀의 리더를 맡은 것을 영광이라 생각했다.
각자의 짧은 각오가 끝나고.
"갑시다."
헬기 위에서 공격대 멤버 여섯 명, 카메라맨 한 명, 모두 합쳐 일곱 명의 헌터들이 뛰어내렸다.

* * *

"한국 놈들이 들어간 지 얼마나 지났지?"
고토가 물었다.
"잠시."
원래 컨트롤 센터와의 연락은 리더인 고토의 몫이지만, 몸에 거치적거리는 걸 붙이기 싫어하는 그 대신 연락을 맡은 헌터가 대답했다.
"10분이 조금 안 됐답니다."
"10분이라."
슬슬 빠질 준비를 해야겠군.
고토는 제주도를 떠날 준비를 하기에 앞서 잠깐 주변을 둘러보았다.
학살당한 개미들의 사체가 수북이 쌓여 있었다.
이번 레이드에서 일본팀의 표면적 목표는 시선 분산.
개미 제거보다는 시간 벌이에 집중해 후퇴에 전투를 반복하며 싸웠는데도 이만한 성과를 올렸다.
'한국에겐 버거운 상대일지 몰라도 우리 일본에는 해당되지 않는다.'

강한 자신감에 고토의 한쪽 입꼬리가 올라갔다.

고토는 발끝에 거치적거리는 개미 사체 하나를 멀리 차 버리고는 퇴각을 준비하라는 명령을 내렸다.

일본팀의 진짜 목표를 위해 움직여야 할 순간이 왔다.

그런데.

"저기, 고토 상."

"음?"

연락을 맡은 헌터의 표정이 심상치 않았다.

"아까부터 3팀과 연락이 되지 않고 있답니다."

'기기 고장인가…….'

몇 번의 점검에도 멀쩡하던 기계가 중요한 일을 앞둔 순간이나, 중요한 일이 진행되는 도중에 고장 나는 경우는 그리 드물지 않다.

3팀 상륙 지점은 남쪽.

서쪽에 상륙해 계속 아래쪽으로 이동해 온 자신의 1팀과는 거리상으로 그다지 멀지 않을 터.

"현재 우리 위치에서 3팀의 연락이 끊어진 지점까지 거리가 얼마나 되지?"

"지금 저희 이동 속도로 10분이면 도착할 수 있답니다."

예상했던 대로 멀지 않았다.

이대로 두면 퇴각 명령을 듣지 못한 3팀이 혼자 섬에 남았다가 봉변을 당할 수 있었다.

'…….'

다음 일본팀 단독 토벌 작전을 생각해서라도 S급 헌터 다섯을 낙오자로 만들 수는 없는 일.

특히 3팀은 개미굴과 가장 가까운 남쪽에서 상륙하는 만큼 최정예로 구성되어 있었다.

그들을 잃는다는 것은 일본 입장에서 뼈아픈 손실이었다.

'뭐, 별일이야 없겠지만…….'

분명 약간의 착오가 있었던 것이리라.

고토는 잠시 고민해 본 끝에 결론을 내렸다.

"일단 우리가 한번 가 보지."

* * *

착.

진우가 멈춰 서자 익숙한 기계음이 나왔다.

띠링.

[현재까지 달린 거리 : 10km]

[달리기 10km를 완료하셨습니다.]

처음 일일 퀘스트를 접했을 때와는 180도 다르게, 진우의 호흡은 조금도 흐트러지지 않았다.

하도 매일같이 일일 퀘스트를 반복했더니 이제는 그냥 생활의 일부 같은 느낌이었다.

곧 완료 메시지와 함께 완료 보상이 날아왔다.

'스탯.'

진우는 보상으로 받은 능력치 포인트 중 2를 민첩에, 나머지 1을 다시 근력에 찍었다.

[스탯]

근력 : 219　　체력 : 200　　민첩 : 230

지능 : 250　　감각 : 200

(분배 가능 능력치 포인트 : 0)

물리 데미지 감소 : 46%

끝자리가 0이 돼 가는 스탯들을 보며 진우는 흡족한 미소를 지었다.

'포인트가 1만 더 있었어도…….'

아쉽지만 포인트를 만들어 낼 수도 없는 노릇이고.

그래도 고르게 올라간 스탯들을 보면 미소가 절로 지어졌다.

'좋아.'

지능을 250까지 올린 뒤로는 뒤처지는 스탯이 없게 전체적인 밸런스를 맞추고 있었다.

'다섯 개 스탯 모두 버릴 것이 없어.'

그것이 오랜 시간 레벨과 스탯을 올리면서 내린 결론이었다. 수치가 높아진 스탯은 무엇이든 언제나 자신을 실망시키지 않았으니까.

'그러니…….'

앞으로도 별일이 없다면 당분간은 스탯 밸런스를 맞춰 갈 생각이었다.

진우는 만족스러운 얼굴로 스탯 창을 닫았다.

그러고는 주위를 둘러보았다.

원래 한산한 동네기는 했지만 오늘은 인적이 뚝 끊긴 상태였다.

이유는 충분히 짐작이 가능했다.

진우는 핸드폰을 꺼내 시간을 확인했다.

'역시나.'

지금쯤이면 한참 한일 연합팀의 레이드가 진행되고 있을 타이밍.

전 국민이 TV에서 눈을 떼지 못하고 있으리라.

진우는 방향을 틀었다.

퀘스트는 이미 끝났지만 집으로 가는 발걸음은 평소보다 빨랐다.

* * *

작전은 순조로웠다.

마동욱 팀은 일본이 예고했던 대로 아무런 방해도 없이 개미굴의 깊숙한 안쪽까지 들어왔다.

개미굴 안은 동굴형 던전과 비슷한 구조였다.

다만 차이점이 있다면 야광석이 없어 안에 들어간 헌터들 스스로가 시야를 밝혀야 한다는 점일까?

'…….'

꼴깍.

던전 경험은 꽤 된다고 생각하고 있었는데. 카메라맨이 긴장감에 마른침을 꼴깍 삼켰다.

그의 위치는 맨 뒤.

제일 앞에 선 최종인이 불을 밝히고 나머지 헌터들이 그 뒤를 바싹 붙어 따라가는 형태였다.

카메라맨의 이마에도 촬영을 위한 라이트가 붙어 있었다.

하지만 마력이 녹아든 짙은 어둠 속에서는 S급 헌터의 마법만큼 도움이 되지 않아, 눈앞만을 겨우 밝혀 줄 수 있는 수준이었다.

“조용하네요.”

최종인이 무심코 건넨 말에 옆에 붙어서 있던 마동욱이 고개를 끄덕여 동의를 표했다.

“음.”

리더이자 탱커인 그에게는 최전방에 서 있는 마법 계열, 최종인을 보호해야 할 의무가 있었다.

그래서일까?

마동욱은 날카로운 눈빛으로 연신 사방을 경계했다. 평소 호탕하던 모습은 찾아볼 수 없었다.

백윤호도 평소와 달랐다.

처음부터 ‘마수의 눈’을 뜨고서 개미굴로 들어온 그는, 말 한마디 없이 조그마한 마력의 흐름도 놓치지 않기 위해 애를 썼다.

민병구와 카메라맨도 잔뜩 긴장한 기색이었다.

오직 차해인만이 평소처럼 무표정한 얼굴로 검 손잡이에 손을 얹고서 묵묵히 걸었다.

그때였다.

“저기…….”

뭔가를 발견한 듯 최종인이 목소리를 냈다.

“허.”

“음…….”

헌터들이 침음성을 냈다.

벽과 천장에 빼곡히 들어차 끝도 없이 늘어서 있는 개미의 알들.

반투명의 뿌연 껍질 안에서 꿈틀거리는 거뭇거뭇한 유충들이 보였다.

음침한 분위기와 퀴퀴한 악취가 뒤섞인 산란장을 앞에 두고 느낄 수 있는 감정은 딱 하나.

역겨움이었다.

"이거 싹 불태워 버릴까요?"

최종인이 눈살을 찌푸리며 말했다.

마동욱이 개미굴에 들어오고 나서 처음으로 웃었다.

"나도 그러고 싶은 생각이 굴뚝같네만 시간이 없으니 그만두지."

어차피 이 녀석들이 모조리 부화한다고 해도 수명은 1년.

놈들의 어미만 처치할 수 있다면 신경 쓸 필요가 없는 존재였다.

"옵니다."

백윤호가 어둠 속을 가리키며 경고했다.

그리고 그가 말하기도 전에 차해인은 이미 검을 뽑아 들고 있었다.

마동욱이 자신의 몸집만큼 커다란 방패를 턱까지 들어 올리고 전방을 경계했다.

사사사삭.

열 마리 정도 되는 개미 떼들이 일제히 나타났다.

제주도에서 태어나 변이한 놈들인 듯 하나같이 눈이 퇴화해 있었다.

"여왕의 호위인가?"

최종인이 고개를 저었다.

"아니요. 아마도 산란장을 지키는 놈들 같습니다."

"그럼 어렵지 않겠군."

보스의 호위가 아니라 일반 몬스터라면 전원이 S급으로 이뤄진 공격대의 화력을 버틸 수 없을 터!

남은 시간이 얼마 없음을 잘 알고 있는 마동욱이 먼저 덤벼들었다.

"가세!"

헌터들이 뒤따라 들어갔다.

이어 최종인의 손끝에서 불꽃이 몇 번 번쩍였고, 임태규가 쏜 화살이 공기를 갈랐다.

마동욱의 짐작대로 싸움은 금방 끝이 났다.

키엑!

마지막 개미의 목이 떨어졌다.

차해인이 검에 묻은 체액을 털었다.

마동욱이 말했다.

"산란장이 여기 있다는 건……."

대답은 최종인의 입에서 나왔다.

"여왕의 침실이 가까이에 있다는 뜻이죠."

잠시 뒤 만날 여왕과의 결전을 위해 각자 잠시 정비의 시간을 가지는 동안, 여기저기를 둘러보고 있던 카메라맨이 갑자기 소리를 질렀다.

"헉!"

헌터들의 시선이 그리로 몰렸다.

"죄, 죄송합니다."

자신이 머리에 찬 카메라로 전 국민이 방송을 지켜보고 있다는 사실을 깜빡한 그가 헌터들을 향해 고개를 꾸벅 숙였다.

백윤호가 호기심을 느끼고 가까이 다가왔다.

"뭐가 있습니까?"

"아, 다른 게 아니라…… 저기에."

카메라맨은 겸연쩍게 웃으며 한쪽 구석을 가리켰다.

"부화한 알들이 잔뜩 쌓여 있는데 유독 하나만 크기가 엄청나게 커서요."

'……!'

백윤호의 눈이 커졌다.

말 그대로였다.

다른 개미들의 알이 자전거 바퀴만 한 크기에 그치는 데 비해 그가 가리키는 알은 유독 사람 크기…….

'아니.'

길쭉하고 타원형인 것이 개미 성체가 나왔다고 해도 무방할 크기였다.

'설마 이것도 개미 알인가?'

"대체 여기서 뭐가 태어난 거지?"

어느새 다가온 민병구도 놀란 표정을 지었다.

잠시 얼굴이 굳어 있던 백윤호가 표정을 싹 바꾸더니 씩 웃으며 민병구의 등을 툭 쳤다.

"우리는 여왕만 잡으면 돼. 다른 건 신경 쓸 필요 없어."

"……네."

민병구는 꺼림칙하다는 얼굴로 돌아서서 헌터들이 있는 곳으로 갔다.

하지만 백윤호는 다시 한번 그 알을 뒤돌아보았다.

'말도 안 돼…….'

*　*　*

‘말도 안 돼…….’

고토는 눈을 의심했다.

“헉!”

“음……!”

다른 헌터들은 경기를 일으키거나 침음을 삼켰다.

고토가 주위를 둘러보며 눈살을 찌푸렸다.

3팀 헌터들은 연락이 끊어진 그 자리에 있었다.

다섯 명 모두 머리를 잃은 채로.

동료였던 헌터 다섯이 시체가 되어 바닥에 굴러다니는 광경은 헌터들에게도 충격적이었다.

‘…….’

말없이 관자놀이를 주무르던 고토가 다가가 헌터들의 주검을 살폈다.

‘날붙이에 잘려 나간 게 아니다.’

헌터들은 모두 목이 찢겨 나간 상태였다.

‘얼마나 강한 힘으로 물어뜯었으면 목이 이렇게 될까?’

고토가 경악하고 있는 사이 가까이 다가온 헌터 하나가 분노를 토했다.

“이 개미 새끼들이…….”

고토는 고개를 저었다.

“들이 아니다.”

"네?"

"개미가 됐든 뭐가 됐든 적은 하나였다."

"그, 그럴 리가?!"

고토는 침을 꼴깍 삼켰다.

눈을 아무리 크게 뜨고 뒤져 봐도 주위에 싸움의 흔적이 없었다.

개미들이 숫자로 밀어붙여서 3팀이 전멸했다면 죽은 개미들이나 기타 흔적이 남아 있어야 했다.

하지만 그런 것은 전혀 찾아볼 수 없었다.

게다가 헌터들의 상처들.

공격당한 위치를 봐서는 아무래도 한 놈에게 당한 듯했다.

'어떻게 일본 최정예 헌터들을 마수 하나가…….'

만에 하나라도 이런 짓을 할 수 있는 놈이라면 S급 던전의 보스뿐.

고토는 옆의 헌터가 쓰고 있던 송수신기를 뺏어 목청에 힘을 주었다.

"고토다."

—말씀하십시오.

"여왕개미는 어디에 있지? 놈이 굴을 빠져나왔나?"

—확인해 보겠습니다.

위성에 부착된 마력 탐지 카메라.

전 세계에서 미국, 일본, 중국만이 보유한 기술이었다.

그중 하나인 중국조차 미국 기술을 해킹해 카피한 수준에 불과하니, 오리지널이라 할 수 있는 기술 보유국은 미국, 일본 두 나라가 전부.

일본은 세계에 자랑하는 그 기술로 여왕개미의 위치를 포착할 수 있었다. 여왕의 위치가 수신기를 통해 흘러나왔다.

—아닙니다. 여왕은 내내 침실에 있었습니다. 아, 지금 한국 헌터들이 침실로 침투 중입니다.

"뭐?"

고토가 벌떡 일어났다.

심장이 철렁 내려앉는 기분을 느꼈다.

'여왕의 짓이 아니라고?'

고토의 호흡이 빨라졌다.

일이 크게 잘못되어 가고 있었다.

고토는 서둘러 말했다.

"철수 명령을…… 모든 일본 헌터들에게 한시라도 빨리 섬에서 떠나라고 알려라."

—치익, 알겠습니다.

고토는 통신을 끊었다. 그의 표정이 어두웠다.

'우리가 놓친 게 있었나?'

원하는 것을 성공적으로 얻어 내기 위하여 일어날 수 있는 모든 가능성을 고려했다.

한데 최정예 헌터 다섯이 뭉친 팀 하나가 일시에 몰살당하는 일은 예상의 범주를 아득히 벗어난 것이었다.

'잠깐…….'

그때 문득 떠오른 기억.

4개월 전에도 한 번 기이한 일이 있었다.

위성으로 24시간 감시하고 있었던 여왕개미의 마력이 갑자기 큰 폭으로 떨어졌던 것이다.

평소의 절반 이하.

연구팀에서는 그것을 여왕개미의 수명이 다한 결과로 보고 수차례 낙관적인 전망을 내놓았다.

여왕개미가 서서히 마력을 회복하기 전까지는.

'딱 한 달 걸렸었나?'

오래지 않아 여왕은 본래의 마력을 되찾았다.

수명 이야기를 꺼냈던 관계자들은 예상을 크게 엇나간 결과에 전부 입을 다물 수밖에 없었다.

"고토 씨."

팀원의 목소리에 고토가 상념에서 깨어났다.

"음."

3팀 헌터들의 주검을 살피느라 한쪽 무릎을 땅에 대고 있던 고토는 천천히 몸을 일으켰다.

지금은 딴생각을 하고 있을 때가 아니었다.

'너무 내륙 쪽으로 들어 왔나…….'

사사사삭.

어느새 뒤를 쫓아 몰려든 개미들 수백 마리가 입맛을 다시듯 하나씩 고개를 쳐들고 있었다.

* * *

한편.

한국팀은 보스 방, 통칭 '여왕의 침실'로 들어섰다.

여기까지 15분.

‘돌아가는 데 비슷한 시간이 걸린다고 치면…….’

아직 30분의 시간이 남아 있다.

한번 지나갔던 길이니 돌아가는 시간을 더 단축시킬 수 있다고 가정했을 때, 시간은 제법 넉넉한 편이었다.

‘좋아.’

손목시계를 확인하던 마동욱이 고개를 끄덕였다.

순조로운 흐름이다.

중요한 것은 이제 어떻게 마무리를 짓느냐, 하는 것.

백윤호가 ‘마수의 눈’을 이용해 어둠 저 너머에 있는 적의 숫자를 정확히 파악해 주었다.

“여왕은 가장 뒤쪽. 그 앞에 호위 여덟이 있습니다.”

여왕의 호위들은 일반 개미와 비교할 수 없을 만큼 강하다. 혼자서 여왕과 호위 모두의 공격을 감당하기는 벅찰 터.

여기서부터는 보조 탱커 역할을 해 줄 사람이 필요했다.

마동욱이 옆을 돌아보았다.

“차 헌터.”

“예.”

“내가 여왕을 보는 동안 호위들을 맡아 줄 수 있겠나?”

“맡겨 주세요.”

차해인이 짧게 대답했다.

헌터스에서 레이드할 때는 메인 탱커 노릇을 해 왔던 그녀다. 서브 탱커 정도야 식은 죽 먹기였다.

마동욱은 팀원들을 둘러보았다.

여기 있는 한 사람 한 사람 모두가 마수 사냥의 스페셜 리스트들.

자질구레한 설명은 시간 낭비였다.

"갑시다."

마동욱이 개미들을 향해 돌아서자마자 최종인이 거대한 광구를 만들어 보스 방 꼭대기에 띄웠다.

그러자 보스 방 전체가 환해졌다.

"헉."

어마어마한 광구의 크기를 보고서 카메라맨이 조용히 신음을 흘렸다.

그는 입술 옆의 작은 마이크에 대고 빠르게 소곤거렸다.

"저도 A급 헌터로서 많은 레이드에 참여해 왔지만 저 정도로 커다란 라이트(light) 마법은 처음이네요. 과연 한국 최고의 마법 계열 헌터답습니다."

그의 목소리가 마이크를 타고 전국의 시청자들에게 퍼졌다.

그는 방금 막 자신이 촬영하고 있는 방송의 시청률이 80퍼센트를 넘었다는 사실을 전해 들었다.

욕심이 생긴 그가 좀 더 좋은 영상을 담기 위해 앞서 나가려 하자, 뒤에 있던 민병구가 그의 어깨를 잡아당겼다.

"컥!"

강한 악력에 카메라맨은 속절없이 민병구 쪽으로 돌아섰다. 어깨가 아파 입이 쩍 벌어질 정도였다.

'무슨 힐러 힘이 이렇게…….'

놀랄 틈도 없이 카메라맨은 헬기 안에서 서로 농담을 주고받을 때와는 전혀 다른 표정을 짓고 있는 민병구와 마주해야 했다.

"여긴 S급 던전의 보스가 있는 곳입니다. 아무도 당신 목숨을 책임져 주지 않아요."

민병구의 노기 어린 목소리에 카메라맨은 제대로 된 대답도 못 하고 연신 고개만 끄덕거렸다.

"알아들으셨으면 제 뒤에 서 계세요. 이제부터 진짜 시작이니까."

S급 헌터의 박력.

모든 계열 중에서 전투력이 가장 약하다는 힐러조차 A급 헌터를 압도하는 기세를 뿜어냈다.

그게 S급과 A급의 격차.

그런 괴물 같은 이들이 힘을 합쳐 전투를 벌이는 곳에서 자신이 과연 무엇을 할 수 있을까?

카메라맨은 헌터가 된 뒤 처음으로 스스로에게 무력감을 느끼며 급히 민병구의 뒤로 가서 섰다.

아니나 다를까.

"온다."

거대한 개미 한 마리가 헌터들을 발견하고서 여섯 개의 다리를 움직여 천천히 기어 왔다.

"저게 여왕……."

백윤호가 침을 꼴깍 삼켰다.

다른 헌터들의 얼굴에서도 긴장된 낯빛이 역력했다.

여왕의 압도적인 위용!

그들은 수백, 수천에 달하는 개미 군단의 방벽을 넘어 최초로 여왕을 목격한 헌터들이 됐다.

'오늘 이 지긋지긋한 개미들의 명줄을 끊는다.'

백윤호는 저 커다란 덩치를 쓰러뜨릴 생각에 가슴이 떨려 왔다.

그러려면 우선.

잠시 여왕에게 고정되어 있던 백윤호의 시선이 아래로 내려갔다.

'저놈들부터…….'

여왕의 한 걸음 앞에서 걸어오는 여덟 마리의 개미들.

호위들을 제거하는 게 먼저였다.

"하압!"

팀원들의 마음을 읽기라도 한 것처럼 팀의 메인 탱커인 마동욱이 최전방으로 뛰쳐나갔다.

마동욱의 목에 굵은 힘줄이 돋았다.

"개미들아, 와라!"

우렁찬 함성!

눈이 퇴화한 대신 소리에 민감한 호위들이 이빨과 발톱을 세우고 마동욱에게 달려들었다.

마동욱이 뒤를 돌아보았다.

"차 헌터, 지금!"

마동욱과 거리를 유지하며 달려오던 차해인이 허리춤에서 장검을 뽑아냈다. 그러고는 양손으로 움켜쥔 뒤, 있는 힘껏 지면에 내리꽂았다.

스킬 '도발의 진동'.

콱!

바닥에 꽂힌 검에서 원형으로 된 마력 파장이 퍼져 나갔다.

마동욱을 노리던 호위들이 뭔가에 홀린 듯 일제히 방향을 틀어 차해인에게 덤벼들었다.

'그렇지!'

자신을 지나쳐 차해인을 향해 돌진하는 호위들을 보며 마동욱은 속으로 주먹을 움켜쥐었다.

차해인이 호위 개미들의 어그로를 성공적으로 가져갔다.

다음은 자신의 차례.

마동욱은 차해인 쪽으로 거대한 몸을 움직이고 있는 여왕 앞에 섰다.

“너는 이쪽이다.”

자신의 앞을 가로막은 적이 불쾌한지 여왕은 포효를 내질렀다.

키에에에엑-

어지간한 탱커였으면 위압감에 짓눌리다 못해 귀를 틀어막았을 끔찍한 포효였지만, 국내 최고의 탱커인 마동욱에게는 어림없는 수작이었다.

“합-!”

스킬 ‘도발의 기합’.

광역 도발을 시전한 차해인과 달리, 마동욱은 여왕을 향해 일대일 도발 스킬을 사용했다.

포효를 내지르던 여왕이 마동욱을 노려보았다.

도발은 성공적으로 먹혔다.

‘좋다!’

목표는 뒤의 동료들이 호위들을 다 처치하고 오기 전까지 보스의 공격을 견뎌 내는 것.

그건 세상에서 가장 자신 있는 일이기도 했다.

육중한 방패를 턱 바로 밑까지 들어 올리는 마동욱의 눈빛이 비장했다. 그는 늘 하던 것처럼 이번에도 역시 마음속으로 기도했다.

'나 자신과 동료들을 지킬 수 있는 힘을 주소서.'

콰과과광!

때마침 등 뒤에서 터져 나오는 폭음과 함께, 많은 이들의 운명을 건 여왕개미 레이드가 시작되었다.

* * *

"영감, 오늘 헌터들 나온다는데 안 볼 것이요?"

"일없네."

"그러지 말고……. 아까 TV에서 그러는데 오늘은 진짜 때려잡을 수 있다고 하니까 같이 봅시다."

"아, 그놈들 매번 하는 소리가 다 그렇지. 일없다니까."

할아버지는 휙 돌아앉아서는 신문을 넘겼다.

굽어 있는 등 너머에서 곧 혀를 끌끌 차는 소리가 들려왔다.

"쯧쯧쯧. 이놈의 신문들도 다 헌터 얘기라 볼 것이 없구먼."

할머니는 남편의 볼멘소리를 들으며 조심스럽게 안방 문을 닫았다.

"휴-."

불과 2년 전까지만 해도 남편은 누구보다 제주도 소식에 관심을 가지고 헌터들을 응원했던 사람이었다.

하나밖에 없는 자식을 제주도 개미들에게 잃었으니까.

억장이 무너지는 것 같은 깊은 절망은 곧 마수들을 향한 강한 분노로 바뀌었다.

남편은 토벌 작전이 있을 때마다 헌터협회에 거금까지 기부해 가며 헌터들을 격려했다.

작전 당일에는 긴장한 나머지 밤잠을 설치기 일쑤였다.

그러나 기대가 크면 실망도 큰 법.

모든 전력을 다 동원한다던 3차 토벌 작전까지 큰 피해를 입고 수포로 돌아갔을 때, 남편은 며칠 동안 멍한 눈으로 정신을 차리지 못했다.

그 이후로 남편은 일절 헌터 이야기를 하지 않았다. 기대도 희망도 품지 않게 된 것이다.

"휴-."

다시 한번 한숨을 내쉰 할머니는 거실에 앉아 리모콘을 들었다.

TV를 틀자마자 레이드 방송을 진행하는 사회자의 입에서 감격에 찬 멘트가 터져 나왔다.

-지금 막 자랑스러운 우리 대한민국의 헌터들이 여왕개미 레이드의 첫발을 내디뎠습니다!

마침 헌터들의 싸움이 시작되려 하고 있었다.

할머니는 양손을 가슴 앞에 모아 쥐고 조마조마한 심정으로 TV를 시청했다.

헌터들이 다칠 때면 안타까운 마음에 눈을 돌리고, 헌터들의 공격이 적중할 때면 기쁘게 박수를 쳤다.

"아이고! 아이고!"

-아, 아! 드디어! 첫 번째 마수가 쓰러졌습니다!

그게 시작이었다.

헌터들의 분투에 무시무시해 보이던 개미 괴물들이 하나둘 쓰러져 갔다.

그때마다 사람들이 내지른 함성과 환호성으로 아파트 전체가 들썩거렸다.

"아이고, 아이고!"

-넷! 이제 넷 남았습니다! 벌써 반을 처치한 겁니다!

그 말에 할머니는 갑자기 눈물이 핑 돌았다.

첫 번째로 사람들을 지키기 위해 목숨을 걸고 싸워 주는 헌터들이 고맙고 감사해서 그랬고.

두 번째로 제주도의 대기업에 합격했다며 기뻐 날뛰던 아들 얼굴이 생각나서 그랬다.

-남은 호위는 둘! 호위 둘만 더 해치우면 여왕을 칠 수 있는 겁니다! 레이드 성공까지 얼마 남지 않았습니다!

그때였다.

벌컥!

안방 문이 열리며 얼굴이 시뻘게진 할아버지가 달려 나왔다.

"영감……."

할머니의 부름에도 대꾸조차 없이, 할아버지는 붉어진 눈시울로 말없이 TV 화면만을 응시했다.

굳게 쥔 주먹이 부들부들 떨리고 있었다.
사회자도 숨죽이며 상황을 지켜보다가.

-강력한 호위 개미들을 전부 처치했습니다! 이제 남은 개미는 여왕뿐! 여왕만 잡으면 개미들을 박멸할 수 있습니다! 헌터들, 틈을 주지 않고 바로 공격을 시작합니다!

여왕개미를 상대로 잘 버텨 준 마동욱의 뒤에서 다섯 명의 헌터가 일제히 달려드는 모습이 TV에 나왔을 때.
할아버지는 자신도 모르게 굵은 눈물을 흘리며 양손을 힘차게 내질렀다.
"으아아아-!"

* * *

방송국.
전국에서 폭주하는 응원 전화들에 국장은 즐거운 비명을 질렀다.
"국장님, 방금 시청률 85퍼센트를 넘어섰습니다!"
"됐어!"
국장은 두 주먹을 불끈 쥐었다.
시청률 85퍼센트.
이건 대한민국이 월드컵 결승전에 올라가도 깨지지 않을 기록이었다.
게다가 외국에서 들어온, 또 앞으로 들어올 이익까지 생각하면…….

'대박이다.'

의자에 털썩 주저앉으며 양손으로 얼굴을 훔쳤다.

상황실에 있는 다른 직원들도 기쁨을 감추지 못하는 국장의 얼굴을 보고는 안도의 한숨을 내쉬었다.

송출 화면에서는 계속해서 한국팀 헌터들이 여왕개미를 시원하게 두들겨 패는 장면이 흘러나오고 있었다.

ㅡ미국, 중국, 러시아, 프랑스! S급 게이트를 클리어한 나라 목록에 우리 대한민국이 추가되기 직전입니다!

국장은 손수건을 꺼내 식은땀으로 반질반질해진 이마를 슥슥 문질렀다.

'좋아, 좋아!'

여왕은 거의 빈사 상태였고, 이제 헌터들이 여왕을 처치하고 무사히 개미굴을 빠져나오는 일만을 남겨 두고 있었다.

그런데.

ㅡ키아아아아아아아아아아!

"깜짝이야!"

화들짝 놀란 국장이 뒤를 돌아보자, 피디가 급하게 볼륨을 줄였다. 국장은 고개를 갸웃거리며 그리로 움직였다.

"나 피디, 방금 무슨 소리야?"

"아, 이게…… 제주도에서 오고 있는 오리지널 영상인데, 여왕개미에게서 나온 소리 같습니다.”

“여왕이?”

현재 방송 화면과 오리지널 영상 사이에는 약간의 시간적 간격이 있었다.

레이드 도중에 무슨 일이 일어날지 알 수 없기 때문에 리얼 타임으로 생중계할 수 없는 것이다.

영상을 지켜보던 국장이 흐뭇하게 웃으며 지시했다.

“이렇게 역사적인 승리의 순간에 마수의 괴성이 요란하게 울려 퍼지는 건 좀 그렇구먼. 요 부분은 편집하거나 소리를 좀 줄이지?”

“네.”

나 피디는 고개를 끄덕였고, 국장은 격려하는 차원에서 피디의 오른쪽 어깨에 손을 얹었다.

그때 직원 하나가 굳은 얼굴로 급하게 달려왔다.

“국장님, 피디님!”

국장은 고개를 돌렸다.

경험상 이런 상황에서 저런 얼굴을 한 직원의 보고가 좋은 소식이었던 적은 없었다.

보고를 듣기도 전에 막연한 불길함이 스쳐 지나갔다.

오늘만큼은 자신의 예감이 틀렸기를 간절히 기도하며, 국장은 직원에게 조심스레 물었다.

“……무슨 일인가?”

그러나 불길한 예감은 여지없이 맞아떨어지는 법. 직원은 당혹스러운 목소리로 말했다.

“지금, 일본 헌터들이 전부 제주도를 빠져나가고 있답니다!”

"뭐?!"

* * *

마동욱이 팀원들을 독려했다.

"조금만 더! 여기서 조금만 더 밀어붙입시다!"

조금만 더 밀어붙이면 된다는 그의 말처럼 여왕개미는 지금 쓰러지기 일보 직전이었다.

여왕개미의 머리에는 임태규가 쏜 화살들 수백 개가 빽빽하게 박혀 있어 고슴도치를 연상케 했다.

피융—!

콰직!

또 하나의 화살이 날아가 여왕의 미간에 박혔고, 여왕은 고통스러운 듯 괴성을 지르며 머리를 가로저었다.

끼에에엑!

곧 정신을 차린 여왕이 방 전체에 산성 독액을 뿜어냈다.

쏴아아악—

워낙 광범위한 공격이라 미처 피하지 못한 헌터들의 피부가 까맣게 타들어 가기 시작했으나, 이내 민병구의 치료 스킬로 말끔하게 치료되었다.

키에엑!

독액 공격이 통하지 않자 분노한 여왕이 톱니 같은 거대한 이빨로 선두에 서 있던 마동욱을 물었다.

콱!

그러나 '상급 강화' 스킬로 전신을 방어한 마동욱은 무시무시한 여왕의 공격을 버텨 낼 수 있었다.

이빨의 한쪽은 방패에, 다른 한쪽은 왼손에 막혔다.

마동욱이 시간을 벌고 있는 사이 여왕의 옆구리에서 엄청난 불길이 치솟았다.

콰가가가광-!

최종인의 마법이었다.

키엑!

여왕이 비틀거리며 몸을 가누지 못하는 틈을 타, 짐승형 마수로 변한 백윤호가 빠르게 뛰어올라 맨손으로 여왕의 이빨 한쪽을 뜯어냈다.

콰직!

바닥에 가볍게 착지한 백윤호는 거친 숨을 토해 내며 확신했다.

'여왕은 끝났다.'

오랜 경험으로 알 수 있었다.

이 땅을 많은 희생자들의 피로 검게 물들였던 마수들의 대장을 잠재울 수 있는 순간이었다.

이제 조금만 더.

그렇게 생각하자 가슴속 깊은 곳에서부터 벅찬 감동이 밀려 올라왔다.

그런데 그때.

별안간 여왕이 고개를 하늘로 빳빳이 쳐들었다.

그리고.

키아아아아아아아아아아-!

고막이 찢어질 것 같은 고성이 개미굴 전체에 울려 퍼졌다.

백윤호의 눈동자가 흔들렸다.

'뭐지? 포효? 단말마?'

아니, 그런 것들과는 좀 다른 느낌.

저 고음은 흡사 멀리 있는 누군가를 애타게 부르짖는 소리처럼 들려왔다.

'누군가를 부른다?'

생각이 거기까지 미친 순간 어떻게 된 일인지 간담이 서늘해졌다.

"막아야 돼!"

백윤호가 나서기 직전, 우아하게 점프한 차해인이 양손으로 쥔 검을 힘차게 내리그었다.

스걱!

차해인이 땅에 내려서기도 전에 여왕의 머리가 먼저 바닥으로 떨어졌다.

쿵!

숨죽이며 S급들의 싸움을 지켜보고 있던 카메라맨이 눈물을 글썽거리며 두 손을 번쩍 들었다.

4년 동안이나 이어졌던 끔찍한 싸움의 막이 내려가는 순간이었다.

"헉, 헉."

가쁘 숨을 몰아쉬던 마동욱이 팀원들에게 엄지를 들어 보였다.

차해인은 안도의 한숨을 내쉬었고, 최종인은 안경을 고쳐 쓰며 씩 웃었으며, 임태규는 두 주먹을 불끈 쥐었다.

다들 각자의 방법으로 승리의 희열을 표현했다.

그들 중 오직 백윤호만이 가슴 한구석에 자리 잡은, 이유를 알 수 없는 불길함에 몸서리를 치고 있었다.

"형, 우리가 세계에서 일곱 번째로 S급 게이트를 클리어한 팀이 됐는데 표정이 그게 뭐……."

"잠깐."

그때였다.

컨트롤 센터와 연락을 주고받던 마동욱의 표정이 험악하게 굳어졌다.

이럴 시간이 없다.

마동욱은 주위에서 휴식을 취하던 팀원들에게 황급히 소리쳤다.

"일본 헌터들이 퇴각하는 바람에 지금 개미들이 이리로 몰려오고 있다고 하네. 어서 빠져나가야 돼!"

"예?"

"아직 시간은 많이 남았잖아요?"

"S급 20명이 1시간은커녕 30분도 못 버틴다고요?"

당황하는 팀원들에게 마동욱이 착잡한 목소리로 말했다.

"나도 자세히는…… 협회가 지금 상황을 알아보고 있다고는 하는데, 일본 쪽에서 일방적으로 교신을 끊은 상태라."

"이 새끼들이……."

최종인이 욕지기를 내뱉었다.

여기 있는 게 한국 헌터가 아니라 일본 헌터들이었어도 그리 쉽게 버티기를 포기하고 물러났을까?

하지만 화를 내는 것도 살아 있어야 할 수 있는 일이다.

마동욱은 팀원들의 동요를 막기 위해 최대한 감정을 억제하고 침착한 얼굴로 탈출을 서둘렀다.

"어서!"

한국팀 전원은 '여왕의 침실' 입구 방향으로 달려갔다.

그런데.

가장 먼저 백윤호가 걸음을 멈췄다.

"아……."

"형?"

뒤따라 달리던 민병구도 멈췄고, 연쇄반응처럼 모두가 정지했다.

말없이 멈춰 선 백윤호가 시선을 한곳으로 고정한 채 덜덜 떨기 시작했다.

"마, 말도 안 돼……."

있을 수 없는 일.

아니, 있어서는 안 되는 일.

그는 다가오는 그림자를 보며 문득 산란장에서 보았던 인간 모양의 알 하나를 떠올렸다.

'이게…… 이게 마수 한 마리가 지닌 힘이라고……?'

백윤호의 안색이 창백해졌다.

의아해 하던 헌터들도 곧 이변을 눈치채고는 입구에서 한 걸음 물러섰다.

"뭐지?"

"벌써 개미들이 돌아온 건가?"

헌터들이 혼란스러워하는 사이.

어둠에 잠긴 개미굴 저편에서 날개 달린 개미 한 마리가 헌터들을 향해 천천히 걸어 나오고 있었다.

차해인은 안으로 들어선 개미 마수를 보고 강한 위화감을 느꼈다.

'기척이…… 없어?'

눈으로 계속 보고 있지 않으면 놈의 위치를 파악하기도 힘들 정도로 기척을 읽기가 어려웠다.

여태껏 그러했던 상대는 헌터와 마수를 통틀어서 딱 둘뿐.

하나는 지금 눈앞에 있는 개미 마수, 그리고 다른 하나는.

'성진우 씨.'

그녀는 며칠 전 일본 최강의 헌터 앞에서 감추고 있던 이빨을 드러냈을 때의 성진우를 떠올렸다.

만약 그가 지금 적이 되어 눈앞에 서 있다면?

오싹.

숨이 턱 막혀 오며 등줄기에 소름이 돋았다.

'…….'

상상하는 것만으로도 차해인의 얼굴이 딱딱하게 굳어졌다.

여왕과의 싸움으로 지쳐 있는 한국팀 헌터들에게 정체를 알 수 없는 개미의 등장은 결코 좋은 소식이 아니었다.

"저거……."

"뭔가 이상하지 않아요?"

"왠지 으스스한걸."

백윤호나 차해인만큼은 아니지만, 다른 헌터들도 이질감을 깨달았다.

꿀꺽.

마수 하나가 다가왔을 뿐인데 주변의 공기가 변하고 있었다.

'어떡한다?'

마동욱은 고민했다.

예상하지 못한 상황과 마주했을 때, 리더는 신속히 결정을 내려야 한다.

특히 지금처럼 시간이 없는 경우는 더욱 그렇다.

'마수가 나왔으니 그냥 처치해 버리면 될 일이지만…….'

한데.

어째서 이리도 꺼림칙한 기분이 드는 걸까?

그렇게 고민하고 있는 사이, 개미 마수가 지척까지 다가왔다. 소름 끼치도록 조용한 움직임이었다.

'이렇게 망설이고 있을 여유가 없다.'

마동욱이 본능의 경고를 억누르고서 간신히 이성적 판단을 내리려 할 때.

놈이 사라졌다.

"어디?"

마동욱이 눈을 휘둥그레 뜨고 주위를 두리번거렸다.

다른 헌터들의 상황도 별반 다르지 않았다.

"뒤……."

사방을 둘러보던 카메라맨이 뒤늦게 놈의 위치를 발견하고 소리쳤다.

"뒤쪽에!"

헌터들은 화들짝 놀라며 뒤를 돌아보았다.

헌터들이 인식하지도 못할 속도로 헌터들을 지나친 개미 마수는 어느새 여왕개미의 사체 앞에 서 있었다.

'우리를 지나쳐 갔다고?'

'어떻게……?'

백윤호가 '마수의 눈'으로 앞서 보고 있었던 것을 한국팀 헌터들도 서서히 체감하기 시작했다.

쿵, 쿵, 쿵.

심장박동이 빨라지고, 호흡이 거칠어져 갔다.

'……보통 놈이 아니다.'

마동욱의 이마에 식은땀이 맺혔다.

개미 마수는 헌터들에게 전혀 관심을 보이지 않고 가만히 죽은 여왕만을 바라보았다.

그러다 고개를 위로 쳐든 놈은.

키에에에에에에에에에에-!

개미굴 전체가 뒤흔들릴 정도의 끔찍한 포효를 끝없이 토해 냈다.

털썩!

가장 먼저 카메라맨의 다리에 힘이 풀렸다.

털썩!

털썩!

그 뒤로 위압감에 짓눌린 헌터들이 버티지 못하고 하나둘 차례대로 힘없이 무릎을 꿇었다.

마동욱 역시 믿을 수 없다는 얼굴로 땅을 짚었다.

'내가…… 내가 고작 포효 따위에?'

에에에엑-!

영원히 끝나지 않을 것 같은 놈의 포효가 끝났을 때, 온전히 서 있는 사람은 차해인 한 사람뿐이었다.

그나마 차해인도 버티는 것이 고작이었는지 두 다리가 후들거리고 있었다.

반격은 꿈도 꿀 수 없는 상황.

그제야 비로소 개미 마수가 헌터들에게 관심을 보였다.

극명한 적의를 가지고.

'……!'

차해인의 눈이 커졌다.

헌터들을 향해 돌아서는 놈의 얼굴이 흉측하게 일그러져 있었다.

마치 여왕의 죽음에 화를 내고 있는 것처럼.

차해인은 침착하게 손을 검 손잡이 위로 가져갔다.

그러나 차해인이 허리춤에 찬 검을 뽑는 속도보다 개미 마수가 움직이는 속도가 한발 더 빨랐다.

피슉-

일순간 시야에서 사라졌던 개미 마수가 코앞에서 다시 나타났다.

차해인의 눈동자가 떨렸다.

미처 방어할 생각도 못한 채.

투콰-!

"악!"

옆머리를 가격당한 차해인이 직선으로 튕겨 나가다 벽에 부딪힌 후 바닥으로 떨어졌다.

후두둑-

단 한 방에 차해인이 정신을 잃었다. 그 모습을 보고 동료들은 경악했다. 가장 강한 멤버가 일격에 쓰러진 것이다.

하지만 놀라고 있을 틈은 없었다.

적의 강함은 충분히 확인했다.

머뭇거리는 시간이 길어지면 길어질수록 생존 확률이 낮아진다는 사실을 헌터들은 경험을 통해 잘 알고 있었다.

탱커인 마동욱이 먼저 나섰다.

"헙-!"

마동욱은 뒤에서 개미 마수를 끌어안고, 양팔에 힘을 주었다.

아름드리나무도 뿌리째 뽑아낼 수 있는 힘으로 개미 마수의 몸통을 조여 갔다. 그의 목과 팔뚝 여기저기에서 굵은 힘줄이 솟았다.

그러나.

"으아아아악-!"

개미 마수가 힘을 주자 마동욱의 양팔이 허무하게 떨어져 나갔다.

마동욱이 털썩 양 무릎을 꿇었다.

"안 돼!"

백윤호가 튀어 나갔다.

놈의 시선을 돌리지 않으면 양팔을 잃어 방어 수단이 전무한 마동욱은 곧바로 목숨을 잃는다.

백윤호는 이를 악물었다.

몸에서 하얀 털이 솟아나고, 손톱이 길고 날카롭게 변한 그가 짐승처럼 달려들었다.

피슉-

다시 놈이 사라졌다.

'어디……?'

백윤호가 가진 '마수의 눈'으로도 놈의 움직임을 좇기가 불가능했다.

비명은 뒤에서 나왔다.

"으아아악-!"

캐스팅을 하고 있던 최종인이었다.

개미 마수의 손톱에 상반신이 사선으로 길게 베인 최종인이 신음을 흘리며 쓰러졌다.

다섯 발짝 정도 떨어진 곳에서 기척을 죽이고 빈틈을 노리고 있던 임태규가 개미 마수를 향해 마력을 실은 화살을 날렸다.

'이 거리에서는 절대 빗나가지 않는다!'

강한 자신감이 담긴 일발이었다.

쉭-!

그러나.

덥석.

임태규의 동공에 지진이 일었다.

'헉!'

개미 마수는 날아오던 화살을 낚아챈 후 가볍게 부숴 버렸다.

콰직!

임태규는 서둘러 다음 화살을 장전하려 했으나, 화살을 끼우고 활을 들었을 때는 이미 놈이 바로 앞에 서 있었다.

"……젠장."

퍼걱!

안면을 직격당한 임태규가 한 방에 나가떨어졌다.

개미 마수가 등을 보이고 있을 때 덤벼든 백윤호마저 순식간에 돌아선 놈의 손에 뒷머리를 잡혀 바닥과 충돌했다.

쿵!

백윤호가 움찔 몸을 떨었다.

그리고 한 번 더 백윤호를 땅에 처박으려 했을 때, 돌진해 온 마동욱이 어깨로 개미 마수를 들이받았다.

쾅!

개미 마수는 바닥을 구르다 몸을 일으켰다. 방금 분명히 팔이 잘려 나갔던 마동욱이 다시 멀쩡해진 몸으로 덤벼들고 있었다.

개미는 또 마동욱을 쓰러뜨리고, 또 다른 헌터들도 쓰러뜨렸다. 하지만 다친 헌터들이 금방금방 회복해서 덤벼들었다.

그제야 개미는 힐러의 존재를 인식하기 시작했다. 녀석은 힐러를 찾아 주위를 탐색했다.

하지만 민병구는 침착했다.

그의 유일한 자기 보호 스킬 '위장.'

은신처럼 자취를 완벽히 감출 수 있지만 움직이지 못한다는 단점이 있었다. 그래도 힐러에게 그 정도면 충분했다.

한곳에 가만히 서서 힐만 날리고 있으면 되는 것이다.

보이지 않는 곳에서 자꾸만 치료 스킬이 날아오자 개미 마수는 작전을 바꿨다. 놈은 헌터들 중 가장 튼튼해 보이는 마동욱의 다리를 쥐고 거꾸로 들어 올렸다.

'무슨 짓을 하려는 거지?'

민병구가 깜짝 놀랐다.

개미는 마동욱을 천천히 부수기 시작했다. 그럴 때마다 민병구는 계속해서 힐을 날렸다.

어쩔 수 없었다.

힐을 멈추는 순간 마동욱의 목숨이 끊어질 테니까.

민병구는 땀을 뻘뻘 흘리며 치료 마법을 계속 시전했다.

연이어 쏟아지는 힐의 마력을 찾아 헤매던 개미가 민병구가 있는 곳을 획 돌아보았다.

'설마?'

심장이 철렁했던 것도 잠시, 눈을 깜박이고 보니 개미가 사라져 있었다.

'뭐야?'

이번엔 어디로 간 것일까?

"병구야!"

백윤호가 소리를 질렀다.

그때.

푹!

"컥!"

민병구가 피를 뿜었다.

불에 데인 듯한 통증에 아래를 내려다보니 배에 큰 구멍이 뚫려 있었다. 구멍을 뚫고 튀어나와 있는 것은 개미 마수의 검은 팔.

고개를 들어 올리던 민병구와 백윤호의 시선이 마주쳤다.

민병구가 말했다.

"형…… 도망가."

"병구야!"

백윤호가 몸을 일으키려 했으나 이미 부상을 입은 다리는 제대로 힘이 들어가지 않았다.

콰직!

개미 마수가 민병구의 머리를 물어뜯었다.

콰직! 콰직!

"으아아아아아-!"

백윤호가 비틀거리며 달려 나갔다. 개미 마수는 머리를 잃은 민병구를 버리고 덤벼드는 백윤호의 목을 한 손으로 움켜쥐었다.

백윤호가 힘껏 발버둥 쳤으나 놈의 억센 아귀힘을 벗어나기엔 역부족이었다.

개미 마수가 입을 열었다.

"형…… 도망가…… 형…… 도망가."

"……?"

백윤호가 소스라치게 놀라며 눈을 부릅떴다.

개미 마수는 민병구의 말투를 완벽히 흉내 내고 있었다. 목소리가 괴이하게 갈라지는 것을 빼면 민병구와 같았다.

"도망가…… 형."

한참을 같은 말을 반복하던 개미 마수가 백윤호와 시선을 마주했다.

"너희는…… 약하다."

개미 마수의 입에서 익숙한 언어가 나왔다. 어눌하긴 하지만 확실한 한국어였다.

"무슨……?"

백윤호의 눈이 커졌다.

"이쪽은…… 여왕이 당했다…… 병졸들을 죽여도…… 계산이 맞지 않다…… 너희들의 왕은 누구냐?"

"……왕?"

개미 마수가 백윤호의 목을 쥔 손에 힘을 주었다.

"컥."

"너희들의 왕…… 어디에 있나?"

백윤호가 생각했다.

한국팀에서 가장 강한 차해인이 의식을 잃고 있는 지금, 조금이라도 시간을 벌어 줄 수 있는 사람이 필요했다.

백윤호는 현재 한국팀을 버리고 철수 중이라는 일본팀, 그 일본팀의 헌터 중에서도 가장 강한 고토를 떠올렸다.

"바…… 바깥에."

"바깥……."

개미 마수가 고개를 들었다.

무언가를 찾는 듯 하던 놈이 만족스러운 목소리로 입을 열었다.

"……있다…… 강한 녀석."

그러고는 상대할 가치도 없다는 듯 백윤호를 떨어뜨리고 무서운 속도로 사라졌다.

컥, 컥.

바닥에 엎어진 백윤호는 한참 숨을 몰아쉬다가 주위를 둘러보았다.

이럴 때가 아니었다.

놈이 돌아오기 전에 어서 이곳을 빠져나가야 했다.

하지만.

사사사삭.

강력한 개미 마수와 사투를 벌이는 사이, 어느새 둥지로 돌아온 개미 군단이 서서히 침실로 밀려 들어오고 있었다.

* * *

"흠."

고토는 검집에 검을 꽂아 넣었다.

그의 주위에 개미들의 사체가 빼곡히 산을 이루었다.

어림잡아 백 마리 이상.

일본 최강의 실력이 여실히 드러나는 순간이었다.

"대충 정리된 것 같군."

"예."

믿음직스러운 고토의 모습에 같은 팀 헌터들이 고개를 끄덕였다. 그의 옆에 있으면 최소한 죽을 일은 없어 보였다.

"우리만 빠져나가면 된답니다."

본부로부터 연락을 받은 헌터가 보고했다. 고토는 고개를 끄덕이고는, 해안 쪽으로 방향을 틀었다.

"이쪽으……."

고토는 말을 끝맺지 못했다.

쉭-!

어느새 나타난 개미 마수 하나가 그의 눈앞에 서 있었기 때문이다.

'…….'

고토는 한눈에 적의 기량을 알아보았다.

'평범한 개미가 아니군.'

"고토 상!"

고토는 자신을 도와 나서려던 동료들을 저지했다.

"여긴 내가 맡지."

이렇게 강한 적이 상대라면 오히려 동료들은 방해만 될 뿐.

혼자가 편했다.

고토를 믿는 팀원들도 그의 명에 따라 그에게 모든 것을 맡기고 순순히 뒤로 물러섰다.

고토는 신중한 얼굴로 검을 뽑아냈다.

"개미…… 제법 날카로운 기운이구나."

개미 마수도 자신의 힘을 눈치챘는지 그 자리에서 꼼짝하지 않고 있었다.

하긴, 조금만 움직여도 녀석은 이 검에 수백 조각이 나리라.

개미 마수가 입을 열었다.

"네가…… 왕인가?"

"왕?"

고토가 눈을 휘둥그레 떴다.

개미가 말을 하다니.

하지만 지성을 지닌 마수들이 자신들만의 언어를 쓴다는 것은 익히 알려진 사실이다.

그렇다면 마수가 인간의 언어를 흉내 내는 일도 불가능하지는 않을 터.

고토는 피식 웃었다.

'왕이라…….'

마쓰모토 협회장이 헌터들의 제국을 건설한다면, 자신이 왕좌에 앉을 만한 유일한 인물이긴 했다.

"그래, 내가 왕이다."

키킥.

원하던 대답을 듣자마자 개미 마수가 마력을 해방했다.

화악—

놈에게서 새어 나오던 마력의 일부, 빙산의 일각만 보고 전체의 힘을 오판하고 있었던 고토의 동공이 잘게 떨렸다.

'이게 대체……?'

싸늘한 한기에 소름이 돋고, 뒷목의 털이 쭈뼛 곤두섰다.

이 감각은 일전에 한 번 경험해 본 적이 있었다.

'……성진우?'

스걱.

개미 마수가 움직임과 동시에 고토의 머리가 바닥으로 떨어졌다.

* * *

"으아아아!"

한국팀은 개미들에게 둘러싸였다.

마동욱도, 임태규도, 최종인도, 심지어 카메라맨까지 밀려드는 개미들과 싸웠다. 하지만 개미들의 파도는 끝이 없었다.

허억, 허억, 허억.

모든 소리가 사라지고 자신이 내뱉는 거친 숨소리만이 가득했다.

'여기까지인가.'

백윤호는 눈썹 아래로 흘러 내려오는 피를 손등으로 닦아 냈다.

유일한 치료 계열 헌터가 사라진 지금, 이만한 수의 병력을 상대할 수 있는 방법이 없었다.

무의미한 저항일 뿐이었다.

그럼에도 쉽게 포기하지 못하는 것은 자신의 소중한 사람 둘이 이곳에서 목숨을 잃었기 때문에. 그들이 묻힌 자리에 자신까지 눕기는 싫었다.

“으아아아아-!”

개미 머리 하나를 또 박살 냈다.

하지만 그보다 훨씬 더 많은 수의 개미가 자신을 덮쳐 왔다.

키에엑!

키엑!

개미들을 있는 힘껏 뿌리친 백윤호는 벽을 등지고 섰다. 이렇게 하면 최소한 사방이 포위당할 일은 없어지니까.

“허억, 허억.”

고개를 들어 다른 헌터들을 찾았다.

방금 전까지 같이 싸우고 있던 헌터들의 모습이 개미들에게 둘러싸여 보이지 않았다.

설마, 아니라고 믿고 싶지만…….

아랫입술을 질끈 깨물던 그가 등 뒤에서 갑자기 나타난 인기척에 흠칫 놀랐다.

급히 돌아서서 주먹을 날리던 그가 멈춰 섰다. 뒤에 서 있는 건 개미가 아니었다.

‘뭐지?’

검은 갑옷을 입고 있는 병사.

실제로 본 것은 처음이었지만, 레드 게이트에 들어갔던 박희진에게서 ‘이것’에 대한 설명을 수도 없이 들었던 적이 있었다.

'분명 이건……?'

백윤호가 놀라 소리쳤다.

"이게 왜 여기 있는 거야?"

그때.

병사에게서 낯익은 음성이 들려왔다.

-교환.

5. 개미들의 왕

5. 개미들의 왕

한일 연합팀이 섬을 방문하기 1년 전쯤.

여왕은 생각했다.

–섬을 버려야 한다.

먹이가 되어 줘야 할 생명체들이 자취를 감춰 버려, 이제는 아이들이 서로를 잡아먹는 일까지 비일비재했다.

이 땅에는 수천까지 증가한 왕국의 주민들을 부양할 식량이 없었다.

–이대로는 안 돼.

기존의 왕국을 버리고 생명체가 넘치는 곳을 찾아가 새로운 왕국을 건설한다.

첫 번째 과제가 섬을 장악하는 것이었다면, 이것이 왕국에게 내려진 두 번째 과제였다.

하지만.

여왕은 떠올렸다.

몇 번이나 섬에 발을 디뎠던 강력한 침입자들.

간신히 그들을 물리치기는 했지만, 왕국 또한 크나큰 피해를 입었다. 수많은 아이들이 싸움에서 희생되었다.

다른 땅에서도 그들을 이길 수 있을 것인가?

—좀 더 강한 병사를.

왕국의 주민들을 이끌어 줄 최강의 병사가 필요하다.

그렇게 여왕은 진화의 방향을 결정했다.

그 후로 반년.

자체적으로 보유하고 있던 마력과 그간 충분히 섭취해 두었던 양분을 모두 모아 하나의 생명을 잉태했다.

오로지 강한 인간들을 상대하기 위해 태어난 최강의 전투 병기를.

강한 병사를 만들겠다는 여왕의 일념과 모든 인간을 말살하라는 태초의 명령이 합쳐져, 상식을 뛰어넘는 끔찍한 괴물이 탄생했다.

그 괴물이 타고난 스킬 '포식'.

괴물은 대상을 섭취하는 것만으로 대상이 가지고 있던 마력과 지식의 일부를 자신의 것으로 만들 수 있었다.

—더 강해지고 싶다.

자신의 능력을 깨달은 괴물은 심지어 동족까지 먹어 치우기 시작했으나, 여왕은 이를 방관했다.

괴물이 원하는 것과, 여왕이 원하는 것은 같았으니까.

여왕은 나날이 강해지는 '그'를 보며 즐거워했다.

자신을 아득히 초월해 버린 '그'가 이끌게 될 새로운 병사들도 순조롭게 준비되는 중이었다.

—이제 조금만 더 있으면…….

그러던 중.

또다시 이 땅에 다수의 침입자들이 찾아왔다. 수는 적지만 이전보다 훨씬 더 강한 침입자들.

하지만 여왕은 웃었다.

다른 땅에서 인간들과 전쟁을 벌이기 전에 먼저 '그'의 힘을 확인해 볼 기회였다.

여왕은 왕성을 지키는 모든 병사들과 함께 '그'를 내보냈다.

'그'는 여왕의 바람대로 자신에게 내려진 첫 번째 임무를 완수했다. 그러나 '그'가 돌아왔을 때, 이미 여왕은 목숨이 끊어진 뒤였다.

'그'는 분노했다.

그리고 다행스럽게도, 이 섬 위에는 분노의 대상이 되어 줄 강한 인간들이 아직 많았다.

일단은 인간들의 왕부터.

그리고 왕의 곁에 있던 수하들도 깔끔히 처리했다.

그때 수하 중 하나가 죽기 전 울면서 소리쳤었다.

넌 대체 뭐냐고.

스킬 '포식'으로 인간들을 섭취하여 사고력까지 갖추게 된 '그'는 생각해 보았다.

'나는 무엇인가?'

이전까진 여왕의 병사였다.

그러나 인간들에게 여왕을 잃고 만 지금, 자신을 무엇이라 말해야 좋을까?

왕국의 병사들을 이끌 수 있는 유일한 존재.

'그'는 그러한 존재를 칭하는 단어를 하나밖에 알지 못했다.

'……왕.'

이미 적들의 왕을 처치했으니 왕이 될 자격은 충분하리라.

덥석.

개미왕은 마지막 남은 인간의 머리를 물었다.

그런데 그때.

갑자기 개미왕의 고개가 왕성이 있는 방향으로 홱 돌아갔다.

여왕이 있던 곳에서 폭풍처럼 밀려 나오는 어마어마한 기운.

일개 병졸들이 보일 수 있는 힘이 아니었다.

'……왕?'

자신을 위협하는 적이 나타났음을 직감적으로 깨달은 개미왕은 왕성을 향해 천천히 몸을 일으켰다.

* * *

이게 무슨 날벼락일까?

금방까지 잔칫집 분위기였던 방송국 상황실은 초상집 분위기로 변했다.

잘 나오던 방송이 날개 달린 개미의 등장 이후로 갑자기 끊기자, 시청자들의 항의와 문의 전화가 빗발쳤다.

뚜르르-!

뚜르르-!

국장에게 다가간 직원이 조심스럽게 보고했다.

"국장님, 지금 시청자들의 전화로 통신망이 마비될 지경이랍니다."

국장이 고개를 들었다.

"그래서 뭐? 지금 개미 새끼 한 마리한테 헌터들 찢어지는 장면을 전국에 생중계라도 하자는 말이야?"

"아, 아닙니다."

하필 헌터들이 개미 마수에게 일방적으로 당하는 장면에서 방송이 끊겼다. 시청자들의 궁금증이 폭주할 수밖에.

그러나 마동욱 헌터가 고문당하고, 민병구 헌터가 잡아먹히는 장면을 내보낼 수는 없었다.

국장은 양손에 얼굴을 파묻고 신음을 흘렸다.

"다 끝났어…… 다 끝났다고."

방송사의 운명을 걸고 임했던 일생일대의 도박이 개미 한 마리 때문에 어이없이 무너져 버렸다.

"끝났어……."

상황실 안에는 무거운 정적이 흘렀다.

누구도 입을 열지 못했다.

그런데 유일하게 한 사람.

"어?"

검게 변한 얼굴로 묵묵히 오리지널 영상을 모니터링하던 피디가 입을 열었다.

"구, 국장님!"

"……왜?"

"지금 현장에 누군가가 나타났습니다."

국장은 양손에 파묻은 얼굴을 들지도 않고 말했다.

"예수님이라도 나타난 거 아니면 일일이 보고할 필요 없어."

"하지만……!"

"다 끝났다고."

말로 해서는 안 되겠다 싶었는지, 피디는 줄였던 볼륨을 확 올렸다.

키에에에엑-

키에에엑!

상황실 전체가 개미들의 비명 소리로 가득 찼다.

국장이 화들짝 고개를 들었다.

어디 국장뿐일까?

상황실에 있던 모든 직원들이 후다닥 모니터링 화면으로 다가왔다.

오, 오, 하는 소리가 여기저기서 터져 나왔다.

"……."

멍한 표정으로 앉아 있던 국장이 겨우 의자에서 엉덩이를 뗐다. 그가 다가오자 직원들이 길을 터 주었다.

국장의 눈동자에 모니터링 화면이 반사되었다.

"오, 하나님…… 맙소사."

국장은 믿지도 않는 하나님을 찾더니, 이윽고 직원들에게 빽 소리를 질렀다.

"얼른 방송 재개할 준비 안 하고 여기서 뭣들 하고 있어? 시청자들이 이거 놓치면 너희들이 책임질 거야?"

흥분된 기색을 감추지 못하는 국장을 피디가 급히 만류했다.

"국장님! 지금부터 다시 방송을 시작하면 완전히 생중계가 됩니다. 송출 지연 없이 바로 리얼 타임 방송이 됩니다. 비상 상태가 일어나도 수습할 수가 없어요!"

10분이었던 방송 딜레이 시간은 끝이 났다.

이제는 리얼 타임이냐, 방송 중단이냐만 남겨 둔 상황.

"……이판사판이야."

"예?"

"어차피 이미 한 번 방송을 중단한 상태니 여기서 더 나빠질 것도 없잖나."

"그…… 그렇긴 하죠."

갑자기 카메라에 잡힌 헌터.

그가 한국인인지, 일본인인지, 아니 헌터인지조차 알 수 없지만 끝나 버린 줄 알았던 도박에 다시 한번 기회가 찾아왔다.

국장은 비장한 얼굴로 지시를 내렸다.

"틀어. 무조건 틀어."

그리고 의자를 하나 빼내 피디 옆에 앉으며 말했다.

"이제 우리 방송국 운명도 저 사람과 같이 가는 거야."

* * *

"으으윽!"

벼랑 끝까지 몰려 있는 상황에서도 카메라맨은 후회하지 않았다.

어렸을 적 누구나 한 번쯤은 꿈꾸지 않았는가?

영웅이 되고 싶다고.

그게 불가능하다면 적어도 영웅의 조력자 정도는 되고 싶었다.

방송국에서 허드렛일을 도맡아 하며 경력을 쌓을 때도 자신에게 기회가 올 것이라고는 생각하지 못했다.

그러다 A급 헌터가 되고 등급에 걸맞은 경력을 쌓아 마침내 여기까지 왔다.

덕분에 대한민국을 대표하는 헌터들이 S급 게이트 보스를 사냥하는 장면을 카메라에 생생히 담을 수 있었다.

'그걸 내가 찍은 거야.'

이 영상으로 개미들이 박멸된 데는 S급 헌터들의 희생이 있었음을 많은 이들이 알게 되리라.

그걸로 충분했다.

카메라를 공부하고 헌터로서 활동했던, 그동안의 노력들이 모두 보상받는 기분이었다.

다만 한 가지 아쉬운 점은.

'아버지…….'

어머니를 암으로 여의고 자신을 혼자 돌봐 주신 아버지. 아버지를 다시 만나지 못한다는 사실에 가슴이 아파 왔다.

콰직!

개미에게 어깨를 물렸는데 감각이 없었다. 팔은 이미 움직이지 않게 된 지 오래였다.

탱커여서 그럭저럭 버텨 왔지만 이젠 정말로 한계였다.

털썩.

무릎을 꿇었다.

그 와중에도 머릿속은 온통 아버지 생각뿐이었다.

'하필 아버지와 나눈 마지막 대화가 식사하셨어요? 라니.'

이럴 줄 알았으면 좀 더 많은 이야기를 나눌걸.

그날, 아버지께서 서울에 올라오셨을 때 그냥 약속을 취소해 버릴걸.

하지만 언제나 시간은 빠르고 후회는 늦다.

카메라맨이 고개를 들었다.

개미 마수의 끔찍한 이빨이 머리 쪽으로 다가왔다.

'강화' 스킬을 쓸 마력까지 바닥난 지금, 마수들의 공격에 버틸 방도가 없었다.

그의 눈에 눈물이 고였다.

'아빠, 미안.'

그때.

콰직!

껍질이 바스러지는 소리와 함께 카메라맨의 얼굴에 개미의 체액이 튀었다.

"어?"

차가운 은빛 칼날이 개미의 머리를 관통해 있었다.

검을 따라 고개를 들어 보니, 거기에는 머리에 기다란 붉은 깃을 달고 있는 개미가 있었다.

'개미가 어째서 개미를?'

아니, 개미가 아니었다.

똑같이 새까매서 착각했다.

검은 갑주로 전신을 무장한 정체불명의 병사가 검을 뽑아냈다.

털썩.

머리를 관통당한 개미는 힘없이 늘어졌다.

"대체 이게 어떻게……?"

검은 병사가 옆으로 비켜서자 어디서 많이 본 듯한 얼굴의 남자가 다가와 소리쳤다.

"입 벌려요."

"예?"

남자는 대화의 요지를 이해할 시간도 주지 않고 강제로 턱을 잡은 후, 정체를 알 수 없는 액체를 들이부었다.

"컥, 컥!"

쿨럭거리면서도 액체를 전부 삼킨 카메라맨은 입가를 손으로 가리며 물었다.

"다, 당신 뭐예요?"

하지만 남자는 대답하지 않고 개미들에게 돌아섰다.

'뭐, 뭐야?'

카메라맨은 당황하면서도 얼른 자리에서 일어섰다.

'잠깐…….'

다리가 움직이고 있었다.

어디 그것뿐인가?

뒤늦게 깨닫게 됐지만 액체를 들이마신 후부터 팔도 멀쩡해졌다.

'이게 어떻게 된 일이지?'

방금 남자가 자신에게 무슨 짓을 한 건가?

그것 말고는 마땅히 설명할 방법이 없었다.

그 순간.

불현듯 카메라맨은 남자의 얼굴을 어디서 봤는지 기억해 냈다.

'설마, 저 사람?'

* * *

진우는 침착하게 주위를 둘러보았다.

'…….'

일전에 헌터협회의 체육관에서 한국팀 멤버들을 만나게 됐을 때, 만약을 대비해 백윤호의 그림자에 병사를 숨겨 둔 것이 다행이었다.

TV 중계는 생방송이 아니었던지, 상황은 TV로 보고 있던 것보다 더 심각했다.

이 중에서 가장 약한 카메라맨을 먼저 구했지만, S급 헌터들은 아직 개미들에게 둘러싸여 있었다.

'어떡한다?'

어금니를 불러내서 불기둥으로 개미들을 한 번에 확 쓸어버리는 게 제일 빠른 방법이기는 했다.

하지만 그렇게 하면 S급 헌터들의 안전을 보장할 수 없었다.

그러니 다른 방법이 필요했다.

빠르게 결론을 내린 진우가 아이언에게 고개를 돌렸다.

"아이언!"

아이언이 맡겨 달라는 듯 자기 가슴을 툭 쳤다.

육중한 몸을 뒤흔들며 앞으로 걸어 나가던 녀석이, 가슴을 활짝 펴더니 우렁찬 함성을 내질렀다.

우워어어어어어어—!

띠링.

[아이언이 '스킬 : 도발의 함성'을 사용합니다.]

효과는 굉장했다.

헌터들을 공격하던 개미들이 모두 아이언 쪽으로 고개를 휙 돌린 것이다.

곧 놈들이 달려들었다.

"잘했다."

진우는 아이언의 등을 툭 치고서 악마왕을 처치하고 습득한 단검 두 개를 불러냈다.

'악마왕의 단검.'

푸른빛을 띠는 단검이 라이트 마법의 불빛을 받아 번쩍거렸다.

끼에에에엑—!

키에엑!

수백 마리의 개미들이 괴성을 지르며 미친 듯 한꺼번에 뛰어들어 오자 눈앞의 시야가 온통 까매졌다.

꽈악.

단검을 쥔 진우의 손에 힘이 들어갔다.
이내 진우의 신형이 사라졌다.
키에에엑!
곧 개미들과 병사들이 한데 섞여 혈투를 벌이기 시작했다.
그사이, 그나마 멀쩡했던 백윤호가 쓰러져 있는 다른 헌터들을 급히 구석으로 옮겼다. 다행히 모두 숨이 붙어 있었다.
이어 합류한 카메라맨도 백윤호를 도왔다.
진우가, 정확히는 진우의 소환수가 모든 개미들의 어글을 끌어 준 덕분에 무사히 끝마칠 수 있었다.
"허억, 허억, 허억."
마동욱은 벽에 등을 기대고 거친 숨을 몰아쉬다가 자신을 여기까지 옮겨 준 백윤호의 팔을 잡고서 물었다.
"무, 무슨 일이 일어난 건가? 지금 누가 싸우고 있어?"
그런 마동욱의 눈동자에는 초점이 잡히지 않았다. 눈을 다쳐 앞이 잘 보이지 않는 모양이었다.
백윤호는 마동욱의 손에 자신의 손을 얹었다.
"마 사범님, 이제 괜찮습니다. 괜찮을 겁니다."
"……."
그러고는 진우를 바라보았다.
다른 사람은 몰라도 백윤호는 어느 정도 짐작하고 있었다.
성진우에게 얼마만 한 힘이 있는지.
갑자기 검은 갑옷의 병사가 사라지고 눈앞에서 그가 나타났을 때는 크게 당황했었지만, 이내 자신도 모르게 큰 소리로 외치고 말았다.
제발, 도와 달라고.

그리고 그가 자신이 소환한 검은 병사들과 함께 개미들을 향하는 움직임을 보고 나서는 안도감에 다리가 풀릴 정도였다.

아니나 다를까.

성진우는 자신들을 그렇게 애먹이던 개미들을 장난감 인형처럼 무서운 속도로 부숴 갔다.

키에에엑-!

여기저기서 터져 나오는 개미들의 비명이 어지러웠다.

백윤호는 안도의 한숨을 내쉬었다.

'이제 괜찮다.'

마동욱에게 하는 소리가 아니었다. 자신에게 하는 소리였다.

생환의 희망이 되살아났다.

20명이 넘는 일본의 S급 헌터들보다 성진우 한 사람의 도움이 더 듬직하게 느껴졌다.

'……내가 나설 자리는 없겠지.'

백윤호는 미소를 지으며 마동욱의 옆에 앉았다.

지금 자신이 할 수 있는 일이라곤 이렇게 가만히 앉아 성진우 헌터의 사냥을 지켜보는 것뿐이었다. 그러다 카메라맨에게 진우를 가리켰다.

"저 사람 제대로 따라가 주세요. 곧 재미난 걸 보게 될 테니까."

레드 게이트에 있었던 일, 헌터스의 레이드 때 사건.

전부 이야기로만 전해 들었던 모습을 두 눈으로 직접 확인할 기회였다.

"예!"

카메라맨은 싸움에 방해가 되지 않도록 거리를 유지하면서도 진우를 놓치지 않기 위해 애썼다.

공격대 헌터들의 일은 끝났지만, 아직 자신의 일은 끝나지 않았다.

꼴깍.

그는 힘겹게 침을 삼켰다.

키엑!

마침 진우의 손에 개미가 위아래로 깨끗하게 잘려 나갔다.

진우는 주위를 둘러보았다.

개미들의 수는 이미 절반 정도로 줄어 있었다.

세기도 힘든 숫자의 개미들을 베어 넘겼지만, 진우의 호흡은 조금도 흐트러지지 않고 있었다.

사실 악마성 최상층에 비하면 이곳은 편한 편이었다.

'여기서 조금 더 속도를 올려 볼까?'

힐끗.

잠깐 아래를 흘겨본 진우가 검은 연기를 피워 올리고 있는 개미의 사체들에게 명령했다.

"일어나라!"

카메라맨은 간담이 서늘해지는 것을 느꼈다.

'뭐지?'

무슨 일이 일어나려는 걸까?

바람이 지나다닐 리 없는 깊은 땅굴 속에서 싸늘한 공기가 등줄기를 스치고 지나갔다.

'그러고 보니…….'

주위가 지나치게 고요한 것이 아닌가 의문이 들었을 때.

키에에에엑-

묵직한 비명 소리들이 울려 퍼지며 바닥에서 검은 손들이 일제히 솟구쳐 올라왔다.

턱.

턱.

지면을 움켜쥔 손들이 자신의 몸을 끌어올렸다.

"헉!"

카메라맨은 자신도 모르게 신음을 내뱉었다.

눈을 동그랗게 뜬 그의 숨소리가 거칠어졌다.

A급 헌터인 자신도 믿기 어려운 광경인데 이걸 지켜보고 있는 시청자들의 심정은 어떨까?

카메라맨이 경악을 금치 못하고 있는 사이, 어느새 검은 손의 주인들이 바닥에서 완전히 올라왔다.

'개미 마수?'

언뜻 개미 마수의 형상을 하고 있는 듯했으나, 놈들의 몸에선 끊임없이 검은 연기가 올라오고 있었다.

고체인지, 기체인지 분간이 힘든 괴물들이었다.

검은색 드라이아이스로 개미 마수의 모양을 본떠 조각상을 만든다면 저런 형태가 나오지 않을까?

그런 것들이 수백 기나 바닥에서 솟아올랐다.

카메라맨은 심장이 너무 뛰어 숨도 쉬기 힘들 지경이었다.

그 장면을 본 백윤호도 침음을 흘렸다. 카메라맨보다는 침착했지만 그래도 입을 다물지 못하고 있는 건 마찬가지였다.

'저게…… 저게 다 소환수라고?'

할 말을 잃어버린 두 사람과 달리, 진우는 새로 추가된 그림자 병사들을 보며 흡족한 얼굴이 되었다.

'좋아.'

이제 그림자 병사들이 개미 마수들을 수적으로 압도하고 있었다.

'이 정도면 내가 나설 필요도 없겠네.'

진우는 악마왕의 단검들을 창고로 돌려보냈다. 그 후 새 병사들에게 첫 번째 명령을 내렸다.

'가라. 한 놈도 남기지 마라!'

키에에에엑—!

처음 개미들이 여기로 들이닥쳤을 때 그랬듯이, 이번엔 진우의 새 마수병들이 물밀듯 들이쳤다.

끝이 없을 것 같이 이어지던 개미 마수들의 행렬이 검은 파도에 휩쓸리기 시작했다.

* * *

와아아—!

방송국 상황실에서 커다란 환호성이 터져 나왔다.

국장은 일어서서 박수를 쳤다.

"됐어! 됐어!"

역겨운 개미 마수 놈들이 쓸려 나가는 걸 보니, 막혔던 속이 아주 뻥 뚫리는 것 같았다. 십 년 묵은 체증이 내려가는 듯 했다.

보는 눈들만 없었으면 피디에게 이 장면만 따로 떠서 보내 달라고 하고 싶을 정도였다.

몇 달, 몇 년이 지나도 이 장면을 보면서 스트레스를 해소할 수 있게.

민병구 헌터의 비보는 분명 안타까운 일이었다.

팀의 유일한 힐러가 마수에게 당하는 장면을 봤을 때는 하늘이 노래지는 것 같았다.

그래도 만약 저 정체를 알 수 없는 헌터의 도움으로 한국팀 헌터들이 무사히 개미굴을 빠져나올 수 있다면?

'더할 나위가 없다!'

한국팀은 이미 여왕을 처치해 애초의 목표를 달성한 상태다.

번식할 방법을 잃어버린 개미들이 머지않아 섬에서 사라질 것은 두말할 필요가 없다.

거기에 일본팀은 또 어떤가?

중요한 작전을 나 몰라라 내팽개치고 달아났으니 약속했던 대가를 줄 필요가 없는 것은 당연하고, 후에 책임을 물을 수도 있다.

물론 레이드 영상이 날개 돋친 듯 팔려 나가는 건 덤이었다.

국장의 얼굴이 환해졌다.

'대체 이 복덩이는 어디서 뚝 떨어진 거야?'

화면에 비치는 진우를 바라보는 그의 눈빛이 심상치 않았다.

그때, 직원 하나가 또 달려왔다.

"국장님!"

국장이 화들짝 놀라며 자리에서 벌떡 일어났다.

"또 뭔가?"

국장의 얼굴이 굳어졌다.

잠깐 행복에 젖은 꿈을 꾸는가 했더니 또 무슨 변고가 생긴 것일까. 벌써부터 심장이 벌렁거렸다.

일이 이쯤 되니 이제는 보고하는 직원들까지 미워 보였다.

직원의 입을 틀어막아서 악재가 없던 일이 될 수 있다면 그렇게라도 하고 싶은 심정이었다.

'내가 점점 미쳐 가는군…….'

그런 상사의 심정을 아는지 모르는지 직원은 잔뜩 상기된 얼굴로 말했다.

"저 남자, 정체를 알아냈습니다!"

국장은 눈을 휘둥그레 떴다.

"뭐?!"

* * *

헌터협회 협회장실.

콰직!

고건희는 소파 팔걸이에서 급히 손을 뗐다. 곁에 있던 주치의가 고건희를 돌아보았다.

"협회장님."

"……잠시 흥분했군."

무심코 손에 힘을 줬더니 이 모양이 됐다.

하지만 저 장면을 보고도 어찌 흥분하지 않을 수 있을까?

대형 화면에 비치는 진우의 활약상을 보고 있었더니, 저도 모르게 가슴이 뜨거워졌다.

몸만 허락해 준다면 자신도 함께하고 싶었다.

"흥분은 몸에 좋지 않습니다."

고건희는 고개를 끄덕였다.

협회장인 그가 작전 지휘실에 가지 않은 이유는 단 하나.

이번 토벌 작전이 성공하든, 실패하든 간에 약해진 그의 심장에 무리가 갈 수 있어서였다.

방송으로 보는 것조차도 마냥 안심할 수가 없어서 이렇게 주치의가 곁을 지키는 중이었다.

'역시 아예 보지 못하게 막는 편이 옳았나?'

주치의는 잠깐 자신의 판단을 걱정했지만, 협회장의 표정을 보고 고개를 가로저었다.

성진우라는 헌터가 나타난 뒤로 협회장의 얼굴에서는 미소가 떠날 줄을 몰랐다.

"저 친구 성진우잖아!"

위기의 순간, 절망이 환호로 뒤바뀔 때 협회장이 내지른 소리가 아직도 귓속을 때리는 듯했다.

고건희는 웃었다.

'믿을 수가 없군.'

그러고는 다시 소파의 팔걸이를 조심스럽게 쥐었다. 뭐라도 잡고 있지 않으면 몸이 근질거려서 참기가 힘들었다.

'성진우 헌터가 어떻게 저기 있을 수 있는 거지?'

처음에는 그게 몹시 궁금했었다.

섬 전체에 개미들이 바글바글할 텐데 어떻게 이렇게 아무도 몰래 나타날 수 있었을까?

그런데 지금 중요한 건 그따위 것이 아니었다.

중요한 건 지금 성진우 헌터가 저기 있다는 것.

그 덕분에 헌터들에게 희망이 생겼다는 것.

이 두 가지뿐이었다.

그때.

진우가 개미 마수들의 사체에서 그림자를 추출해 병사를 만드는 장면을 본 고건희의 눈이 커졌다.

'저 친구, 나한테 거짓말을 했구먼.'

저게 어딜 봐서 소환수 백 마리인가? 대충 훑어봐도 3백은 넘어 보이는데.

하지만 고건희의 표정은 속았다는 사람의 얼굴이 아니었다.

기분 좋은 미소가 그득했다.

'마수들과 싸우고 싶다고 했었지.'

왜 그런 말을 했는지 이제는 좀 알 수 있을 것 같았다.

저런 힘을 가졌다면 어떤 마수가 두려울까?

확실히 마수들과 싸우는 진우의 모습은 신나 보였다. 보고 있는 사람의 가슴을 들뜨게 만들 정도로.

그런데.

저렇게 마수들과 싸우고 싶어 하는 성진우 헌터가 왜 한국팀에 합류해 달라는 제안을 거절했을까?

'분명 그만큼 중요한 일이 있었겠지.'

고건희는 고개를 끄덕였다.

그렇지 않고서야 마수 앞에서 저런 얼굴을 할 수 있는 남자가 레이드 팀에서 빠질 리가 없지.

생각이 거기까지 미치자 문득 진우가 빠진 이유가 궁금해진 고건희였다.

* * *

탕탕.

방에서 공부하던 진아가 소음을 듣고 거실로 나왔다.

"엄마?"

"미안하다. 너무 시끄러웠지?"

진아는 고개를 저었다.

그렇지 않아도 딸 공부한다고 TV 볼륨도 거의 안 들릴 정도로 낮추는 어머니에게 더 부담감을 주긴 싫었다.

"아니, 그건 괜찮은데 왜 그래? TV 고장 났어?"

"갑자기 안 나오네."

"오빠는?"

"오빠는 여기."

돌아보던 어머니가 깜짝 놀랐다.

"어머나, 얘가 어디 갔지? 방금까지 여기 있었는데."

진아는 고개를 갸웃거리며 진우의 방문을 열었다.

"오빠?"

화장실에도 없고.

집 구석구석을 뒤지던 진아가 어머니에게 돌아서서는 물었다.

"같이 뭐 보고 있었어?"

"제주도 레이드."

"……."

문득 영문을 알 수 없는 불안감이 스쳐 지나갔다.

그러고 보니 아까부터 이상하게 아파트 단지 전체가 시끄러운 듯했다.

'설마……?'

진아는 황급히 방으로 뛰어들어 가 휴대폰을 켰다.

그러자.

와아아아-

위아래 층에서 격렬한 환호성이 터져 나옴과 동시에 폰 액정을 확인하는 진아의 눈동자가 흔들렸다.

"오빠?"

* * *

여왕의 침실에 들어왔던 개미 마수들을 전부 정리한 진우가 병사들을 다시 그림자에 집어넣었다.

아직도 섬 곳곳에 퍼져 있던 많은 개미들이 개미굴로 돌아오고 있었다.

놈들과 마주치기 전에 일단 여기 있는 헌터들을 안전한 곳으로 내보내는 것이 급선무라고 판단했다.

'부상자도 있으니까.'

진우는 헌터들에게 다가갔다.

백윤호와 카메라맨 말고는 다들 상태가 좋지 않았다.

차해인은 아직도 의식이 돌아오지 않고 있었고, 그 외 나머지 세 사람도 부상이 심각해 보였다.

진우가 물었다.

"민병구 헌터님은?"

백윤호가 굳은 얼굴로 고개를 저었다.

"……."

진우는 포션을 꺼내 헌터들을 차례로 치료했다.

포션은 자신의 손을 떠나면 무용지물이 되기 때문에 한 사람 한 사람 직접 먹여 주었다.

"으음……."

포션을 들이켠 헌터들이 하나둘 정신을 차리기 시작했다.

"뭐야?"

상체를 벌떡 일으킨 임태규가 몸을 더듬어 보더니 감탄사를 내뱉었다.

"아니……."

최종인도, 마동욱도 원래의 몸을 되찾았다.

"흠."

"쿨럭."

최종인은 무슨 일이 일어났는지 전혀 모르는 터라 진우를 보고 눈을 동그랗게 떴다.

"성진우 씨가 어떻게 여기에?"

"나가서 얘기하죠."

"아……."

주변을 둘러보던 최종인이 고개를 끄덕였다.

여긴 개미굴의 가장 깊은 곳. 잡담을 나눌 만한 장소는 아니었다.

"성 사범!"
시력을 되찾은 마동욱이 진우의 손을 덥석 잡았다.
"자네가 저 개미들과 싸운 게지? 고맙네, 정말 고마워!"
진우는 마동욱에게도 같은 대답을 했다.
"나가서 얘기하시죠."
"알겠네."
마지막으로 차해인.
차해인 앞에 선 진우의 얼굴에 주름이 생겼다.
'이상한데…… 기척이 너무 약해.'
불길한 기운을 느끼며 진우는 그녀의 입에 포션을 조심스럽게 부었다.
아니나 다를까.
금방 메시지가 떴다.
띠링.

[잔여 체력이 10% 이하일 때는 힐링 포션으로 체력을 회복할 수 없습니다.]

진우의 미간이 구겨졌다.
그녀의 머리를 받쳤던 손을 빼 보니 피가 흥건히 묻어 나왔다.
'…….'
그 개미 놈.
한국 헌터들 중에서도 발군이었던 차해인에게 단 한 방으로 치명상을 입혔다.

여기 있는 다른 헌터들이 살아남은 것도 그들이 강해서가 아니었다. 그놈이 이들을 가지고 잠시 장난을 쳤던 것이다.

진우의 얼굴이 굳어졌다.

'하지만 그전에 우선…….'

차해인의 상처가 급했다.

포션으로 치료가 불가능한 상처라면 한시바삐 섬을 떠나 치유 계열 헌터를 만나야 했다.

"서두르죠."

진우가 그녀를 안고 몸을 일으켰다.

헌터들도 일어섰다.

모두가 서둘러 여왕의 침실을 빠져나가려는데, 선두에서 걸어가던 진우가 한숨을 푹 내쉬었다.

'…….'

백윤호는 그 이유를 짐작할 수 있었다.

진우가 차해인을 백윤호에게 맡겼다. 진우 대신 그녀를 안아 든 백윤호가 당황스러운 표정으로 말했다.

"저도 돕겠습니다."

진우는 백윤호를 비롯한 헌터들을 둘러보며 단단히 못을 박았다.

"절대 제 앞으로는 나서지 마세요. 그 편이 빠르니까."

"성진우 씨, 그 말은……."

아직 상황을 알지 못하는 최종인이 한마디 하려 하자 마동욱이 그를 만류하며 고개를 저었다.

마동욱은 눈으로는 보지 못했지만 기감으로 진우가 개미들을 어떻게 상대했는지 처음부터 끝까지 감지했다.

진우의 말이 맞았다.

그러나 백윤호가 끼어들었다.

"성진우 헌터님."

진우가 돌아보았다.

"당신이 강하다는 건 알고 있습니다. 아마 저만큼 잘 알고 있는 사람은 없을 겁니다. 하지만."

백윤호는 심각한 표정을 지었다.

"당신은 이미 너무 많은 소환수를 부렸지 않습니까?"

그게 무슨 문제가 된다는 걸까?

진우가 의아하게 바라보자 당황한 백윤호가 설명을 덧붙였다.

"이미 많은 마력을 소모하셨을 텐데 마력이 바닥이라도 나면 어쩌시려고 하십니까?"

아, 그 말이었나.

그의 말로 짐작해 보건대 아마도 소환 마법을 쓰는 다른 헌터들은 소환에 많은 마력이 드는 모양이었다.

'굳이 그림자 병사들에게는 마력이 들지 않는다는 걸 밝힐 필요는 없겠지?'

안 그래도 다른 이들의 눈에는 평범한 소환으로는 보이지 않을 텐데 말이다.

그래서 진우는 표현을 살짝 바꾸었다.

"제 소환수들은 마력을 많이 잡아먹지 않습니다. 그러니 걱정 않으셔도 됩니다."

"네?"

"네?"

백윤호와 카메라맨이 동시에 대답했다.

그만한 소환수를 부리는 데 마력 소모량도 얼마 되지 않는다니? 그럼 대체 약점이 무어라 말인가?

'…….'

진우는 설명이 길어질 것 같아 그냥 동굴 쪽을 향해 돌아섰다.

타이밍 좋게 개미들이 안으로 몰려들어 오고 있었다.

'많기도 많구먼.'

여긴 환자가 있다.

여유를 부릴 시간이 없었다.

진우는 최고의 효율을 위해 스킬 '군주의 영역'을 시전했다.

발아래가 검게 물들어 갔다.

그렇게 병사들을 불러낼 준비가 끝나갈 때 즈음에, 동굴 저편에서 스산한 바람이 불었다.

'……?'

진우는 음산한 기운이 흘러나오는 쪽으로 고개를 돌렸다.

그중에 하나.

개미들 틈 속에 놈들과 비슷하게 생겼지만 전혀 다른 한 종류가 섞여 있었다.

'그놈이다.'

진우는 한눈에 개미왕을 알아보았다.

개미왕도 진우를 알아보았다.

개미왕은 서두르지 않고 천천히 진우에게로 걸어 나왔다.

"인간…… 제법 날카로운 기운이구나."

고토의 말투를 흉내 내면서.

놈을 보고서 방금 전의 악몽을 떠올린 헌터들이 흠칫하며 물러났다.

반면 진우는 미동도 없이 조용히 놈을 노려보았다.

개미왕은 진우 앞에 와서 섰다.

"네가 인간들의 왕인가?"

"……벌레가 말을 다 하네."

진우가 담담한 얼굴로 말하자 개미왕의 얼굴이 험악하게 일그러졌다.

여왕에게서 물려받았던 힘.

또 포식을 통해 모았던 힘.

가지고 있던 모든 마력을 일순간 해방하자 개미왕의 몸집이 거대하게 부풀어 올랐다. 진우와 엇비슷한 키가 순식간에 거의 1.5배 정도나 커졌다.

개미왕은 진우의 코앞에서 있는 힘껏 포효를 내질렀다.

키에에에에에에에에에에엑-!

눈 하나 깜짝 않던 진우가 그제야 씩 웃었다.

"이제야 좀 벌레답네."

그러고는 자신의 마력을 해방했다.

* * *

"고토와 연락이 끊겼다고?"

마쓰모토 협회장의 안색이 흙빛으로 변했다.

직원은 수신기를 마쓰모토에게 넘기며 물었다.

"직접 들어 보시겠습니까?"

마쓰모토는 직원의 손에서 빼앗듯 넘겨받은 수신기를 머리에 쓰고는 고개를 끄덕였다.

곧 녹음 파일이 재생되었다.

—개미…… 제법 날카로운 기운이구나.

—네가 왕인가?

—그래, 내가 왕이다.

—고토 상!

—으아악, 으아아악!

—컥!

—으, 으으…….

—너, 넌 대체 뭐야!

삑.

"여기서 연결이 끊겼습니다."

수신기를 벗는 마쓰모토의 얼굴이 딱딱하게 굳어졌다.

중간중간 들려오는 기분 나쁜 노이즈와 마수가 내는 끔찍한 소리.

다른 상황은 떠올릴 수 없었다.

'개미가 인간의 말을 사용해? 게다가 고토가 그놈에게 당했다고?'

이런 일은 예정에 없었다.

분명 계획과 준비는 완벽했을 텐데 어째서…….

마쓰모토의 손끝이 잘게 떨렸다.

"……협회장님?"

그는 직원들의 시선이 자신의 손으로 향하는 것을 깨닫고는 슬그머니 손을 감추었다.

그러고는 말을 돌렸다.

"고토를…… 아니, 말하는 마수는 어디에 있나?"

차마 '고토를 죽인 마수'라고는 할 수 없었다.

"사라졌습니다."

"사라졌다고?"

고토를 죽인 놈이다.

제주도를 감시하고 있는 위성의 마력 탐지 카메라가 그만한 마수를 놓칠 수가 있단 말인가?

직원은 협회장이 무슨 말을 할지 알고 있다는 듯 모니터를 가리켰다.

"저 빛이 그때 나타난 마수의 마력입니다."

마력 탐지 카메라는 마력을 빛으로 인식한다.

화면 위에 나타난 하얀 점이 크고 밝을수록 강력한 마력을 지닌 존재라는 뜻이었다.

고토와 주변 헌터들의 점이 모두 사라지고 나자 크고 밝은 점 또한 금방 자취를 감추었다.

"맙소사……."

마쓰모토는 신음을 내었다.

적은 자신의 마력을 완벽하게 컨트롤하고 있었다.

'이러니…… 이런 녀석이니…….'

연구팀이 캐치할 수 없었지.

완벽한 실착이었다.

그 대가로 일본은 10명의 최상급 헌터를 잃었다. 그중에는 일본 최고의 헌터가 포함되어 있었다.

실수 하나의 결과치고는 너무 뼈아픈 대가였다.

그리고 대가는 아직 끝나지 않았을지도 모른다.

'저런 말도 안 되는 괴물이 만약 바다를 넘어온다면…….'

떨쳐 내려 해도 자꾸만 참혹한 상상이 머릿속을 가득 메워 갔다.

그런데 그때.

"찾았습니다! 놈이 다시 나타났습니다!"

마쓰모토의 눈이 번쩍 뜨였다.

"놈은 어디에 있나?"

"여왕의 침실입니다."

"……."

그곳에는 개미굴로 돌아오기 시작한 개미들과 맞닥뜨린 한국 헌터들이 남아 있었다.

꽤 분투하고 있는 모양이었지만, 상대는 상식을 뛰어넘는 괴물이다.

'결국 한국 놈들도 끝났군.'

그렇게 생각했었던 마쓰모토의 눈이 커졌다.

'……?'

그 끔찍한 괴물의 바로 앞에 갑자기 나타난 빛.

"이, 이게 대체?!"

마쓰모토가 화들짝 놀라며 직원을 바라보았다. 연구팀 소속인 직원은 급히 고개를 가로저었다.

"저, 저도 이런 건 처음 봅니다."

거의 그 마수만큼이나 크고 밝은 점이었다.

아니, 어쩌면 그 마수 이상일지도 몰랐다.

그런데 더 놀라운 것은 그 커다란 빛 주위에 수백 개의 작은 빛들이 맴돌고 있다는 사실이었다.

수년간 탐지 영상을 분석해 왔던 연구팀의 분석팀장조차 한 번도 본 적 없는 장면이었다.

'아…….'

잘게 쪼개졌다 합쳐지기를 반복하는 아름다운 빛무리에 감탄이 절로 흘러나왔다.

그러나 마쓰모토에겐 감탄하고 있을 여유 따윈 없었다.

"한국팀, 그놈들이 분명 공략 과정을 촬영하고 있었지?"

아직 한국팀들이 멀쩡히 활보하고 있다는 것은 방송이 계속되고 있을 수 있다는 말.

마쓰모토는 상황이 어떻게 되어 가고 있는지 궁금해서 견딜 수가 없었다.

"한국팀 방송! 한국팀 방송을 메인 화면에 띄워!"

그가 소리치자 곧바로 컨트롤 센터의 벽면에 배치된 초대형 화면에 개미와 대치하고 있는 한 남자의 모습이 떠올랐다.

마쓰모토는 남자의 얼굴을 보며 꼴깍 침을 삼켰다. 관자놀이를 타고 흐른 땀방울이 턱에 맺혔다.

'저 남자…… 저 남자가 이 빛 덩어리들의 주인인가?'

그리고 그 앞에 서 있는 커다란 개미 마수. 보통 개미보다 1.5배는 더 큰 녀석이었다.

화면을 통해 보고 있을 뿐인데도 위압감에 심장박동이 빨라졌다.

'…….'

마쓰모토의 얼굴이 더욱더 딱딱하게 굳어졌다.

마침 그때.

개미가 먼저 움직였다.

* * *

개미왕의 주먹이 진우의 얼굴을 내려쳤다.

투쾅!

상체가 꺾일 뻔했던 진우가 발끝에 힘을 줘 버텨 냈다.

'……!'

주먹에 전력을 실었던 개미왕은 내심 크게 놀랐다.

"내 힘을…… 버텨 내?"

숨통을 끊을 생각으로 휘두른 일격에 나가떨어지기는커녕 고개만 살짝 돌아간 수준이라니.

그러나 놀라고 있을 틈도 없이 진우의 주먹이 날아왔다.

슉-

투쾅!

안면을 직격당한 개미왕이 건너편의 벽에 처박혔다.

쿵-!

운석이 떨어진 흔적처럼 벽이 움푹 들어갔다.

잠깐이지만 개미굴 전체가 흔들린 것 같은 느낌을 받게 만들 정도로 강렬한 충격이었다.

"무슨 개미가 말이 이렇게 많아?"

* * *

방송이 갑자기 중단되고 방송 사고 메시지가 떴을 때, 많은 시청자들이 망연자실했다.

"헌터들은…… 헌터들은 어떻게 되는 거야?"

"방금 그 개미는 뭐지?"

"아니, 방송을 여기서 끊으면 어떡하냐고!"

난데없이 등장한 개미 마수 하나에게 너무도 무력하게 당하는 헌터들.

여왕을 처치하는 장면을 보고 기뻐하던 시청자들에게 찬물을 확 끼얹는 영상이었다.

이윽고 방송 사고 화면이 끝나고 사회자가 나타났다.

–아…… 방금 확인된 소식입니다.

그는 침울한 목소리로 민병구 헌터의 부고를 전했다.

그리고 아직 개미굴에 남아 있는 다른 헌터들의 안전도 장담할 수 없다는 말을 덧붙였다.

"에라이!"

"여왕을 잡았는데 왜 헌터들이 죽는 거야!"

"일본은?"

"연합팀이라면서 대체 일본은 뭐 하고 있는데?"

누군가는 격분했고, 누군가는 걱정했으며, 누군가는 슬퍼했다.

목숨을 걸고 싸워 준 헌터들이 비참한 최후를 맞을지도 모른다는 소식은 빠르게 퍼져 나갔다.

중계 화면이 끊어진 레이드 방송의 시청률이 중계가 원활히 되고 있을 때보다 더 오르는 기현상이 벌어졌다.

—아!

급한 연락을 받은 사회자의 얼굴이 밝아졌다.

—지금 현장에 소속이 확인되지 않은 헌터 한 분이 나타났다고 합니다! 다시 중계를 이어 가겠습니다.

그 한마디는 TV 앞에 있던 사람들의 지쳐 가던 눈빛에 강한 활기를 불어넣기 충분했다.

이어 현장 화면이 들어오고.

"뭐야?"

"아니!"

TV를 보던 사람들이 화면을 가득 채운 검은 병사들을 보고 벌떡 일어났다.

검은 병사들은 여왕의 침실 안으로 끝없이 밀려 들어오는 개미 마수들과 맞서 혈전을 벌이고 있었다.

이리저리 현장을 비추던 카메라가 한 사람에게 고정됐다.

거리가 멀어 얼굴을 구별하기는 어려웠다.

—갑옷을 입은 병사들은 지금 영상에 비치는 헌터의 소환수들이라고 합니다. 또한, 대부분의 헌터님들이 무사하다는 소식입니다.

조마조마하게 지켜보던 사람들은 그 소식에 환호했다.

그리고 이름 모를 헌터를 응원하기 시작했다.

"다 때려 부숴 버려!"

"잘한다! 밀고 나가라!"

"가라!"

그리고 마침내.

이름 모를 헌터가 엄청난 숫자의 새로운 병사들을 불러내고, 그들이 개미들을 도륙하기 시작했을 때.

와아아아—!

사람들은 두 주먹을 하늘로 쳐들고 열광했다.

가족이나 친구를 잃고 개미들에게 복수를 원했던 사람들은 시원한 장면에 눈물까지 글썽거렸다.

마치 타이밍을 노리고 있었던 것처럼 결정적인 순간에 사회자가 목소리를 높아졌다.

—아, 헌터님의 신원이 방금 막 밝혀졌습니다!

사람들은 눈과 귀가 모두 화면으로 향했다.

과연 저 남자는 누굴까?

S급 마수가 가득한 곳에서 S급 헌터들을 구해 올 수 있는 능력을 지닌 헌터의 정체는?

—대한민국의 10번째 헌터, 성진우! 마법 계열의 헌터로 특기는 소환 마법이라고 합니다!

사람들은 저렇게 뛰어난 능력을 지닌 헌터가 일본인이 아니라는 사실에 더 기뻐했다.

그 많던 개미들이 삽시간에 정리됐다.

그렇게 탈출만을 남겨 두고 있는 상황에서 또 다시 맞닥뜨린 개미 떼.

"어? 어?"

"저건……."

아까 방송이 끊기기 전에 봤었던 날개 달린 개미 마수가 개미 떼를 헤치고 유유히 걸어 나왔다.

날개 달린 개미 자체가 거의 없는 편이고, 얼굴 생김새가 달라 쉽게 구분이 가능했다.

시청자들은 혼란에 빠졌다.

"뭐야? 저 새끼 죽은 거 아니었어?"

"아까 저 괴물한테 헌터들이 전부 당했었잖아?"

"여기서 저놈이 왜 또 나와!"

날개 달린 개미는 성진우 헌터 앞에 섰다.

능력의 상성 관계를 어느 정도 알고 있는 사람들은 둘이 마주 선 걸 보고 안타까운 마음에 발을 동동 굴렀다.

"아이고, 저거 죽었다, 죽었어."

"마법 계열이 저렇게 쉽게 거리를 주면 어떡해?"

"지금이라도 도망가라고!"

전투 계열인 차해인 헌터를 한 방에 날려 버린 마수다.

일이 어떻게 흘러갈지는 불을 보듯 뻔했다.

그냥 마주 보고 서 있는 것만으로도 불안한데, 갑자기 개미 마수의 덩치가 훨씬 더 커졌다.

화면을 보고 있던 사람들이 경악성을 내질렀다.

그리고.

퍽!

담이 약한 일부 시청자들은 눈을 질끈 감았다.

마수의 주먹에 맞는 순간, 헌터의 머리가 터지기라도 할 줄 알았던 것이다.

그런데 의외로 멀쩡했다.

'어?'

'탱커인 마동욱 헌터를 한 방에 쓰러뜨린 펀치를 마법 계열이 견뎌 냈어?'

사람들의 눈이 커졌다.

그때.

투쾅!

개미가 벽에 처박혔다.

"……."

"……."

시청자들이 무슨 일이 일어났는지 파악하는 데는 조금 시간이 걸렸다.

그러나 카메라가 벽에 처박혀 있는 개미왕을 보여 준 순간.

와아아아아아아아-!

또다시 격렬한 환호성이 터졌다.

* * *

"헉!"

카메라맨의 입이 쩍 벌어졌다.

성진우 헌터가 개미의 주먹에 맞았을 때만 해도 아찔했다.

차해인 헌터는 그 한 방에 의식을 잃었으니까.

그런데 성진우 헌터는 오히려 개미를 날려 버렸다. S급 헌터 여섯을 가지고 놀던 녀석을.

헉 소리가 절로 나왔다.

'S급 헌터들이 약했던 걸까?'

아니, 그럴 리가.

용맹하게 싸운 한국팀 헌터들은 S급 보스인 여왕개미를 훌륭히 제거했다.

그런 헌터들을 우습게 상대하는 저 변종 개미가 이상한 것이고, 그 변종 개미를 날려 버린 성진우 헌터가 더욱 이상한 것이었다.

꿀꺽.

카메라맨은 흥분을 억누르며 마른침을 넘겼다.

다른 헌터들의 반응도 별반 다르지 않았다.

모두가 흥분에 찬 눈으로 진우를 바라보고 있을 때, 최종인은 문득 주위를 둘러보았다.

주위에 가득한 개미의 사체들.

자신이 기절해 있는 동안 헌터들이 합심해서 처치한 개미들인 줄 알았다.

그런데 방금 진우를 보고 생각이 달라졌다.

'설마 이거…… 성진우 씨가 혼자서?'

개미들의 숫자를 대략 훑어보던 최종인의 눈동자가 잘게 떨렸다.

키에에에에에엑-!

난데없이 터져 나온 괴성에 최종인의 고개가 홱 돌아갔다.

벽에서 빠져나온 개미왕이 분노를 표출하고 있었다. 내부의 공기가 파르르 떨려 왔다.

'호오?'

진우는 놀랍다는 눈빛으로 개미왕을 바라보았다.

생각했던 것보다 데미지가 적어 보였다.

'외골격…… 때문인가.'

녀석의 온몸을 덮고 있는 검은색의 딱딱한 껍질. 그건 이미 평범한 유기물 수준을 넘어서고 있었다.

그렇다면 힘으로 깨부순다.

갑옷을 부술 수 있는 건 검이나 창이 아니라 거대한 망치.

진우의 어깨와 팔 근육이 팽창하며 힘줄이 솟았다. 묵직한 공기가 주변에 착 가라앉았다.

개미왕도 포효를 멈추고 흉측하게 일그러진 얼굴을 진우에게 향했다.

"감히!"

서로를 향해 걸어가는 둘의 간격이 빠르게 좁혀졌다.

이윽고 마주 선 진우와 개미왕.

둘은 한 치의 양보도 없이 전력을 다한 공격을 주고받기 시작했다.

투쾅!

쾅!

콰광!

헌터들은 경악했다.

진우와 개미왕이 서로를 타격할 때 생기는 마력의 충격파로 동굴 안이 떨리고 있었다.

오죽하면 마력을 다루는 데 일가견이 있는 최상급 헌터들조차 속이 울렁거릴 정도였다.

"우욱……."

"괜찮아요?"

"괘, 괜찮습니다."

A급에 불과한 카메라맨은 자꾸만 속에서 올라오려는 것을 억지로 참아 냈다. 현기증까지 일었다.

'우욱.'

그러나 얼굴이 하얗게 질려 가면서도 웃을 수 있는 이유는.

쿵! 쿵! 쿵!

'어떻게 저런 괴물을 상대로 헌터 한 명이 혼자서…….'

희망을 봤기 때문이다.

투쾅!

분명 성진우 헌터도 타격을 입고 있긴 하지만, 개미왕의 껍질은 확실하게 부서져 가고 있었다.

개미왕은 자신이 자랑하던 육체에 나타난 변화를 눈치챘다.

찌직.

찌직.

세상에 존재하는 그 어떤 금속보다 단단할 터인 자신의 피부 곳곳에 미세한 균열이 생기고 있었다.

반면 적은 자신의 공격을 견뎌 내고 있었다.

설마.

있을 수 없는 가정 하나가 개미왕의 머릿속을 스치고 지나갔다.

'내가…… 내가 힘에서 밀린다?'

그것도 크기가 내 반밖에 되지 않는 인간 따위에게?

하필 그때.

콰직.

방금 강하게 얻어맞은 옆구리 쪽의 상처에 심상치 않은 느낌이 들었다. 소리가 좋지 않았다.

개미왕은 통각이 없는 외골격의 상태를 확인하기 위해 아주 짧은 시간 그쪽을 살폈다.

흘깃.

결과는 충격적이었다.

'……갈라졌다.'

작은 흠집에 불과했던 금이 사방으로 뻗어 나가며 커지고 있었다.

남은 시간이 얼마 없다는 경고나 마찬가지.

개미왕은 빠르게 고개를 돌렸다.

하지만 아무리 짧은 시간이라고 해도, 상대가 한눈을 판 틈을 놓칠 만큼 진우는 어설프지 않았다.

투쾅!

왕의 얼굴이 옆으로 돌아갔다.

'……?'

강철 같은 안면 외골격을 무시하고 들어오는 강렬한 충격에 개미왕은 한순간 휘청거렸다.

뒷걸음질 치기 직전 간신히 균형을 잡았지만, 이번엔 공격이 아래에서 위로 올라왔다.

쾅!

턱이 하늘로 들렸다.

'벌레만도 못한 인간 놈이……!'

왕은 고개가 들린 상태에서 격노가 담긴 시선을 아래로 향했다.

이 인간의 힘, 강하다.

하지만 힘밖에 내세울 수 없는 적에 비해 자신에게는 여러 가지 강력한 무기들이 있었다.

예를 들면, 개미왕은 고개를 바로 하는 것과 동시에 입을 벌려 독침을 쏘았다.

기다란 촉수 끝에 달린 독침이 순간적으로 튀어 나갔다.

피할 수 없는 거리에서 적의 얼굴을 노린 공격이었다.

슉-

인간은 재빠르게 고개를 틀어 독침을 피했지만, 결과를 지켜보는 개미왕의 얼굴에 미소가 떠올랐다.

인간의 뺨이 독침 끝에 살짝 긁히며 상처가 생긴 것이다.

'됐다!'

그것으로 충분했다.

우연히 섭취하게 된 청자고둥에서 흡수한 능력 '마비독'.

생명체가 만들어 낼 수 있는 가장 치명적인 독 중 하나가 개미왕의 체내에서 마력과 섞이고 농축되어 훨씬 더 극악한 독으로 변했다.

스킬 '포식'이 진화시킨 최악의 맹독이었다.

'애먹였구나, 인간 놈.'

살짝만 스쳐도 눈 깜짝할 사이 모든 신경계가 마비되어 감각을 잃고 몸을 제어할 수 없게 된다.

이제 남은 일은 저항하지 못하게 되어 버린 상대를 철저히 부숴 버리는 것.

"……?"

마침 독이 퍼져 나가기 시작했는지 인간은 당황스럽다는 얼굴이 되었다.

"이것이 왕의 힘이다!"

개미왕은 만면에 미소를 띠고서 인간의 얼굴을 후려쳤다.

하지만.

쾅!

인간이 왼손을 들어 막았다.

'……?'

어떻게 아직 움직일 수 있냐는 의문도 잠시.

투콰!

반대쪽에서 날아온 인간의 오른손에 맞은 왕이 바닥을 나뒹굴었다.

키엑!

처음으로 왕의 입에서 비명이 터져 나왔다.

* * *

띠링.

진우는 익숙한 기계음과 함께 떠오른 시스템 메시지를 확인했다.

[해독이 완료되었습니다.]

'왜 혼자 기뻐하고 있나 했더니, 이거 때문이었나?'

그래서인지 아까 자신이 아무렇지 않게 움직였을 때 개미왕에게서 심한 당혹감이 느껴졌었다.

신기한 일이었다.

물론 버프로 독이 해독되었다는 쪽이 아니라, 곤충에 가까운 마수의 감정을 자신이 느꼈다는 것이.

언제부터인가 마수가 어떤 감정을 느끼고 있는지 알 수 있게 되었다.

'하이오크 때부터였나?'

그때는 하이오크들의 표정과 몸짓을 보고 감정을 읽었다고 생각했었는데, 저 개미는 인간형 마수도 아니지 않은가?

얼굴을 일그러뜨리는 것 외엔 표정이 없는 녀석이었다.

'이것도 감각의 힘인가?'

모든 스탯이 대폭 상향된 만큼 감각 스탯도 몰라보게 올라갔다.

일정 이상까지 올라간 스탯에는 지금까지 미처 알지 못했던, 다른 기능이 있을지도 모르는 일이었다.

하지만.

'……지금은 그런 걸 생각하고 있을 때가 아니지.'

일단 놈의 숨통을 끊고 여기를 탈출하는 게 우선이다.

진우는 인제 막 몸을 일으키려 하는 개미왕을 향해 달려갔다.

'……!'

개미왕의 초조함이 와 닿았다.

연이은 공격으로 개미왕의 외골격을 거의 부숴 놓았다.

이제 조금만 더!

그런 생각으로 순식간에 거리를 좁히고 들어간 진우가 뛰어올랐다. 그리고 발을 내뻗었다.

콰앙-!

하지만 개미왕은 이미 사라져 있었다. 애꿎은 바닥만 깊게 파였다.

"어디지?"

"사라졌어!"

헌터들이 왕을 찾아 헤매는 사이, 진우는 침착하게 위를 바라보았다.

놈은 날개를 이용해 머리 위를 날아다니고 있었다.

'이런 점은 편리하네.'

진우는 씩 웃었다.

감정이 느껴지니 기척을 좇기가 훨씬 더 쉬워졌다.

당혹감에서 일순간 불안감으로 바뀌었던 놈의 감정이 이제는 다시 기쁨으로 바뀌고 있었다.

개미왕은 작전을 변경했다.

'저 인간의 특기가 힘이라면 굳이 맞붙어 줄 이유가 없다.'

자신의 진정한 무기는 속도.

자칭 인간의 왕이라며 허세를 떨던 남자도 자신의 공격에 아무 반응도 못 하고 목을 내주었다.

애초에 놈을 힘으로 누르려 한 것은 일종의 과시욕.

개미왕은 사심을 버리고 전력을 다하기로 작정한 것이다.

스스슥.

커졌던 육체가 원래의 모습으로 돌아오며 양쪽 손톱이 칼날처럼 길고 날카롭게 변했다.

'손톱이…….'

진우는 개미왕의 신체 변화를 지켜보며 놈이 이제부터 패턴을 바꿀 것이라 직감했다.

스르륵.

진우의 양손에 창고에서 불러낸 단검 두 개가 쥐였다.

쉬익-!

공중에 떠 있던 개미왕이 진우를 향해 쇄도했다.

방금 전과 비교할 수 없는 속도였다.

'……!'

진우는 집중했다.

시간이 느려지면서 놈의 동작 하나하나가 전부 시야에 들어왔다.

속도전은 진우가 가장 자신 있는 분야였다.

진우는 위에서 빠르게 내리꽂히는 개미왕의 손톱을 단검 끝으로 자연스럽게 흘려보냈다.

땅 위에 내려선 개미왕과, 뒤로 돌아선 진우의 공격이 서로 맹렬하게 맞부딪치기 시작했다.

카가강!

캉! 카강!

공방을 쉴 새 없이 주고받는 동안 개미왕은 수없이 경악했다.

'이럴 수가!'

적은 자신의 속도를 따라잡고 있었다.

아니, 그뿐만 아니라 시간이 갈수록 점점 몸이 풀려 가는 듯 움직임이 더 빨라지고 있었다.

'어떻게…… 이런 일이…….'

힘으로 겨룰 때도 뒷걸음질만은 피했었던 왕이 서서히 밀려나기 시작했다.

한 발짝, 한 발짝.

뒤로 향한 걸음이 늘어날 때마다 외골격에 상처가 늘어 갔다.

놈이 물러선 거리가 멀어질수록 진우의 자신감 또한 커졌다.

'끝낼 수 있다.'

왕이 받고 있는 정신적 충격이 고스란히 진우에게로 전해졌다.

놈은 지금 동요하고 있었다.

악마왕 바란에 비하면 힘과 속도, 어느 것 하나 뛰어나다 할 수 없는 적이었다.

아니, 어쩌면 악마왕과 동급이거나 그 이상일지도 모른다.

그러나 지금의 진우는 그때의 진우가 아니었다.

악마왕 던전에서 받은 보상으로 한참 더 높은 곳에 올라서 있는 것이다.

'고생한 보람이 있다.'

진우는 상대를 통해 자신의 능력치가 얼마나 상승했는지 실감했다.

기분 좋은 고양감과 함께 가슴이 벅차올랐다.

이어 개미왕이 다시 한 발짝 물러섰을 때, 진우가 두 발을 내디뎠다.

그리고.

'급소 찌르기!'

진우의 스킬이 개미왕의 몸에 박혔다.

급소 찌르기는 급소를 정확히 찌를 경우 추가 데미지를 주는 스킬.

외골격 곳곳이 부서진 개미왕에게는 온몸 전체가 급소나 마찬가지였다.

파바박!

수십 번의 급소 찌르기가 연속으로 박혔다.

[스킬 '급소 찌르기'가 최종 형태 스킬 '난도'로 업그레이드됩니다.]

'난도?'

새 스킬을 얻은 김에 진우는 난도를 사용해 보았다.

그러자 단검이 개미왕의 빈틈을 찾아 들어가 찰나의 시간을 두고 수십 번 난도질했다.

다다다다다!

"키에에에엑!"

개미왕이 비명을 질렀다.

놈이 고통에 몸부림치는 사이 진우는 단검을 휘둘러 팔을 잘라냈다.

스걱.

놈의 검고 긴 팔이 바닥에 힘없이 떨어졌다.

"키엑!"

그쯤 되자 개미왕은 자존심도, 복수심도 잃고 허둥지둥 하늘로 날아올랐다. 살아야 한다는 생존 욕구가 무엇보다 우선했다.

그러나 진우는 조금의 빈틈도 용납하지 않았다.

누군가가 등 뒤로 다가오는 기척을 느낀 개미왕이 뒤를 돌아보았다.

'인간이…… 날고 있어?'

지배자의 손길로 자신의 몸을 띄운 진우가 왕의 한쪽 날개를 잘라 떨어뜨렸다.

철푸덕.

왕은 볼썽사납게 떨어졌다.

땅을 향해 추락하는 그 짧은 시간, 왕은 충격과 공포 속에서도 이 위기에서 탈출할 방법을 떠올리기 위해 애를 썼다.

'적보다, 적보다 유리한 것을 생각해야 한다.'

힘, 속도, 비장의 무기 '독'까지 어느 것 하나 통하지 않았다.

쉽사리 떠오르지 않았다.

저 인간보다 내가 앞서는 것이 하나도 없단 말인가?

개미왕은 절망하기 직전에 겨우 해답을 찾아냈다.

적보다 뛰어난, 유일한 한 가지가 떠올랐다.

그건 머릿수.

적은 하나고, 자신에게는 수천의 군대가 있었다.

지금도 입구에 서서 명령을 기다리는 용맹한 전사들이 있지 않은가.

엉거주춤 몸을 일으키던 개미왕이 하나 남은 손으로 진우를 가리켰다.

끼에에에에에엑-!

분노에 가득 찬 왕의 포효에 기다렸다는 듯 개미들의 물결이 밀려들어 왔다.

어떠냐, 인간!

끼에에에에에엑!

왕은 끝없이 포효했다.

무너진 자신감을 회복하기 위해서, 또 한편으로는 병사들의 사기를 진작시키기 위해서였다.

그렇게 자신만만하게 인간을 노려보는데.

"……?"

저쪽에서도 검은 파도가 밀려왔다.

'가라!'

진우는 그림자 병사들에게 지시를 내렸다.

처음 발동시켰던 '군주의 영역'은 아직도 유지되고 있었다.

한층 더 강력해진 그림자 병사들이 무서운 속도로 적들을 향해 돌진했다.

두두두두두두−

요란한 발소리가 개미굴 전체에 울려 퍼졌다.

'그리고…… 나와라.'

진우는 마지막으로 어금니를 불러냈다.

혼자만 덩그러니 소환된 어금니가 머쓱한지 주위를 둘러보다 뒷머리를 긁적거렸다.

진우는 어금니의 손에 탐욕의 구슬을 쥐여 주며 단단히 경고했다.

"개미들만 노려. 만에 하나 불길이 사람한테도 튀면 넌 영원히 소환 금지다."

어금니는 자신 있다는 듯 힘차게 고개를 끄덕였다.

곧 '거인의 노래'로 거대해진 어금니가 거대한 불기둥을 토해 냈다.

쿠아아아아아아아아아아−!

자주 보던 모습이었지만 진우는 또다시 감탄했다.

'어째 재 불기둥은 나날이 굵어지는 것 같네.'

레벨이 올라서 그런가.

항상 보던 진우였으니 그 정도 반응이었지, 다른 사람들에게는 의미가 달랐다.

구석에서 진우와 개미왕의 전투를 숨죽인 채 지켜보던 헌터들은 갑자기 나타난 괴물의 모습에 신음을 토했다.

격한 반응도 나왔다.

"저, 저게 소환수야? 소환수라고, 저게?"

임태규가 어금니를 가리키며 목청을 높였다.

헌터들은 그저 입을 쩍 벌리고 있을 뿐 아무런 대꾸도 하지 못했다.

모두 비슷한 생각이었다.

저게 소환수라고?

모습으로 보나, 능력으로 보나 저건 소환수가 아니라 인세에 강림한 마왕 같지 않은가?

어쨌든 그 무식한 불꽃에 개미들은 참 잘 타들어 갔다.

개미왕은 떨기 시작했다.

'이게 저 인간의 병사들이라고……?'

단 1분도 되지 않는 사이, 자신의 병사들 수백이 증발했다.

단지 표현으로서가 아니라 이상한 괴물의 불꽃에 맞은 병사들은 말 그대로 정말 '증발'해 버렸다.

처음으로.

개미왕은 처음으로 누군가에게 공포를 느꼈다.

벽을 느꼈다.

자신이 가진 그 어떠한 것으로도 적을 뛰어넘을 수 없다는 걸 알았다.

완벽한 패배였다.

하지만 어째서……?

'나는 강한 인간들과 싸우기 위해서 태어났을 텐데…….'

그것이 유일한 사명.

목표를 위해 성장에 성장을 거듭했다. 심지어 인간들의 힘까지 흡수했다.

그런데도 이길 수 없다니.

개미왕은 벌벌 떨면서 등을 보였다.

멀리, 조금이라도 더 멀리 저 인간과 떨어져야 한다.

지금 이 순간만큼은 개미왕의 머릿속에서 왕국과 병사들에 대한 생각이 아주 말끔하게 사라졌다.

인간에게서 얻은 치료 스킬로 급하게 날개를 회복한 개미왕이 날아올랐다.

'조금이라도 더 멀리…….'

그러나 그때.

쿠웅!

돌연 위에서 내리누르는 거대한 힘에 눌려 바닥에 엎어졌다.

"키엑!"

울컥, 하고 체액을 쏟아 냈다.

지배자의 손길을 파리채처럼 휘두른 진우가 곧장 그리로 다가갔다.

'저 녀석을 놓칠 수는 없지.'

강력한 마수다.

녀석의 그림자는 무슨 수를 써서라도 병사로 만들고 싶었다.

그러려면 먼저

'놈을 처치하는 게 우선.'

자신에게 다가오는 진우를 발견한 개미왕의 얼굴이 불쌍할 정도로 겁에 질려 갔다.

키, 키엑!

결국 개미왕은 엉금엉금 기어서 도망치기 시작했다.

처음 헌터들을 가지고 놀면서 보였던 위용은 온데간데없었다.

"이제 좀 벌레 같네."

금방 따라붙은 진우가 개미왕의 등에 대고 스킬 '급소 찌르기', 아니 '난도'를 사용했다.

그러자 메시지가 떴다.

띠링!

[적을 처치하였습니다.]

[레벨이 올랐습니다!]

[레벨이 올랐습니다!]

'좋았어!'

진우는 주먹을 움켜쥐었다.

하지만 기쁨도 잠시.

"성진우 헌터님!"

백윤호가 부르는 소리에 뒤를 돌아보니 그의 표정이 어두웠다.

진우가 그리로 달려갔다.

괴물 개미가 쓰러진 것에 기뻐하던 다른 헌터들도 백윤호에게 시선을 향했다.

백윤호는 진우에게 말했다.

"차해인 헌터가……."

그의 말처럼 차해인의 기척이 거의 느껴지지 않고 있었다.

상황이 좋지 못했다.

진우의 표정 또한 굳어졌다.

시간이 없었다.

당장 카이셀을 타고 날아간다고 해도 언제 도착해서, 또 언제 힐러를 찾아 치료를 받게 만든단 말인가?

'뭔가 다른 방법이……'

찰나의 고민 끝에 진우는 차해인을 구할 방법을 떠올렸다.

진우는 차해인의 안색을 살피느라 낮추었던 몸을 일으켰다. 그러고는 카메라맨을 돌아보며 말했다.

"잠깐 카메라 좀 꺼 주실 수 있겠습니까?"

6. 수확의 시간

6. 수확의 시간

"예? 카메라를요?"

"네."

카메라맨은 당황스럽다는 시선으로 진우를 바라봤다.

진우의 표정은 진지했다.

"갑자기 카메라는 왜……?"

카메라맨의 질문에 진우는 대답하지 않았다.

"……."

카메라맨은 쉽게 결정을 내릴 수가 없었다.

성진우 헌터는 생명의 은인.

지금도 여러 사람의 목숨 줄을 쥐고 있는 그의 부탁이라면 못 들어줄 이유가 없었다.

'그런데 하필 카메라를 꺼 달라는 것이라니…….'

지금 전 국민이 다 보고 있다고 해도 과언이 아닌 방송이었다.

전직 방송인 입장에서는 카메라의 전원을 누르기가 힘들었다.
그가 고민하며 망설이자 진우가 지체 없이 말했다.
“안 끄면 부술 겁니다.”
진우의 차가운 목소리에 카메라맨은 움찔 떨었다.
성진우 헌터가 작정하고 카메라를 부수려 든다면 여기 모인 헌터들이 모두 합심한다고 해도 막을 수 있을까?
이유를 불문하고 더 이상 선택의 여지가 없었다.
“아, 알겠습니다.”
카메라맨은 머리에 쓰고 있던 카메라를 벗어 전원을 껐다.
전원의 불빛이 꺼지는 것을 확인한 진우가 백윤호에게 안겨 있던 차해인을 넘겨받았다.
‘촬영기사를 겁먹게 만들고 싶지는 않았지만…….’
차해인을 도우려면 어쩔 수 없는 일이었다.
그녀를 안아 들고 주위를 둘러보던 진우가 가볍게 심호흡을 한 후 지그시 눈을 감았다.
‘뭘 하려는 거지?’
헌터들의 관심이 전부 진우의 행보에 쏠렸다.
곧 진우가 눈을 떴다.
필요한 것의 위치를 파악한 진우는 돌연 개미굴 안쪽으로 걸어 들어가기 시작했다.
빠른 발걸음이었지만 차해인의 상태를 염려해 달리지는 않았다.
사람들은 진우를 멍하니 바라보다가 이내 정신을 차리고 그 뒤를 따라갔다.
이윽고 멈춰 선 진우가 차해인을 조심스럽게 눕혔다.

그러고는 근처에 쌓여 있던 개미 마수 사체를 치웠다.

"헉!"

무언가를 발견한 카메라맨이 신음을 토해 냈다.

"음……."

다른 헌터들도 침음을 삼켰다.

싸늘하게 식어 버린 민병구의 주검이 거기에 있었다.

목 윗부분이 없는 처참한 모습이었다.

방금 전 성진우 헌터가 카메라를 꺼 달라고 했던 이유를 다들 이제야 짐작할 수 있었다.

누구도 이런 장면을 보고 싶지는 않으리라.

"큭."

민병구와 누구보다도 친했던 백윤호는 눈을 질끈 감으며 고개를 반대편으로 돌렸다.

그런데 그때.

'잠깐…….'

그의 머릿속에 문득 떠오른 생각이 있었다.

'성진우 헌터는 이 많은 마수의 사체들 속에서 어떻게 병구가 있는 곳을 알아낸 거지?'

답은 곧 나왔다.

특별한 스킬이 아니라면 방법은 하나뿐이었다.

인간과 마수는 흘려보내는 마력 파장이 미세하게 다른데, 진우는 그 차이를 구분하여 파장이 채 사라지지 않는 민병구의 시신을 찾아낸 것이다.

사실이라면 정말 놀라운 기감이라고 말할 수밖에 없었다.

그건 그쪽으로 특화된 자신의 '마수의 눈'으로도 불가능한 작업이었다.

생각이 거기까지 미친 백윤호는 다시 진우가 있는 쪽으로 고개를 돌렸다.

병구의 모습에 가슴이 미어지는 한이 있더라도 무슨 일이 일어날지 두 눈으로 똑똑히 봐 두고 싶어서였다.

'성진우 헌터……. 당신은 대체 뭘 하려는 겁니까?'

진우와 민병구, 그리고 차해인을 지켜보는 백윤호의 이마에 식은땀이 맺혀 갔다.

그사이 진우는 민병구의 상태를 확인했다.

시신에서 검은 연기가 피어오르고 있었다. 그림자 추출 스킬이 가능하다는 뜻이었다.

아니나 다를까.

띠링.

[그림자 추출이 가능한 대상입니다.]

익숙한 기계음과 함께 떠오른 시스템 메시지가 할 수 있는 일임을 친절히 상기시켜 주었다.

물론 진우는 민병구 헌터가 변을 당했다는 소식을 들었을 때부터 그를 그림자 병사로 만들 수 있다는 사실을 인지하고 있었다.

단지 하고 싶지 않았을 뿐.

죄 없는 사람을 언데드화시켜서 병사로 부리다니. 그것이 S급 헌터의 시신이라고 해도 사양이었다.

그건 사람이 할 짓이 아니었다.

하지만.

진우는 점점 더 창백해져 가는 차해인의 얼굴을 내려다보았다.

'……이게 최선이겠지.'

촌각을 다투는 급박한 상황에서 대한민국 최고의 힐러에게 부상자를 맡길 수 있다면?

무슨 고민이 더 필요할까.

만약 민병구 본인에게 선택을 맡길 수 있다고 해도 백이면 백 같은 판단을 내릴 터.

진우는 비장한 얼굴로 그림자를 향해 명령을 내렸다.

"일어나라."

그러나 결과는 예상과 달랐다.

띠링!

[그림자 추출이 실패했습니다.]

진우의 표정에 의아함과 초조함이 감돌았다.

상대의 능력치에 비해 그림자 추출의 스킬 레벨이 낮아서일까?

아니면 이번 추출이 영 내키지 않아서일까?

진우는 잡념을 떨쳤다.

그리고 목소리에 강한 의지를 담아 말했다.

"일어나라."

변화는 그때 시작됐다.

으아아아아아아—

함성이라고 해야 할지, 비명이라고 해야 할지 모를 묵직한 저음이 울리며 일대에 스산한 바람이 불었다.

헌터들은 등줄기를 스쳐 가는 오싹한 느낌에 눈을 동그랗게 떴다.

"맙소사!"

"저건!"

민병구의 그림자에서 검은 손이 하나 솟아올랐다.

검은 손은 다시 그림자 속으로 들어가기 싫다는 듯 땅을 강하게 움켜쥐었다.

덥석.

그러고는 스스로를 그림자에서 끄집어내었다.

'이럴 수가!'

지켜보던 백윤호는 심장이 터질 것만 같았다.

다른 사람은 몰라도 자신의 눈에는 분명히 보였다.

그림자에서 뽑혀 올라온 민병구의 마력이 서서히 사람의 형태를 갖춰 가고 있었다.

정확히는 흑색 갑옷을 입은 병사의 모습으로.

이윽고 소환수가 완전한 모습을 드러내었다.

"……."

헌터들은 모두 할 말을 잃고서 넋이 나간 듯 진우가 불러낸 새로운 소환수를 바라보았다.

소환수에게서 최상급 헌터에 맞먹는 강대한 마력이 느껴졌다.

'아니, 설마……?'

눈치 빠른 최종인이 흠칫 놀라며 눈을 번쩍 떴다.

모두가 숨죽이고 지켜보는 가운데, 진우는 침착한 눈빛으로 민병구의 그림자를 응시했다.

시선이 마주친 그림자가 고개를 끄덕였다.

그림자는 병사로 만들어지는 즉시 진우와 연결되게 된다. 그들은 주인이 무엇을 원하는지 알 수 있었다.

따로 지시를 내릴 필요도 없이, 몸을 숙인 민병구의 그림자가 차해인에게 치료 마법을 시전했다.

우우우웅—

그림자 병사의 두 손에 따스한 빛이 어림과 동시에 차해인이 안색을 되찾아 가기 시작했다.

최고 수준의 힐이었다.

'역시나!'

최종인은 전율했다.

차해인을 치료하는 손길을 보고서야 확신할 수 있었다.

검은 병사의 정체는 다름 아닌 민병구였다.

그제야 다른 헌터들도 하나둘 지금 무슨 일이 일어나고 있는지 어렴풋이 눈치챘다.

민병구의 그림자에서 손이 올라올 때부터 입을 다물지 못하고 있던 마동욱이 끝내 감탄을 터트렸다.

"성 사범 자네, 평범한 소환사가 아니었구먼."

진우는 긍정도 부정도 하지 않았다.

하지만 이들이 누구인가?

한 명 한 명이 대형 길드를 대표하고 있을 정도로 뛰어난 헌터들.

대답을 듣지 않아도 충분히 알 수 있었다.

"설마…… 성진우 헌터님은 망자들의 힘을 이용할 수 있는 겁니까?"

최종인이 긴장한 눈빛으로 물었다.

진우는 고개를 끄덕였다.

여기까지 와서 능력을 숨길 이유도 없었고, 그러기 위해 말을 지어내고 싶지도 않았다.

'뭐, 둘러댄다고 속아 넘길 수 있는 사람들도 아니고.'

능력에 대해 털어놓고 나자 속이 시원했다.

다른 사람들이야 좀 무섭게 여길지 몰라도 진우에게는 자신을 여기까지 끌어올려 준 고마운 능력이었다.

그림자 군주라는 이 힘에 자부심이 있었다.

자신감에 찬 진우의 눈빛을 마주 보는 헌터들은 진우가 가진 힘의 정체에 두려움을 느꼈다.

'망자의 힘을 이용해 소환수를 불러낸다고?'

'전장이 치열해지면 치열해질수록 더 강해지는 힘이라니……. 이 얼마나 무서운 능력인가?'

'정말이지 말이 안 나오는군.'

오늘 진우의 능력을 눈앞에서 생생히 목격한 헌터들에게는 남다른 의미로 다가왔다.

거기다 백윤호는 한 가지 비밀을 더 알고 있었다.

'본인의 힘이 계속 성장하는 데다 자신이 처치한 적까지 소환수로 부릴 수 있다면…….'

지금도 한계를 짐작하기 힘든 성진우 헌터가 훗날 가지게 될 힘을 떠올리니 절로 몸이 부르르 떨려 왔다.

카메라맨이 뭔가를 떠올린 듯 말을 꺼냈다.

"아, 그럼 아까 카메라를 꺼 달라고 했던 이유가……."

일국의 최상급 헌터들도 두렵게 만드는 힘이다.

그런 힘을 전 국민이 보는 앞에서 공개하고 싶지 않았으리라는 사실은 쉽게 유추할 수 있었다.

그때.

민병구의 그림자가 일어섰다.

치료 과정이 모두 끝났는지 어느새 차해인 헌터의 얼굴에는 붉은 빛이 감돌고 있었다.

'휴우-.'

그녀의 상태를 확인한 진우는 속으로 안도의 한숨을 내쉬었다.

아직 의식이 돌아오지는 않았으나, 호흡도 맥박도 정상으로 돌아왔다. 상처는 완벽히 치료된 후였다.

진우는 민병구의 그림자 어깨에 손을 얹었다.

수고했다는 의미였다.

'…….'

자신을 돌아보는 그림자의 따뜻한 눈빛에서 진우는 민병구가 생전에 어떤 사람이었는지 대략 짐작해 볼 수 있었다.

진우는 그의 어깨에서 손을 뗐다.

그리고.

'추출 해제.'

옅은 미소를 지으며 그를 돌려보내 주었다.

아무리 생각해 봐도 마수와 목숨 바쳐 싸웠던 그를 병사로 부릴 권한 같은 것은 없었다.

전사자에 대한 도리가 아니라고 판단했다.

'……나가자.'

약간의 아쉬움을 뒤로한 채, 진우는 눕혀 놓았던 차해인을 번쩍 안아 들었다.

여왕과 왕, 두 우두머리를 잃은 개미 마수들은 이미 그림자 병사들을 피해 섬 곳곳으로 뿔뿔이 흩어졌다.

개미가 바글바글했던 동굴이 텅 비어 있었다.

몇 발짝 앞서 나가던 진우가 뒤를 돌아보며 말했다.

"가시죠."

포션 덕분에 육체적인 피로는 거의 회복됐으나 정신적으로는 녹다운에 가까웠던 헌터들의 표정이 순식간에 밝아졌다.

드디어 끝났다.

미소가 가득한 얼굴들이 감정을 대변해 주고 있었다.

무사히 개미굴을 빠져나가니 타이밍 좋게 도착한 헬기가 하늘 위를 맴돌고 있었다.

"저기 헌터님들이 나오고 있습니다!"

"좋았어!"

헌터들을 발견한 헬기가 조심스럽게 지상에 착륙하자 헌터들이 하나둘 안으로 탑승했다.

마지막으로 서 있는 두 사람.

진우와 백윤호.

앞서 있던 진우는 헬기에 타는 대신 안고 있던 차해인을 백윤호에게 살며시 넘겨주었다.

"성진우 헌터님은?"

"여기서 아직 할 일이 좀 남아 있어서요."

그 말을 들은 백윤호가 피식 웃음을 흘렸다.

아직도 제주도 안에는 처치하지 못한 개미 마수들이 다수 남아 있었다.

다른 사람이 이런 곳에 혼자 남겠다고 했으면 미쳤냐고 반문했겠지만, 눈앞의 남자에게는 해당이 되지 않았다.

괴물은 괴물에게.

백윤호는 진우가 여기서 무엇을 하건 놀라지 않을 것 같은 기분이 들었다.

“저기.”

섬을 떠나기 직전, 백윤호가 마지막으로 물었다.

“그럼 병구…… 아니, 그 병구에게서 나온 소환수는 어떻게 되는 겁니까? 병사가 되어서 영원히 싸우는 겁니까?”

진우는 고개를 저었다.

“소환을 해제해 버려서 이제 다시는 볼 수 없을 겁니다.”

고개를 끄덕이던 백윤호가 만족스러운 미소를 지었다.

“다행이네요.”

“예?”

“그 녀석, 어지간히도 싸우는 걸 싫어했거든요. 아마 성진우 헌터님께도 감사하고 있을 겁니다.”

그렇게, 용감히 싸웠던 여섯 명의 전사들과 한 명의 촬영기사가 제주도를 떠나갔다.

그들의 싸움은 끝났다.

하지만 진우에겐 이제부터가 진정한 시작이었다.

‘100레벨까진 앞으로 1업.’

남은 마수들을 생각하면 충분했다. 게다가 개미굴 안에는 아직 추출해야 할 그림자들이 잔뜩 남아 있었다.

그럼 시작해 보실까?

'일단은 도망친 개미들 정리부터…….'

진우는 미소를 지으며 카이셀을 불러냈다.

* * *

일본 헌터협회.

마쓰모토 협회장은 침통한 표정으로 대형 화면을 껐다.

일본의 정상급 헌터 10명을 단숨에 해치운 괴물을 한국의 헌터 단 한 명이 처리했다.

'어째서, 어째서…….'

마쓰모토는 떨리는 손끝으로 몇 가닥 남지 않은 옆머리를 쥐어뜯었다.

말도 안 되는 일이 벌어진 것이다.

덕분에 일본 헌터들의 전력은 반 이하로 격감했고, 이번 일로 협회장인 자신의 자리마저 위험해졌다.

차라리 한국마저 실패해 버렸으면 유야무야 넘어가 세계 사회에 도움을 구할 수 있었겠지만.

한국은 여왕을 깔끔히 잡은 데다 괴물 개미와 수천의 개미 군단을 상대로도 무사히 빠져나갔다.

성진우.

한 명의 헌터가 모든 것을 박살 내 놓았다.

'성진우…… 성진우…….'

문득 과거 한국에 있던 고토와 나누었던 통화 내용이 귓가에 아른거렸다.

―한국에…… 한국에 엄청난 헌터가 있습니다.

―자네보다 더?

―어쩌면 그럴지도 모릅니다.

―…….

―계획을 조금 달리해야 할 필요가 있을 것 같습니다.

그때.

그때 고토가 해 준 말에 귀를 기울였어야 했다.

그는 누구보다 헌터 간 힘의 차이에 대해 잘 알고 있는 인물이 아니었던가.

그가 처음으로 '대단하다'라고 평가한 한국인 헌터가 있었는데 어째서.

'어째서 이리도 오만했을까…….'

차라리 성진우를 완벽히 분석했다면 한국과 손을 잡고 아무 탈 없이 문제를 해결할 수 있었다.

아니, 가만히 내버려뒀어도 한국이 스스로 나서서 문제를 해결했을지 모른다.

그랬던 것을 괜한 꾀를 부리는 바람에 제 무덤을 파게 된 꼴이 되었다.

"혀, 협회장님?"

파리해진 그의 얼굴을 본 직원이 걱정스럽게 불렀다.

그러나 마쓰모토는 얼굴 한번 들어 보지도 않고 손짓만으로 직원을 물렸다.

직원은 꾸벅 고개를 숙이고 도망치듯 돌아 나갔다.

마쓰모토의 얼굴이 구겨졌다.

'내가 살아날 길은 하나뿐이다.'

다시 일본 헌터협회를 강하게 일으켜 세우는 것.

그러려면 딱 한 명이 필요했다.

'성진우…….'

어떻게든 그를 모셔 와야 한다.

고토가 허무하게 목숨을 잃은 지금, 일본 헌터협회를 부흥시킬 방법은 그것 하나뿐이었다.

성진우 헌터의 활약을 한국의 전 국민이 지켜봤으니 결코 쉬운 일은 아니겠으나, 한국은 이미 한번 자국의 헌터를 유출한 전례가 있었다.

'어떻게 해야 성진우 헌터를 우리 쪽으로 끌어들일 수 있을까.'

좌절감으로 잠깐 멈췄던 마쓰모토의 두뇌가 다시 돌아가기 시작했다.

* * *

미국 동부.

따르릉- 따르릉- 따르릉-

끝없이 울리는 벨 소리.

참다못한 데이비드 브레넌이 결국 수화기를 잡았다.

'어느 미친놈이 이 시간에 전화질이야?'

그는 미국에서 가장 강력한 권한을 가지고 있는 기관인 헌터관리국의 수장.

만약 이게 장난 전화라면 전화 건 놈을 수단과 방법 가리지 않고 감방에 처넣겠다는 각오로 수화기를 들었다.

딸깍.

"여보세요?"

–국장님, 접니다.

"부국장……?"

익숙한 목소리에 잠이 깬 데이비드가 상체를 일으켰다.

"이 시간에 무슨 일인가?"

–꼭 보셔야 할 영상이 있습니다.

"영상……?"

핸드폰을 확인해 보니 일곱 통의 부재중 전화와 함께 동영상 파일이 하나 남겨져 있었다.

소리를 꺼 놓는 바람에 연락을 놓친 모양이었다.

"알겠네. 내 곧 확인하고 전화 주지."

–그러실 필요 없습니다.

"……그게 무슨 말인가?"

–지금 댁 앞에 와 있습니다.

"뭐라고?"

벌떡 일어선 데이비드가 탁상시계를 확인했다.

정확히 새벽 4시 12분이었다.

전화를 집어던지듯 내려놓고 창가로 달려가 보니 정말로 부국장이 집 앞에 차를 대놓고 기다리고 있었다.

눈이 마주친 부국장이 인사를 보내왔다.

데이비드는 기가 막히다는 듯 보고 있다가 고개를 갸웃거리며 돌아섰다.

'무슨 일이지?'

뭔가 심상치 않은 사건이 터졌음을 느낀 그는 동영상이 대기 중인 핸드폰을 쥐었다.

영상의 재생이 끝났다.

"……."

동쪽 끝 작은 나라에서 있었던 레이드 영상은 데이비드 브레넌 헌터관리국 국장에게 적지 않은 충격을 던져 주었다.

"어떻게 생각하십니까?"

부국장이 조심스레 물었다.

국장은 즉답했다.

"어떻게 생각하고 자시고, 내가 무슨 말을 할지 아니까 이 시간에 날 찾아온 거 아닌가?"

맞는 말이었다.

헌터관리국의 국장과 부국장이 새벽 4시에 만나는 것도 신기한 일인데, 그 장소가 무려 국장의 집 부엌이라니.

식탁에 마주 앉은 두 사람 사이에 잠시 정적이 내려앉았다.

뻐끔뻐끔.

국장은 한 번 더 영상을 돌려 보며 담배를 피웠다.

다시 봐도 놀라웠다.

특히 영상 속의 헌터가 검은 병사들을 불러내어 개미 군단을 밀어 버릴 때는 온몸에 전율이 일었다.

'…….'

이 영상을 보고 무슨 말을 더 할 수 있을까?

그렇게 줄창 담배만 피워 대고 있는데.

남편을 찾아 2층 계단까지 내려온 국장의 아내가 1층의 불빛을 보고 그의 애칭을 불렀다.

"데이브, 괜찮아요?"

국장이 말없이 손을 내젓자, 걱정스러운 눈빛으로 지켜보던 국장의 아내는 다시 2층으로 올라갔다.

그리고 정확히 세 개비째 담배를 다 태웠을 때, 국장이 조용히 입을 열었다.

"한국같이 작은 나라에 있기에는 아까운 인재군."

"동감합니다."

"그에 대해 아는 바가 있나?"

부국장은 성진우의 정보가 담긴 파일을 꺼내 놓았다.

문서를 훑어본 국장은 만족스러운 미소를 띠었다.

"좋군."

극동의 땅, 제주도에서 레이드가 끝난 지 채 한 시간도 안 돼서 관련 정보가 자신의 손에 올라왔다. 그것도 헌터의 계열부터 인간관계까지 방대한 양이었다.

이게 바로 헌터 강대국 미국의 저력이 아니겠는가.

반면 부국장은 속으로 미소를 지었다.

'운이 좋았지.'

미국의 정보력도 정보력이지만 이번에는 운도 따라 주었다.

일명 '성일환' 사건.

던전에서 나온 인간인지, 마수인지 모를 어떤 존재가 자신을 한국의 헌터라고 주장했고, 그때 수집해 놓은 정보가 아직 관리국에 남아 있었다.

한국을 제외한 다른 나라들이 성진우라는 헌터의 이름조차 제대로 모르고 있는 지금, 미국은 벌써 두 발짝이나 앞서 나갈 수 있게 된 것이다.

갓 블레스 유.

이것이 진정 하늘의 도움이 아니고 무엇일까?

그러나 약간의 행운에 일일이 흥분해서는 될 일도 되지 않는다. 행운을 기회로 만드는 것은 어디까지나 당사자의 능력에 달린 일.

부국장은 사뭇 진지한 눈빛을 했다.

"그는 헌터였던 아버지가 게이트에서 실종됐는데도 불구하고 제대로 된 보상을 받지 못했습니다."

"흐음……."

"게다가 최근 재각성이 있기 전까지는 어머니의 병원비를 감당하기 위해 수차례 사선을 넘나들어야 했다고 합니다."

"……있을 수 없는 일이군."

나라를 위해 마수들과 싸우다 목숨을 잃은 영웅의 아내와 아들이 이런 대접을 받다니?

이곳 미국에서는 상상도 할 수 없는 일이었다.

"그리고 이건 아직 확인되지 않은 정보긴 합니다만……."

문서를 확인하던 국장이 고개를 들어 올렸다. 뜸을 들이던 부국장이 나직이 말했다.

"그는 아직 어떤 길드에도 들어가지 않았다고 합니다."

"……!"

귀가 번쩍 뜨이는 소식이었다.

국장은 파일을 덮었다.

"이건 황동수 때와는 달라."

국장의 입에서 익숙한 이름이 나오자 부국장의 눈빛이 달라졌다.

"한 나라에서 두 명의 S급 헌터를 데려온다……. 이건 그 나라와 완전히 등을 돌리겠다는 소리와 마찬가지지."

한국은 미국의 오랜 동맹국.

그만큼 이번 일이 불러일으킬 파장이 적지 않을 것이라는 의미였다.

그러나 부국장은 확신에 가득 찬 목소리로 말했다.

"그래도…… 그럴 만한 가치가 있는 인물 아닙니까?"

"……."

오브 콜스.

국장은 부정할 수 없었다. 그래서 대답 대신 반문했다.

"할 수 있겠나?"

부국장은 황동수 때와 같은 대답을 들려주었다.

"해 보겠습니다."

그 한마디로 부국장은 승진에 승진을 거듭해 결국 이 자리에 앉게 된 것이다.

그리고 부국장이 두 번째로 눈독을 들인 사내.

이미 국가 권력급이라 일컬어지는 세계 최강의 헌터들을 둘이나 보유한 미국이지만, 그래도 국장은 이 사내를 꼭 미국인으로 만들고 싶었다.

국장은 네 번째 담배를 입에 물며 무겁게 말했다.

"그가 어떤 조건을 제시하든 간에 반드시 그를 내 앞으로 데려와 주게."

* * *

진우는 카이셀을 타고 날아다니며 그림자 병사들이 놓친 개미들을 하나하나 찾아내 처치했다.

끼에에엑!

단검 투척에 당한 개미 하나가 또 픽 쓰러졌다.

진우는 카이셀에서 내려서지도 않은 채 지배자의 손길을 이용해 단검을 손쉽게 회수했다.

'슬슬 레벨이 오를 때가 됐는데.'

이제 개미도 얼마 남지 않았다.

진우는 웬만하면 남은 개미들로 레벨업을 해 두고 싶었다.

우선 1레벨만 더 올리면 100레벨을 찍게 된다.

5의 배수로 딱 맞아떨어지는 숫자를 좋아하는 진우 입장에서는 놓치기 싫은, 환상적인 레벨이었다.

아직 예약해 놓은 게이트가 없으니 제주도를 떠나고 나면 한동안은 경험치를 얻을 곳이 없다.

운 좋게 랜덤 박스에서 열쇠가 떨어지거나 근처에서 던전 브레이크가 일어나지 않는 한은 말이다.

'던전 브레이크를 운 좋다고 표현하기는 좀 그런가?'

던전 브레이크가 일어나려면 최소한 하나 이상의 공격대가 레이드에 실패해야 하니까.

그러니 여기서 100레벨을 찍는 게 깔끔했다.

그리고 하나의 이유가 더 있다면.

그건 민병구 헌터의 그림자를 추출할 때 예전의 아픈 기억이 떠올랐기 때문이었다.

백귀들의 대장, 바루카.

녀석을 그림자 병사로 만드는 데 두 번의 실패를 겪었다.

오늘 첫 번째 시도를 실패하면서 이번에도 그렇게 되는 것이 아닌가 가슴이 철렁했었다.

'어떻게 두 번의 시도 끝에 성공하긴 했지만…….'

자라 보고 놀란 가슴 솥뚜껑 보고 놀란다던가?

괴물 개미의 그림자를 추출할 때 바루카의 경우처럼 되지 않는다는 보장이 없었다.

놈의 능력치는 민병구 헌터와 비교가 불가능한 수준.

조금이라도 성공 확률을 높이기 위해 놈의 그림자를 추출하기 앞서 레벨을 올려 두고 싶었다.

그게 단 1레벨 차이라고 해도 분명 도움이 될 터였다.

'어?'

뭔가를 발견한 진우가 카이셀에게 착륙을 지시했다.

키악!

카이셀은 날개를 퍼덕이며 지면에 내려앉았다. 녀석의 등 위에서 내려선 진우가 근처를 살폈다.

'이 근처인데…….'

수풀을 뒤지던 진우가 시체들을 발견하고는 눈살을 찌푸렸다.

주변 여기저기에 일본 헌터들의 시신이 남아 있었다.

깔끔하게 머리만 사라진 시신이 있는가 하면, 심하게 훼손돼 알아보기 힘든 시신도 있었다.

진우는 시신들을 살펴보았다.

'강한 마력…….'

그들은 강자들이었다.

이런 곳에서 객사할 실력으로는 보이지 않았다.

그런데도 이렇게 참혹하게 당했다는 얘기는 그만큼 강한 무언가가 이곳을 들렀다는 뜻이었다.

'그 괴물 개미 짓이겠지.'

다른 놈의 짓이라고는 생각하기 힘들었다.

처음 놈에게 머리를 얻어맞았을 때는 턱이 아플 정도였으니까. 다른 헌터라면 한 대도 제대로 버티기가 힘들었을 것이다.

씁쓸히 일대를 돌아보던 진우가 어느 한 곳에서 우뚝 멈춰 섰다.

'이 느낌은…….'

진우는 몸을 숙여 바닥을 살폈다. 지면의 흙이 엄청난 양의 피에 젖어 있어 질척질척했다.

땅 위에 아주 희미하게 남아 있는 마력의 흔적.

전에 한 번 마주한 적 있는 마력 파장이었다.

'……고토 류지.'

진우는 주위를 살폈다.

고토의 마력은 남아 있지만 그의 신체는 어디서도 찾을 수 없었다. 아마도 괴물 개미에게 완전히 먹혀 버린 듯했다.

쯧쯧.

진우는 일본 최강의 허무한 최후에 혀끝을 차며 몸을 일으켰다.

때마침 섬 각지로 사냥을 내보냈던 그림자 병사들이 개미 잔당들을 모두 처리했음을 알려 왔다.

'……결국 다 잡았나?'

대한민국 국민이라면 백이면 백, 만세를 부를 소식이지만 진우는 아쉬움에 입맛을 다셨다.

레벨을 올리지 못했으니까.

이제 남은 마수도 없으니 이대로 개미굴로 돌아가 괴물 개미와 여왕개미의 그림자를 추출하는 수밖에 없는가 했는데.

바로 그때.

진우의 걸음이 멈췄다.

'잠깐만…… 남은 마수가 있다고?'

확장된 기감에 걸려드는 마수들이 주변에 있었다.

그것도 어마어마한 숫자가!

아쉬움이 남아 있던 진우의 얼굴에 금방 미소가 떠올랐다.

진우는 카이셀 위에 가볍게 올라탔다.

"가자!"

* * *

역시나.

산란장으로 들어선 진우의 얼굴이 환해졌다.

바닥부터 벽면, 기둥, 천장까지 끝도 없이 늘어서 있는 알들.

반투명한 껍질 아래에서 꿈틀대는 움직임을 보니 이것들도 확실히 살아 있는 마수였다.

'경험치가 얼마나 들어올지는 모르겠지만.'

그래도 이 정도 숫자라면 모자란 경험치를 충분히 채울 수 있을 듯했다.

진우는 범위 공격에 특화된 그림자 병사들을 불러내었다.

"집합."

등급 순서대로 어금니와 마법병 셋이 나란히 섰다.

진우는 어금니의 손에 '탐욕의 구슬'을 쥐여 주고는 네 병사들을 차례대로 둘러보았다.

"해야 할 일이 뭔지 알고는 있겠지?"

마법병들이 일제히 고개를 끄덕였다.

진우는 알들을 가리켰다.

"실시."

그러자 거대화한 어금니의 입에서 끔찍한 불길이 쏟아져 나오고, 캐스팅을 끝낸 마법병들이 여기저기 큼지막한 불덩이를 던져 댔다.

쿠아아아아아-!

퍼버엉!

펑!

저항할 수단이 없는 알들은 삽시간에 타들어 갔다.

키에엑-!

진우는 알이 아닌 한쪽 구석의 개미 번데기들을 자세히 살폈다.

이내 번데기 껍질이 녹아내리며 안쪽에 있는, 성충이 되기 직전이었던 개미들의 사체가 보였다.

놈들은 하나의 예외도 없이 전부 날개를 달고 있었다.

'성충이 된 이 녀석들이 괴물 개미와 함께 바다를 건너왔다면…….'

여왕을 제거하는 데 성공했어도 한일 양국은 큰 피해를 면치 못했을 것이다.

지금이라도 막을 수 있어 다행이었다.

퍼엉-!

쾅!

땀을 뻘뻘 흘리는 부하들을 지켜보던 진우가 창고에서 '악마왕의 장검'을 꺼냈다.

'이걸 한번 써 볼까?'

푸른빛이 일렁이는 멋들어진 장검은 움직일 때마다 파직파직 하고 검신에 전기가 일었다.

악마성에서 악마왕을 잡고 얻은 후 쭉 창고에 처박아 놨던 물건이었다.

주 무기인 단검 대신 잘 쓰지도 않는 장검을 꺼내 든 이유는 단 하나.

장검이 가진 마법 효과 때문이었다.

부웅-!

진우가 있는 힘껏 장검을 휘두르자.

콰지지지지지지직-!

전방에 번개들이 번쩍이며 청색 폭풍이 일었다.

'오!'

진우가 미소를 지었다.

악마왕이 사용했던 스킬 만큼의 파괴력이나 스턴 효과는 없었지만, 알들을 태워 버리기엔 충분했다.

'창고에 처박아 두긴 아까운데?'

단검이 손에 익어서 앞으로 쓸 일은 거의 없겠지만, 그래도 이대로 썩히긴 아깝다는 생각이 드는 무기였다.

알들과 얼마나 씨름했을까?

마침내 '띠링' 하고 반가운 기계음이 울렸다.

[레벨이 올랐습니다!]

'드디어!'

진우는 속으로 쾌재를 불렀다.

곧바로 '악마왕의 장검'을 창고로 돌려보낸 진우는 뒷정리를 병사들에게 맡기고, 자신은 여왕의 침실로 향했다.

당연한 일이지만 괴물 개미는 죽었던 그 자리에 그대로 엎어져 있었다.

진우가 그 앞에 섰다.

괴물 개미를 병사로 두고 싶은 마음이 커서 그런지 벌써부터 심장이 빠르게 뛰기 시작했다.

그러나.

민병구 헌터의 그림자를 추출할 때 진우는 집중의 힘이 얼마나 중요한지를 깨달았다.

'진정하자.'

이내 진우의 시선이 차갑게 식으며 호흡이 안정을 되찾아 갔다.

'……좋아.'

컨디션은 최고였다.

진우의 시선이 아래를 향했다.

괴물 개미의 사체에서는 다른 마수들에게는 볼 수 없었던, 짙고 흉흉한 순흑빛 연기가 스멀스멀 올라오고 있었다.

놈의 마력이 비교 대상을 정하기 어려울 정도로 강대하기 때문에 일어나는 일이 아닐까?

그런 생각을 하며 진우는 검은 연기를 향해 차분히 손을 뻗었다.

"일어나라."

* * *

그 순간.

수명이 다한 형광등이 깜빡이는 것처럼 주위가 어두워졌다 밝아지기를 빠르게 반복했다.

진우는 고개를 들었다.

여왕개미 레이드를 위해 최종인이 공중에 띄워 놓았던 빛 덩어리가 깜박거리고 있었다.

'마법이 해제되는 건가?'

처음에는 막연히 그렇게 생각했었다.

하지만 한국팀 헌터들이 여기 발을 들인 지 아직 1시간도 채 지나지 않았다.

그런데 벌써부터 마법의 효과가 사라지려 한다?

그것도 S급 마법 계열 헌터가 목숨이 걸린 레이드를 원활히 진행하기 위해 시전해 두었던 마법이?

있을 수 없는 이야기였다.

그렇다면.

'……설마?'

방금 괴물 개미에게 사용한 그림자 추출 스킬이 원인인가, 하는 생각이 막 머릿속을 스쳐 지나갔을 때.

팍–

주위가 완벽히 어두워졌다.

티끌만 한 빛이라도 새어 들어왔다면 감각 스탯의 힘으로 주변을 볼 수 있었을 텐데, 그마저도 불가능할 정도로 깊은 어둠이었다.

체감으로 1초나 흘렀을까?

아주 짧은 시간, 유지되던 어둠이 가시고 주위가 환해지자 눈앞에서 괴물 개미가 마주 보고 있었다.

'……!'

진우는 흠칫 놀라 물러섰다.

거의 동시에 떠오른 '그림자 추출에 성공했습니다'라는 메시지가 아니었다면, 괴물 개미가 되살아난 줄 알고 공격할 뻔했다.

"휴– 깜짝이야."

진우는 안도의 한숨을 내쉬었다.

확실히 한 걸음 떨어진 상태에서 냉정하게 살펴보니 살아 있을 때의 놈과는 좀 달랐다.

몸에서 검은 아지랑이가 끊임없이 피어오르고 있었다.

'이게 괴물 개미의 그림자…….'

다른 능력치는 어떻게 변했을지 모르겠지만 적어도 불길함만큼은 이전보다 몇 레벨 더 높아진 듯했다.

진우는 개미의 그림자 앞에 섰다.

막강한 마력이 느껴졌다.

이렇게 앞에 서서 녀석의 마력을 느껴 보니 이제야 괴물 개미가 내 병사가 됐다는 게 실감 났다.

'흠…….'

침착하고 싶은데 자꾸 입꼬리가 위로 올라갔다.

두근, 두근, 두근!

바라던 선물을 손에 넣은 아이처럼 가슴이 뛰었다.

곧 그림자의 정보가 떠올랐다.

그림자의 머리 위 정보를 바라보는 진우의 눈매가 가늘어졌다.

[?? Lv.1]

장군 등급

등급을 확인한 진우가 주먹을 콱 움켜쥐었다.

처음 보는 등급이 떴다.

그 말은 이 녀석이 지금까지의 병사들과는 차원이 다른 강함을 지니고 있음을 의미했다.

'생전의 능력치를 생각하면 당연한 결과이기는 하지만.'

등급 이름만 봐도 예사로운 병사가 아님을 알 수 있었다. 손에 넣고자 했었던 보람이 있었다.

그때.

스윽.

진우와 눈이 마주친 그림자가 무릎을 꿇었다.

그림자 병사들에게 내재되어 있는 '절대적인 충성심'은 이 녀석에게도 예외가 아닌 모양이었다.

'좋아.'

다음은 여왕 차례.

진우는 만족스러운 미소를 지으며 돌아섰다.

그런데.

"왕이시여……."

뒤에서 들리는 목소리에 진우가 우뚝 멈춰 섰다.

여태껏 담이 약하다고는 생각해 본 적이 없었는데, 이 순간만큼은 심장이 철렁 내려앉는 기분이었다.

……환청일까?

진우는 뒤를 돌아보았다.

돌아보지 않아도 기척으로 알 수 있었지만, 뒤엔 개미의 그림자 말고는 아무것도 없었다.

그리고 그 그림자는 여전히 무릎을 꿇고서 고개를 숙인 채 있었다.

'…….'

진우는 그림자를 응시하며 천천히 돌아섰다.

"너냐?"

그러자 기다렸다는 듯 녀석이 입을 열었다.

"제게도…… 이름을……."

어눌하지만 분명히, 개미의 그림자가 말을 건네 오고 있었다.

* * *

헌터들을 태운 헬기는 곧장 서울로 향했다.

타타타타타타타타타타—!

헌터협회에 도착한 헬기가 지면에 내려앉자, 초조하게 기다리던 고건희 협회장이 손수 헬기문을 열며 물었다.

"차해인 헌터님은?"

헌터들의 시선이 차해인이 있는 곳을 가리켰다.

아직 의식이 돌아오지 않은 그녀는 모포가 깔린 헬기 바닥에 반듯이 눕혀져 있었다.

"어서 이리로!"

고건희의 지시에 문밖에서 대기하고 있던 A급 힐러 두 사람이 급하게 달려와 그녀의 상태를 살폈다.

"……?"

"……?"

그러고는 서로 의아하다는 눈빛을 교환했다.

"무슨 일입니까?"

고건희의 질문에 누가 먼저라고 할 것도 없이 거의 동시에 비슷한 대답이 튀어나왔다.

"다친 곳이 없어요."

"정상입니다."

"차 헌터를 치료할 필요가 없다는 말입니까?"

힐러들은 고개를 끄덕였다. 그러고는 설명을 덧붙였다.

"누군지 몰라도 엄청난 회복 마법을 걸어 놨습니다. 저희가 손쓸 곳이 하나도 없습니다."

고건희는 당황스러웠다.

생중계로 차해인의 상태를 확인했을 때, 그녀의 부상은 자못 심각해 보였다.

보고로 듣기에도 상태가 심각해 계속 정신을 차리지 못하는 중이라고 했다.

그래서 사방으로 알아본 끝에 A급 힐러 두 사람을 급히 불러 대기시켜 놨던 것이다.

그런데.

'치료할 곳이 없다?'

고건희의 시선이 차해인을 훑었다.

확실히 그녀의 혈색은 나쁘지 않았다. 마치 잠들어 있는 것 같은 모습이었다.

카메라가 꺼졌던 사이에 무슨 일이 있었던 걸까?

고건희가 고개를 갸웃거렸다.

'거기에는 힐러도 없었을 텐데…….'

유일한 힐러였던 민병구가 그렇게 끔찍이 당했으니 말이다.

고건희는 팀의 리더를 맡고 있는 마동욱에게 물었다.

"이게 어떻게 된 겁니까, 마 헌터?"

"그게……."

마동욱이 이걸 어떻게 설명해야 하나 고민하며 망설이는 사이, 힐러 하나가 소리쳤다.

"헌터님이 깨어납니다!"

모두의 시선이 일제히 그녀에게로 향했다.

그녀의 머리맡에 조심스럽게 앉은 고건희가 물었다.

“차 헌터님, 정신이 좀 드십니까?”

차해인이 서서히 눈을 떴다.

“여긴……?”

“헬기 안입니다. 지금은 헌터협회에 착륙해 있는 상태고, 곧 헌터님을 병원에 이송할 예정입니다.”

“병원…….”

잠깐 주위를 둘러보던 차해인이 숨을 깊게 들이마셨다.

자신의 몸에 성진우 헌터의 냄새가 배어 있었다.

그녀는 흐릿한 시선으로 고건희를 바라보았다.

“……성진우 헌터님이 왔었나요?”

내내 기절해 있었던 그녀의 입에서 성진우라는 이름이 나오자 헌터들은 내심 놀랐다.

고건희는 대답 대신 천천히 고개를 끄덕거렸다.

차해인이 옅은 미소를 지었다.

‘역시…… 꿈이 아니었어.’

깨어나는 듯했던 차해인은 그렇게 다시 깊은 잠에 빠져들었다.

안정된 숨소리를 확인한 고건희는 수행원들을 시켜 그녀가 편히 쉴 수 있도록 병원으로 옮기라 지시했다.

그러고 보니 성진우 헌터가 자리에 없었다.

고건희는 다시 마동욱에게 시선을 옮겼다.

“그런데 성진우 헌터님은 어디 계십니까?”

듣고 있던 백윤호가 두 사람의 대화에 참여했다.

"성진우 헌터는…… 남겠답니다."

"남겠다니요?"

고건희는 이해하기 어렵다는 표정을 했다.

마력 엔진을 이용한 헬기는 제주도에서 헌터들을 태운 뒤 곧장 여기까지 온 것으로 알고 있었다.

도중에 어디 거치는 곳도 없었는데, 어디에 뭘 어떻게 남는다는 말일까?

고건희는 다시금 물었다.

"어디 남는다는 말씀이십니까?"

"제주도에서 아직 할 일이 남았다고 들었습니다."

"……아예 헬기에 타지도 않았단 얘깁니까?"

당황하며 묻는 고건희에게 백윤호는 멋쩍게 웃으며 고개를 끄덕였다.

"네."

* * *

"어떻게 말할 수 있는 거지?"

"할 수…… 있었습니다."

개미의 그림자는 질문에 빠짐없이 꼬박꼬박 대답했지만, 아쉽게도 그다지 도움이 되지 않았다.

그림자가 되기 전부터 말을 할 수 있었기 때문에 그림자가 되고 나서도 말을 할 수 있다?

'아니.'

진우는 고개를 저었다.

이제는 충직한 기사 '아이언'이 되어 버린 전직 헌터 김철은 말을 할 수 있었을 뿐만 아니라 본디 인간이었다.

그런데도 지금은 대화가 불가능했다.

민병구도 마찬가지.

단 한마디의 말도 하지 못한 채 무의 세계로 돌아갔다.

생전에는 잘만 떠들어 대던 마수, 어금니도 그림자 병사로 편입되고 나서부터는 영원히 입을 닫았다.

한데 어째서 이 녀석만은 말을 할 수 있는 것일까?

말을 할 수 없는 녀석들과 이 녀석의 차이점이라고는 딱 하나였다.

'등급…….'

정예 기사나 기사 등급이었던 다른 병사들과 다르게, 이 녀석만 '장군'이라는 새로운 등급을 달고 있었다.

즉 일정 이상의 등급이 되면 말을 할 수 있게 되는 것이다.

아직은 확실한 증거가 없지만 지금으로서는 그것이 가장 신빙성 높은 가설이었다.

'그럼 지금 내 밑에 있는 녀석들도 레벨이 오르면 말을 할 수 있게 될지도 모른다는 건데…….'

병사들의 레벨을 올려야 하는 이유가 하나 더 늘어난 듯했다.

잠깐 생각에 잠겼던 진우는 항상 병사들에게 묻고 싶었던 질문을 개미의 그림자에게 물었다.

"너를 죽인 건 나다."

"……."

"그런데도 순순히 나를 따를 마음이 들어?"

"저는……."

녀석은 전혀 생각지도 못했던 대답을 내놓았다.

"죽은 것이 아니라…… 주군의 힘으로…… 다시 태어난 것입니다."

녀석이 고개를 들었다.

그렇게 서로 시선을 마주한 채로 녀석은 말을 이었다.

"지금 제 안에는…… 기쁨이 흘러넘치고…… 있습니다. 영원히 주군만을…… 따르겠나이다."

두근.

어째서일까?

진심이 느껴져서일까?

개미의 그림자가 영원한 충성을 맹세할 때, 진우는 자신도 모르게 가슴이 뛰었다.

거칠게 뛰는 심장을 진정시키기 위해 가슴 위에 슬며시 손을 올렸다. 심장은 평소와 같이 빠르게 안정을 찾아갔다.

그때, 녀석이 다시 고개를 숙이며 간절히 청했다.

"왕이시여…… 제게도 이름을……."

이야기는 원점으로 돌아갔다.

시스템의 독촉 대신 본인의 간청을 받는, 색다른 경험이었다.

이름, 이름이라.

애초에 병사의 이름을 크게 신경 쓰는 편은 아니었지만.

'그렇다고 개미니, 앤트니 하는 것도 좀 그렇지?'

같은 개미가 수백 마리나 있는데 장군이란 녀석의 이름이 '개미'라서야 체면을 세울 수가 있을까.

그러니.

잠깐 이름을 고민해 보던 진우가 씩 웃었다.

"베르."

순간 '개미'라는 소설로 유명한 소설가의 이름이 떠올랐기 때문이다.

결정은 짧았던 고민보다 더 빨랐다.

"네 이름은 베르다."

진우가 이름을 정해 주자, 베르는 감격했다는 듯 숙이고 있던 고개를 더 아래로 향했다.

"감사합니다…… 주군이시여."

베르의 머리 위에는 이미 정보가 갱신되어 있었다.

[베르 Lv.1]

장군 등급

'됐다.'

진우는 바뀐 이름에 뿌듯해 하며 여왕 쪽으로 돌아섰다.

이제는 정말로 여왕 차례.

방금 베르를 그림자 병사로 만들며 자신감을 얻어서 그런지 여왕의 추출은 간단히 끝났다.

"일어나라."

키아아아아아악-

단말마와도 비슷한 비명 소리와 함께 여왕을 꼭 닮은 마수병이 그림자에서 올라왔다.

"좋았어!"

연이은 성공으로 기쁨을 표출했던 진우가 뭔가 이상함을 느끼고 고개를 갸웃거렸다.

'어라?'

여왕의 그림자가 만들어지고 나자 개미 마수 출신의 그림자들과 연결이 희미해졌다.

서로를 연결해 주던 끈이 희뿌연 안개에 가려져 버린 것 같은 기분이었다.

"베르."

채 다 부르기도 전에 베르는 어느새 옆에 다가와 있었다.

척.

200이 넘는 감각 스탯이 아니었으면 눈으로 따라가기도 벅찬 움직임이었다.

그런 녀석이 이제 충성스러운 병사가 된 것이다.

진우는 어깨에 절로 힘이 들어갔다.

"왜 이런 줄 알아?"

진우가 여왕을 턱짓으로 가리키며 물었다.

베르는 개미 군단에 대해 가장 잘 알고 있는 병사였다.

베르가 공손한 자세로 대답했다.

"개미 군단 지배는…… 여왕의 고유한 능력입니다."

아하.

그러니까 여왕이 있으면 개미 군단의 통솔권은 자동으로 그녀에게 넘어간다는 것인가?

'그건 좀…….'

아무리 자신이 여왕을 복종시킬 수 있다고 하더라도, 개미 병사들을 맡기기에는 꺼림칙한 부분이 있었다.

명령을 내릴 때 여왕을 통해서 해야 한다는 소리니까.

턱을 만지작거리던 진우가 베르에게 다시 물었다.

"그럼 여왕의 마력이 줄어든 건?"

"여왕의 마력 대부분은…… 번식을 위한 것입니다. 번식은 육체가 없이는…… 불가능하기 때문에."

진우가 말을 잘랐다.

"마력이 반토막 난 것이다?"

"그렇습니다…… 주군."

결국 베르의 말을 종합해 보면 여왕은 그다지 쓸모가 없다는 소리였다.

진우는 고민 끝에 여왕을 소환 해제하기로 했다.

제대로 힘도 못 쓰는 주제에 밥만 축낼 것 같은 부하를 굳이 부려야 할 필요는 없지 않은가?

키에에엑-!

여왕의 그림자는 순식간에 연기가 되어 허공으로 흩어졌다.

[저장해 둔 그림자 수 : 570 / 570]

병사들도 이미 꽉꽉 채워 담았고.

'남은 건 마정석 정도인가?'

진우는 주위를 둘러보았다.

S급 게이트에서만 볼 수 있는 최상급 마정석들이 평범한 돌덩이처럼 발에 차이고 있었다.

어차피 보는 사람도 없고 놈들을 처치한 것도 자신이니 원한다면 다 쓸어 갈 수도 있었다.

하지만 진우는 그만뒀다.

여기 있는 마정석들은 제주도에서 피해 입은 사람들에게 보상하고, 제주도를 다시 이전의 모습으로 재건하는 데 쓰인다고 했다.

소유권이 없는 물건을 탐할 정도로 진우는 궁하지 않았다.

'그래도 이거 하나는 챙겨 가도 되겠지.'

진우는 베르의 본체에 있던 마정석을 꺼냈다.

완전한 검은색의, 보석 같은 아름다움을 지닌 마정석이었다.

마정석을 주머니에 넣은 진우가 카이셀을 불러냈다.

키아아악-!

카이셀이 날개를 퍼덕이며 날아갈 준비를 마쳤다.

등 위에 가볍게 올라탄 진우가 여왕의 침실을 한번 쓱 훑어보았다.

그렇게 소란스럽던 곳이 이제는 쥐 죽은 듯 고요했다.

'…….'

제주도 원정은 끝났다.

내부를 살피던 진우의 눈빛이 입구 쪽으로 향했다.

"집으로."

그러자 카이셀이 힘차게 날아올랐다.

7. 진우를 향하는 시선들

7. 진우를 향하는 시선들

카이셀이 헌터협회 앞에 내려앉았다.

키아악-

난데없이 커다란 마수가 서울에, 그것도 헌터들의 중심지인 헌터협회 앞마당에 나타나자 협회 사람들이 놀라서 뛰어나왔다.

마력을 지닌 존재의 접근을 감지했던 감시과 헌터들도 무기를 들고 달려왔다.

그러나 그 위에서 진우가 내리는 걸 보고 다들 아연실색했다.

'돌아가.'

진우의 명령에 따라 카이셀은 곧 진우의 그림자가 되어 사라졌다.

사람들은 진우를 알아보았다.

'서, 성진우 헌터의 소환수인가?'

'저런 괴물까지 부리고 있단 말이야?'

그들은 티비를 통해 진우의 능력을 확인했다. 괴물을 다루는 것도 이상하지 않았다.

진우는 눈에 익은 직원 하나에게 다가가 물었다. 평소 협회장을 수행하던 감시과 헌터였다.

"협회장님을 뵙고 싶습니다."

협회장은 만나고 싶다고 아무나 만날 수 있는 사람이 아니다. 장관급이 요청하더라도 일주일은 기다려야 하는 게 협회장이다.

하지만 누가 눈앞의 사내에게 안 된다고 말할 수 있을까.

레이드 멤버에도 포함되어 있지 않은 헌터가 갑자기 등장해 S급 헌터들을 농락하던 괴물을 간단히 제압해 버렸다.

그러니 누구보다 그를 만나고 싶어 하는 사람이 협회장 아닐까?

직원은 말했다.

"협회장님은 지금 병원에 계십니다."

"편찮으십니까?"

진우는 협회장의 건강 상태가 안 좋다는 것을 떠올리고는 물었다. 어쩌면 레이드 중계를 보면서 심장에 무리가 갔을 수도 있으리라.

"아니요, 차해인 헌터의 경과를 지켜보러 가셨습니다."

진우는 고개를 끄덕였다.

오늘은 만나기 힘든 걸까?

그렇게 돌아서려던 찰나, 직원이 말했다.

"협회장님께 연락드리겠습니다. 응접실에서 잠시만 기다려 주십시오."

"알겠습니다."

진우는 다행이라고 생각했다. 최대한 빨리 말해 주고 싶은 사실이 있었으니까.

* * *

차해인은 협회 지정의 대형 병원에 입원했다.

결과를 기다리는 협회장에게 그의 주치의가 다가왔다.

협회장이 물었다.

"어떻게 됐나?"

"정밀 검진을 한 것은 아니지만…… 일단 겉으로는 완벽히 정상입니다. 편안히 잠들어 있는 상태입니다."

"그렇군……."

협회장은 그럼 그렇지, 속으로 되뇌며 고개를 끄덕였다.

주치의도 협회장의 옆에서 레이드 방송을 보았다. 그에게도 차해인의 상태는 미스터리였다.

"과다 출혈 때문에 안색이 창백해질 정도로 상태가 안 좋았던 헌터분이 어떻게 저렇게 좋아진 겁니까?"

"……."

협회장은 한국팀 멤버들에게 자세한 보고를 들었지만 입을 다물었다.

'말한다고 믿을 수 있을까?'

성진우 헌터가 죽은 민병구 헌터의 힘을 빌려 와 쓰러진 차해인 헌터를 치료했다는 사실을?

성진우 헌터가 카메라를 꺼 달라고 했던 것은 자신의 능력을 밝히기 싫다는 뜻.

그걸 남들에게 떠벌릴 정도로 협회장은 어리석지 않았다. 물론 다른 헌터들도 비슷하게 생각하는 듯했다.

"내가 대기시켜 놨던 A급 힐러들이 그녀를 치료했네."

"상당히 위험해 보였는데…… 늦지 않아 다행이군요."

다행히 그렇게 넘어가는 듯했다.

"아."

주치의가 뭔가 떠오른 듯 이야기를 꺼냈다.

"그 성진우 헌터 말입니다."

성진우라는 이름에 협회장이 귀를 쫑긋 세웠다.

"성진우 헌터가 왜?"

협회장의 눈빛이 달라지자 주치의가 빠르게 말을 이었다.

"그 헌터님 모친이 저희 병원에 계시지 않았습니까?"

"익면증이라고 했었지."

"예."

협회장은 진우에 대해 알아보며 그의 가족 관계가 어떻게 되는지도 읽은 바가 있었다.

문득 최악의 상상이 떠오른 협회장이 얼굴을 굳히며 물었다.

"설마…… 돌아가신 건가?"

주치의는 고개를 저었다.

"그 반대입니다."

"반대라면?"

"최후의 수면 상태에서 깨어나 집으로 퇴원했답니다."

"그게 정말인가?"

"안 그래도 그 이야기 때문에 난리더군요. 공식적으로 발표는 안 했지만 저희 병원에서 일어난 일이다 보니."

병원 관계자들도 오늘 레이드 방송을 보았다.

자연히 성진우라는 이름이 쉴 새 없이 입에 오르내렸고, 주치의의 귀에까지 들리게 되었다.

“익면증이 치료되다니? 그게 가능하단 말인가?”

“저도 이번 사례가 최초인 것으로 알고 있습니다.”

“모친이 깨어나신 게 언제였지?”

“아마도…….”

날짜를 머릿속으로 계산해 보던 주치의가 말했다.

“5일 전쯤이군요.”

“…….”

이제야 알 것 같았다.

자신이 진우에게 레이드 멤버에 들어오라고 한 시기와, 진우의 어머니가 깨어난 시기가 거의 일치했다.

‘성진우 헌터의 아버지가 게이트에서 실종됐다고 했었지.’

레이드로 남편을 잃은 아내.

그런 어머니를 둔 성진우 헌터가 어머니를 홀로 두고 제주도 레이드에 참가하기는 힘들었을 것이다.

그것도 이미 세 번이나 실패한 적 있는 토벌 작전에 말이다.

협회장은 사정을 알아보지 않은 자신의 경솔함을 반성했다.

‘그래서 이번 레이드에 참가하지 못했던 것이군.’

진우의 상황과 오늘의 활약이 합쳐져 혹시나 생길 뻔했던 오해가 씻은 듯이 내려가며 가슴이 뛰었다.

역시 요즘 보기 드물게 마음에 쏙 드는 청년이었다.

그때 협회 직원이 다가왔다.

"협회장님."

"무슨 일이지?"

"민병구 헌터의 가족들이 연락을 받지 않습니다."

"어머니 말인가?"

"네."

그럴 만도 하지.

TV를 통해 아들의 사망 소식이 알려졌다. 그리고 그녀는 떨리는 목소리로 협회에 전화를 걸어왔다. 협회는 담담히 사실을 알리는 수밖에 없었다.

"내가 직접 가겠네."

"협회장님이 직접 가신다는 말씀이십니까?"

"아들을 잃은 부모가 시신도 없는 장례식을 치러야 하는데 전화를 받을 정신이 있겠나?"

"그, 그건 그렇지만."

"내가 직접 가서 이번 일에 관련된 소식을 전하고 조의를 표하겠네."

"……알겠습니다."

직원은 굳은 얼굴로 돌아서려 했다. 그런데 그의 전화가 바쁘게 울렸다.

협회에서 온 전화라 그는 협회장에게 양해를 구하고 전화를 받았다.

"응? 협회장님을 뵙고 싶어 하는 분이 계시다고? 뭐?! 그분이?"

고건희는 고개를 저었다.

"오늘은 아무도 만나고 싶지 않네."

직원은 손으로 핸드폰을 가려 음성을 막고는 말했다.

"저, 협회장님을 뵙고 싶어 하시는 분이…… 성진우 헌터님이십니다."

"성진우 헌터가?"

협회장의 눈동자가 커졌다. 그는 곧바로 발언을 철회했다.

"당장 간다고 전하게."

* * *

진우는 직원의 안내를 받아 협회장실로 이동했다.

도착해 자리에 앉자 직원이 살갑게 물었다.

"마실 거라도 드시겠습니까?"

사양하려던 진우는 문득 갈증이 느껴졌다. 그러고 보니 그렇게 격렬한 싸움을 벌인 뒤인데도 물 한 모금 마시지 않고 있었다.

"물이면 됩니다."

"감사합니다!"

"……?"

뭐가 감사하다는 걸까?

긴장해서 말이 헛나온 직원은 얼굴을 붉히며 작은 생수병을 진우 앞에 내려놓고는 꾸벅 고개를 숙였다.

"용건이 있으시면 언제든 불러 주십시오."

"네."

전에 협회장실에 들렀을 때보다 훨씬 더 신중하고 조심스러운 태도가 느껴졌다.

'아마도 레이드 방송 때문이겠지.'

앞으로 그 일로 인해 많은 사람들의 시선이나 태도가 달라질 수 있음을 진우는 짐작했다.

곧 협회장이 들어왔다.

“성진우 헌터님!”

진우는 일어서려 했으나 헌터협회 협회장 고건희가 만류했다.

방금 막 제주도에서 돌아온 진우다. 싸웠던 개미들 중에는 S급 헌터들을 전멸시킬 뻔했던 괴물 개미도 있었다.

지금 진우는 귀빈 중의 귀빈.

S급 헌터들의 목숨을 다수 구한 그를 소홀히 대할 생각은 눈곱만큼도 없는 고건희였다.

고건희는 상석이 아니라 진우를 마주 보는 자리에 앉았다.

“개미굴에서의 일은 들었습니다.”

“아, 네.”

그렇다면 대화가 빨라지겠네.

진우는 다행이라고 생각했다.

고건희가 말을 이었다.

“그리고 여기까지 어떻게 오셨는지도.”

많은 협회 사람들이 카이셀을 봤다. 협회장 귀에 안 들어갈 수가 없었다.

“혹시 제주도에도 그걸 타고 가신 겁니까?”

갈 때는 그림자 교환을 통해서 갔지만 자신이 가진 카드를 일부러 드러낼 필요가 있을까?

진우는 말을 아꼈다.

“그런 셈입니다.”

며칠 전 서울 상공에 나타났던 마수의 범인이 자신임을 자백하는 꼴이었지만, 앞으로 편하게 카이셀을 타고 다니려면 이 방법이 편했다.

"그렇군요."

과연.

협회장은 고개를 끄덕였다.

진우는 죽은 마수의 힘을 이용할 수 있다.

어디선가 비행이 가능한 마수를 처치했다면 마수를 타고 날아다니는 것도 이상한 일은 아니었다.

궁금증은 풀렸다.

이제 본론을 나눌 차례였다.

"저를 뵙고 싶어 하신다고……?"

"예."

"무슨 일이십니까?"

"제주도 개미들, 모두 처치했습니다."

"예?"

협회장이 벌떡 일어섰다.

"그 많은 개미들을 전부 처치했단 말입니까?"

"네."

진우는 확답했다.

"이제 제주도에 마음대로 들어가셔도 됩니다."

"어떻게……."

아니, 방법이라면 알 것도 같았다.

화면에 잡혔던, 수백에 달하던 진우의 소환수들.

그 녀석들이 이 잡듯 제주도를 뒤졌다면 이 짧은 시간에 개미들을 전멸시키는 것도 문제는 아니리라.

제주도에 출입할 수 있게 되었다는 것.

그건 개미굴 가장 깊은 곳에 잠들어 있는 민병구 헌터의 시신을 수습해 올 수 있음을 의미했다.

민병구 헌터의 시신을 마수들이 사라질 때까지 방치해야 한다는 사실이 마음에 걸렸던 고건희의 눈시울이 붉어졌다.

고건희는 진심을 다해 말했다.

"감사합니다, 성진우 헌터님."

* * *

한국의 특급 호텔 스위트룸.

최근 제주도 레이드 같은 큼지막한 이슈들로 묻혔으나, 현재 이곳에는 전 세계 최강의 헌터 중 하나가 묵고 있었다.

토마스는 레이드 특집 방송을 껐다.

그는 녹화한 영상을 벌써 세 번이나 돌려 본 참이었다.

수행원으로 따라온 로라가 물었다.

"어떤가요?"

"뭐…… 보는 대로."

그는 등을 소파에 기대고 다리를 탁자에 쭉 뻗었다.

금발에 높은 코.

실내에서 선글라스를 낀 그의 얼굴에는 계속 싱글싱글 미소가 떠올라 있었다.

"미스터 황이 조사했던 헌터가 저자 맞나?"

"네."

"한국에서 사람을 죽이면 어떻게 되느냐고도 물었고?"

"네."

로라에게 보고를 받았던 토마스는 몰래 따로 황동수와 성진우, 두 사람의 관계를 조사했다.

접점은 하나.

황동수의 형, 황동석.

황동석과 성진우가 같이 들어갔던 던전에서 성진우는 살아 나오고 황동석은 소식이 끊겼다.

던전 안에서는 무슨 일이 일어나도 이상하지 않다. 세계의 상식이 되어 버린 말이었다.

"복수인가."

"그런 것 같습니다."

"가족은 없는 줄 알았는데, 잘도 한마디도 없었군."

"미스터 황의 형 쪽에서 동생과 연관되는 것을 철저히 숨겼다고 합니다."

"그만큼 뒤가 구렸다는 소리겠지."

하던 짓이 밝혀지면 동생에게 피해가 갈 정도로.

로라는 그 질문에 침묵으로 긍정했다.

그리고 제주도 레이드가 터졌다.

"이런 일이 터졌으니 더더욱 성진우를 만나기 힘들어지겠군."

"그렇겠죠."

로라는 담담히 말했다.

세계적인 헌터이자 손꼽히는 길드 스케빈저의 마스터인 토마스가 특별 휴가까지 내고 이런 작은 나라를 방문한 이유는 오롯이 성진우 때문이었다.

정확히 말하자면 미스터 황이 성진우와 붙었을 때 어떻게 될지 가늠하기 위해서였다.

길드 임원들에게는 한국의 S급 헌터를 영입하기 위해서라고 둘러대었다.

"만나 보고 싶었는데 아쉽게 됐군."

그렇게 중얼거리는 토마스의 말투에서는 아쉬움이 진하게 묻어났다.

로라는 조심스레 물었다.

"역시 미스터 황과 성진우 헌터를 만나지 못하게 하는 것이 좋겠죠?"

"뭐……."

토마스는 턱을 문지르다가 씩 웃으며 말했다.

"한국이 미스터 황을 살린 거지."

한국은 S급이 된 뒤 모국을 버리고 미국으로 떠난 황동석의 입국을 단칼에 거절했다.

자칫 외교 마찰로 번질 뻔한 일이었으나 그렇게 번 시간으로 토마스가 한국을 찾았다.

그러나 미스터 황은 겨우 입국 거부로 하고자 하는 일을 그만둘 자가 아니었다.

하물며 그 목적이 복수라면야.

사실 토마스는 그렇게 꽉 막힌 성격이 아니다. 미스터 황이 가족의 복수를 하겠다는데 그의 반감을 사면서까지 말릴 생각은 없었다.

하지만 그는 스케빈저의 중요한 전력이었다. 그런 만큼 같은 S급인 성진우 헌터의 실력을 미리 알아둘 생각이었다.

만에 하나라도 마스터 황이 역으로 당해 버리면 곤란하니까.

그런데 성진우를 본 소감은 천만다행이란 점이었다.

"절대 미스터 황이 한국에 발을 들이게 해선 안 돼. 그러면 둘이 만날 일도 없겠지."

"알겠습니다. 소송도 취하하겠습니다."

"미스터 황에게는 내가 말해 두지. 성격이 불같은 친구니까 좀 둘러대야 할 거야."

로라는 마스터의 말을 하나도 빠뜨리지 않고 꼼꼼히 메모했다. 그러다 문득 의문이 들었다.

"만약에…… 이렇게 조심했는데도 두 사람이 싸우게 되면 어떻게 하실 거죠?"

"로라, 아직도 나를 몰라?"

토마스가 씩 웃었다.

"미스터 황은 스케빈저 길드의 재산이야. 스케빈저 길드는 내 것이고."

입은 웃고 있지만 선글라스 안의 눈매는 전혀 웃고 있지 않았다. 그는 자신의 날카로운 눈매를 가리기 위해 항상 선글라스를 착용했다.

소파에 기대고 있던 등을 바로 하며, 토마스가 목소리를 낮추었다.

"나는 내 재산을 건드리는 사람은 누구도 용서하지 않지. 그게 미국 정부라 할지라도."

한 사람의 권력이 일개 나라와 맞먹는다.

토마스 안드레.

다섯 헌터 중에 한 사람. 국가 권력급 헌터만이 가질 수 있는 자신감이었다.

* * *

"저희가 댁까지 모셔 드리겠습니다, 성진우 헌터님."

고건희 협회장이 일어서려는 진우에게 급히 말했다.

"예?"

"여기서 잠깐만 기다리시면 저희 직원이 차를 가져올 겁니다. 그걸 타고 돌아가시는 게 어떻겠습니까?"

"……."

헌터협회, 특히 고건희 협회장이 자신에게 감사한 마음을 가지고 있다는 사실은 잘 느껴졌다.

하지만 그렇다고 이런 사소한 부분에서까지 특별 취급을 받고 싶지는 않았다.

굳이 차를 빌려 타고 가야 할 만큼 거리가 먼 것도 아니었고, 시간이 문제라면 카이셀을 타거나 달리는 편이 더 빠르니까.

해서 진우는 정중하게 사양했다.

"아뇨, 괜찮습니다."

그런데 고건희 회장이 고개를 저으며 다시 말했다.

"아마…… 타고 가시는 게 편하실 겁니다."

"그게 무슨……?"

고건희는 대답 대신 창가로 가서 말했다.

"잠깐 여기를 봐 주시겠습니까?"

진우도 창가로 다가갔다.

그러자 보였다.

창밖.

불과 1시간 전만 하더라도 한적했던 협회 본관의 입구가 어느새 몰려든 수많은 인파로 인해 발 디딜 틈이 없었다.

“모두 성진우 헌터님이 협회를 방문했다는 소식을 듣고 헌터님을 보기 위해 나온 사람들입니다.”

어떻게 알고…… 라고 물을 필요도 없었다.

‘여기 카이셀을 타고 왔었지.’

요즘은 사람들 손에 최소한 카메라 하나씩은 다 들려 있는 시대다.

진우가 카이셀을 타고 헌터협회에 내려서는 모습은 SNS를 통해 빠르게 번져 나갔고, 소식을 접한 사람들 중에는 물론 인터넷 기자도 있었다.

딱 한 줄.

기사는 길지도 않았다.

『헌터협회에 내려선 마수, 주인은 누구?』

기사에는 그 마수가 일반적이지 않고 그림자처럼 검었으며, 생중계로 본 진우의 소환 능력과 관계 있을 확률이 매우 높다고 쓰여 있었다.

소식을 듣고 진위를 확인해 보려는 사람들과, 진우를 만나 보고 싶어 하는 사람들이 합쳐져 현재 협회 앞은 인산인해를 이루고 있었다.

진우는 모여든 사람들을 보고서 만감이 교차했다.

옆에서 가만히 인파를 내려다보던 고건희가 차분히 입을 열었다.

"충분히 알고 계시겠지만…… 국민들은 승리에 목말라 있었습니다."

4년 전의 대참사.

제주도에서 던전 브레이크가 발생한 이후, 한국은 전 세계에서 유일하게 마수들에게 땅을 뺏긴 나라가 됐다.

많은 나라들이 겉으로는 애도를 표하면서도 속으로는 한국 헌터들의 무능함을 비웃었다.

세 번의 토벌 작전이 모두 실패로 돌아갔을 때, 그 분위기는 극에 달했다.

그렇게 치욕의 2년이 지나고.

4차 토벌 작전은 일본과 같이한다는 소식이 알려졌다.

항간에서 일본의 도움 없이는 마수조차 제대로 처리할 수 없는가, 하는 회의적인 목소리도 있었다.

그리고 그건 기정사실이기도 했다.

그런데 S급 헌터만 스물이 넘어간다는 그 강력한 일본이 등을 보이고 도망쳤던 그 레이드에서, 진우가 검은 병사들을 이끌고 등장한 것이다.

사람들의 열광은 당연한 것이었다.

목마른 이들이 오아시스에서 갈증을 해소하듯, 사람들은 진우의 활약을 보며 무력감을 벗어던졌다.

기쁜 마음을 주체하지 못해 거리로 뛰쳐나왔다가 진우의 소식을 접하고 여기까지 달려오게 된 것이다.

"물론 오셨을 때처럼 마수를 타고 날아가는 방법도 있겠지요."

고건희는 허허 웃었다.

"하지만 저분들을 생각해서라도 한번 내려가 주지 않으시겠습니까? 사람들은…… 영웅을 필요로 하니까 말입니다."

* * *

진우가 유리문을 밀고 협회 밖으로 나갔다.

그러자 일시에 소란이 사라졌다.

모인 사람들 전부 거짓말처럼 입을 다물고서 조용히 진우를 바라보았다.

"……."

"……."

진우의 옷 여기저기에는 아직 전투의 흔적이 남아 있었다.

개미 마수들의 체액이 튄 곳도 있고, 괴물 개미 손에 찢어진 곳도 있었다. 하지만 그런 진우를 보고 웃는 사람은 아무도 없었다.

시민들은 가슴 깊은 곳에서 솟구치는 뜨거운 무언가를 느끼며, 그저 조용히 바라보고 있을 뿐이었다.

그렇게 마주 보고 있는 진우와 시민들 사이에 무거운 정적이 가라앉아 갈 즈음에.

"헌터님, 이쪽으로."

진우의 에스코트를 맡은 우진철이 말했다.

감시과 직원들이 앞서 나가며 일일이 양해를 구했고, 앞에 있던 시민들은 순순히 길을 터 주었다.

그러나 예외는 있었다.

대기하고 있는 차와의 거리가 얼마 남지 않았을 때, 할아버지 한 분이 진우의 앞으로 걸어 나왔다.

"헌터님……."

할아버지를 막아섰던 감시과 직원은 노인의 얼굴을 흠뻑 적신 눈물을 보고 멈칫했다가 물러났다.

진우가 감시과 직원을 제지했기 때문이다.

간신히 진우 앞에 설 수 있게 된 할아버지는 굵은 눈물을 뿌리며 목멘 소리로 거듭 진우를 불렀다.

"헌터님……. 헌터님 덕분에…… 제 아들이 편히 눈을 감을 수 있게 됐습니다."

다리에 힘이 풀렸는지 쓰러지려는 할아버지를 진우가 황급히 부축했다.

할아버지는 진우의 손과 팔을 잡고 몇 번이고 고개를 숙였다.

"감사합니다, 헌터님…… 정말……."

"전 해야 할 일을 했을 뿐입니다. 일어나세요."

부축을 돕던 우진철이 부하 직원에게 할아버지를 맡기고는 진우의 귓가에 속삭였다.

"헌터님, 사람들이 점점 몰리고 있습니다. 이제 그만 가셔야……."

"알겠습니다."

진우는 고개를 끄덕였다.

우진철이 차의 뒷좌석 문을 열었다.

진우는 차에 타기 전 모인 사람들을 다시 한번 둘러보았다.

누가 먼저 시작했을까?

진우와 시선이 마주친 누군가가 진우에게 감사의 의미로 잠깐 고개를 숙였다 들자, 모두가 그를 따라 하기 시작했다.

진우의 눈길이 지나가는 곳마다 진심 어린 인사가 되돌아왔다.

"……헌터님."

초조함이 섞인 우진철의 목소리를 듣고서야 진우는 겨우 차에 올라탔다.

탁, 탁.

운전석에는 우진철의 부하가, 조수석에는 우진철이 타고, 시동이 걸린 차가 서서히 협회 부지를 벗어났다.

진우는 말없이 창밖을 응시했다.

사람들은 차가 완전히 시야를 벗어날 때까지도 시선을 돌리지 않고 이쪽을 바라보고 있었다.

고개를 바로 한 진우가 가슴 위에 가만히 손을 얹었다.

두근, 두근, 두근.

기분 좋은 고양감이 심장을 고동치게 만들고 있었다.

사람들을 만나 보는 게 어떻겠냐는 협회장의 제안을 처음 받았을 때는 난처했었지만, 지금은 그냥 지나치지 않길 잘했다는 생각이 들었다.

사람들의 눈빛 하나하나에서 보상을 받은 것 같은 기분이었다.

그때.

"아."

진우의 입에서 튀어나온 소리에 우진철이 급히 고개를 뒤로 꺾었다.

"무슨 일이십니까, 헌터님?"

"……아무것도 아닙니다."

진우는 어머니의 충격을 조금이라도 덜기 위해 다짜고짜 부숴 놓고 온 TV를 떠올리고는 이마를 감싸 쥐었다.

'이걸 어디서부터 어떻게 설명해 드려야 한담?'

아니나 다를까.

폰의 전원을 켜 보니 부재중 전화 목록에 집에서 걸려온 전화가 13통이나 남아 있었다.

* * *

인터넷에선 아주 난리가 났다.

그도 그럴 수밖에.

이번 제주도 토벌 작전은 진우가 S급이 된 이후 공식적으로 처음 모습을 보인 레이드였다.

진우에겐 데뷔전이나 마찬가지.

그런 상황에서 모두를 경악하게 만들었던 괴물 개미를 압도하고, 퇴로로 밀려들어 오던 수천의 개미 떼들을 소환수로 쓸어버렸으니.

스포츠 경기를 보고 흥분한 사람들이 거리로 뛰쳐나오듯, 레이드 방송을 본 사람들은 전부 온라인으로 모여들었다.

ㄴ와…… 할 말이 없다……

ㄴ소환수라는 거 저렇게 많이 만들어 낼 수 있는 게 아닌 걸로 아는데?

ㄴ성진우 헌터님의 소환수 어택땅을 보고 십 년 묵은 암이 다 나았습니다.

ㄴ근데 님, 십 년간 달고 살 정도면 별거 아닌 암 아닌가요?

ㄴ멋지다. 최고였습니다.

ㄴ4년 전 부모님을 제주도에서 잃었습니다. 성진우 헌터님이 이 글을

보는 일은 아마도 없겠지만…….

온 국민의 관심사가 쏠려 있던 작전이었던 만큼 수많은 게시판에 레이드에 대한 이야기가 범람했고, 그럴 때마다 진우의 이름은 빠지지 않았다.

특히 급을 나누기 좋아하는 네티즌들은 진우의 실력이 어느 정도인가를 두고서 열띤 논쟁을 주고받았다.

ㄴ저 정도면 우리나라에서도 국가 권력급 나온 거 아닌가?

ㄴ에이, 그 정도는 ㄴㄴ 김칫국 드링킹은 좀 적당히.

ㄴ아니, 왜? S급 던전을 거의 혼자서 클리어한 거고, 다른 S급들과도 실력 차이가 엄청났는데?

ㄴ성진우 헌터는 아직 경력이 없잖아. 진짜 실력이 있으면 가만히 있어도 곧 사람들이 알아서 인정해 주겠지.

ㄴ아무튼 쩐다, 쩔어.

ㄴE급이면 일반인들보다 조금 나은 정도라던데, 그랬던 사람이 갑자기 저렇게 강해져도 되는 거?

ㄴ성진우 헌터 재각성자였나요?

ㄴ의외로 아직 성진우 재각성자인 거 모르는 사람들이 있음. 본인이 바로 정보 보호 신청을 해 가지고…….

물론 그중에서는 진우에게 불편한 눈길을 보내는 사람도 있었다.

ㄴ그런데 가만…… 이거 성진우가 첨부터 레이드에 꼈으면 민병구가

죽을 일도 없었던 거 아냐?

ㄴ첨에 빠진다고 했다가 왜 중간에 들어온 거?

ㄴ윗분들 협회가 내놓은 해명 기사 못 보셨나 보네.

ㄴ무슨 기사요? 링크 좀.

기사의 내용은 이랬다.

협회에서는 S급이라고는 하나, 상급 던전 경험이 전무한 진우를 무턱대고 레이드 멤버로 합류시키는 대신, 만약을 대비해 인근에 대기시켜 놨다 상황을 보고 투입을 결정했다는 것.

급하게 지어낸 이야기였지만 사람들을 이해시키기에는 충분했다.

'내가 성진우 헌터에게 해 줄 수 있는 것은 이게 최선이다.'

그렇게 고건희는 발 빠른 대처로 진우의 개인사를 숨기면서도, 진우에게 돌아갈 수도 있었던 비난의 화살을 막았다.

덕분에 소속 헌터의 기량을 제대로 알아보지 못했던 협회의 무능함에 대한 질타는 있어도, 진우 본인이 손가락질당하는 일은 없었다.

아니, 진우의 평가는 오히려 더 높아졌다.

시간을 끌어 주던 일본팀이 철수하고 한국팀이 전멸을 앞두고 있었던 최악의 상황에서, 군말 없이 단신으로 개미굴에 뛰어들었다는 이야기였으니까.

ㄴ나 같으면 제발 가 달라고 등 떠밀어도 무서워서 못 가겠다. 다른 S급 다 뒈지는데 거길 어떻게 가?

ㄴ동감.

ㄴ어떻게 거길 들어갈 생각을 했지?

ㄴ성진우야말로 진짜 헌터들의 귀감 아니냐?

ㄴ전에 성진우 혼자 레이드 멤버에서 빠졌다고 욕했었던 새끼들 다 머리 박고 반성해야 하는 각 아니냐?

ㄴㅋㅋㅋㅋ 그러게 사정이나 좀 알아보고 지껄이든가.

일찌감치 정보 보호를 걸어 뒀던 진우로서는 당황스럽게도, 이번 레이드로 진우는 한국에서 가장 유명한 헌터가 되어 가고 있었다.

* * *

이틀 뒤.

민병구 헌터의 시신을 찾아오기 위해 군부대와 헌터들이 제주도에 상륙했다.

5대 길드 중 하나이면서도 S급 헌터가 없어 이번 레이드에 참여하지 못했던 영남 지방의 대표 길드 '기사단'.

그들이 줄어드는 입지를 느끼고 자발적으로 나선 덕분에 일이 빠르게 진행됐다.

특수 훈련을 받은 군인들이 망설이는 걸 보고 헌터들이 앞장섰다.

"아따, 고마들 오소."

"느껴지는 마력이 전혀 없다니까요. 아, 다들 속고만 사셨나."

멀찍이 앞서가던 헌터들이 손짓하자 그제야 군인들이 사주를 경계하며 뒤따랐다.

헌터들이 보기엔 답답했지만 어쩔 수 없었다.

일반인들은 마력을 느낄 수도 없고, 마수에 대항할 수단도 없으니, 그냥 최대한 조심히 다니는 수밖에.

"쯧쯧."

혀를 차던 기사단의 마스터가 허리에 손을 얹고 주위를 빙 둘러보았다.

'허…….'

입이 쩍 벌어졌다.

개미굴 근처로 갈수록 점점 더 많은 숫자의 사체들이 널브러져 있었다.

아니, 산더미를 이루고 있었다.

친한 동생이자 오랫동안 헌터 생활을 같이해 온 부마스터가 고개를 절레절레 저었다.

"행님…… 이거 보이십니꺼? 이걸 헌터 한 명이 혼자서 다 했다고예?"

"……."

3차 토벌 작전 때, 기사단 길드도 다른 헌터들과 함께 제주도 땅을 밟았다.

그래서 이 녀석들의 무서움을 누구보다 잘 알고 있었다.

"그 개미들이 이 꼴이라니……."

"와…… 성진운가 뭔가 하는 자식 이거 보통 놈이 아니네예."

주변을 두리번거리던 부마스터가 질렸다는 듯 말을 이었다.

"어떻게 이 넓은 섬에 개미 새끼 한 마리를 안 남기고 깡그리 다 조질 수가 있습니꺼?"

"그러니까."

마수에 대해 일가견이 있는 기사단의 정예 멤버들은 수북이 쌓인 사체들을 보며 혀를 내둘렀다.

내내 감탄하며 걷던 그들은 곧 개미굴 입구 주변에 도착했다.

"행님, 보입니더."

"그래, 보인다."

헌터들은 약간의 거리를 두고서 뒤따라오는 군인들과 같이 들어가기 위해 일단 개미굴 앞에 정지했다.

마스터는 기다리는 동안 할 것도 없고 해서 담배를 입에 물고 불을 붙였다. 부마스터도 옆에서 덩달아 담배 한 개비를 물었다.

그런데.

툭.

부마스터의 입에서 담배가 힘없이 떨어지는 것을 본 마스터가 눈살을 찌푸렸다.

"어이, 왜 그래?"

"해, 행님!"

부마스터가 마스터의 어깨를 급하게 툭툭 때리며 앞을 가리켰다. 그제야 뭔가 이상함을 느낀 마스터도 고개를 앞쪽으로 향했다.

"헉!"

입구에서 비치는 사람의 그림자.

움찔 놀란 마스터가 눈을 휘둥그레 뜨고서 목에 힘을 주었다.

"다, 당신…… 뭐야?"

* * *

기사단 길드의 마스터, 박종수는 두 눈을 의심했다.

멀쩡하게 생긴 외국인 남성 하나가 개미굴 입구에서 천천히 걸어 나오고 있었던 것이다.

있을 수 없는 일이었다.

'개미들이 전멸했다는 소식은 아직 극비일 텐데?'

지금 발밑에 깔린 게 전부 다 최상급 마정석들.

한탕을 노리고 몰려드는 이들을 방지하기 위해, 대책이 마련될 때까지 협회는 토벌이 완료된 사실을 숨기기로 했다.

따라서 현재 이 섬에 마수가 없다는 사실을 알고 있는 사람들은 극히 일부에 불과했다.

'기껏해야 우리에게 임무를 맡긴 협회와 군인들, 그리고…….'

장본인인 성진우 헌터 정도.

하지만 박종수는 지금 개미굴 입구에 서 있는 남자가 성진우가 아니라는 데 전 재산을 걸 수도 있었다.

어떻게 그 얼굴을 잊을 수 있을까?

지금 한국에서 가장 많이 언급되는 헌터이자, 기사단의 영입 목록 0순위에 빛나는 인물을.

그래서 박종수는 다시 물었다.

"당신 뭐 하는 사람이냐니까? 왜 거기서 나와?"

남자는 말을 알아듣지 못한 것인지, 아니면 아예 대답할 생각이 없는지 빙글빙글 웃기만 했다.

기사단의 부마스터, 정윤태가 의아하다는 눈빛으로 박종수 옆에 붙어 섰다.

"행님, 저거 사람 맞습니꺼?"

"나도…… 나도 모르겠다."

남자에게서 마력을 느낄 수 없으니 헌터나 마수가 아닌 것은 분명한데…… 어째서인지 묘한 기운을 풍기는 사내였다.

말보다 주먹이 빠른 편인 정윤태도 불길한 기운을 감지하고 조심스럽게 눈치를 살폈다.

하지만 군인들에게는 헌터들만큼의 기감이 없었다.

철컥, 철컥.

뒤늦게 남자를 발견한 군인들이 총을 들었다.

괜한 사망자가 나올까 봐 박종수가 황급히 군인들을 말렸다.

"어이, 어이! 쏘지 마요! 저거 마수 아냐!"

"그럼 사람입니까?"

"그건…… 아마도."

박종수는 떨떠름한 표정으로 고개를 끄덕였다.

'마수가 아니면 사람이겠지.'

박종수의 짧은 식견으로는 그 정도의 판단이 한계였다.

지휘관은 짧게 고개를 끄덕였다.

"알겠습니다. 이제부터 저 남자의 신병은 저희가 맡겠습니다."

"예? 당신들은 민병구 헌터의 시신을 가지러 온 거 아닙니까?"

"저희는 민병구 헌터의 시신 수습과 함께 제주도의 상황을 통제하라는 명도 받았습니다."

박종수는 알았다는 듯이 뒤로 물러났다.

상대가 헌터나 마수가 아니라면 기사단이 나서야 할 이유는 없었다. 이렇게 한 발짝 물러서서 지켜보고 있으면 쓸데없는 일에 휘말릴 일도 없으리라.

지휘관은 남자에게 소리쳤다.

"당신은 지금 출입 금지 구역에 들어와 있습니다. 지시에 따르지 않으면 발포하겠습니다."

"……."

하지만 남자는 긴장감 하나 없는 낯빛으로 계속해서 웃고 있을 뿐이었다.

꼴깍.

'정말 쏴야 하나?'라는 생각이 든 군인들이 침을 꿀꺽 삼켰다.

마수도 아니고 사람을 상대로 방아쇠를 당겨 본 적은 한 번도 없으니 당연한 반응이었다.

헌터들도 덩달아 긴장한 얼굴이 되었다.

저 기이한 남자가 이런 상황에서도 웃고만 있으니 분명 어떤 꿍꿍이가 있다는 생각이 들었던 것이다.

그때 남자가 두 손을 바지 주머니에 꽂았다.

'저거…… 진짜 사람 맞나?'

어떻게 사람이 총구를 앞에 두고서 저토록 여유로울 수 있을까?

박종수의 얼굴이 굳어졌다.

철컥, 철컥!

남자의 손이 보이지 않게 되자 군인들의 긴장감은 최고조에 달했다.

"쏘지 마! 쏘지 마! 아직!"

부하들을 돌아보는 지휘관의 목에 굵은 힘줄이 튀어 올랐다.

그런데.

"부대장님!"

다급한 목소리에 지휘관이 남자 쪽을 돌아보자, 남자가 천천히 입을 열었다.

"……?"

전혀 알아들을 수 없는 언어였다.

모르는 게 아니라 아예 이 세상에 존재하는 언어가 아닌 것 같은 발음과 목소리.

"뭐야?"

"뭐라는 거야?"

난생처음 겪는 상황에 군인들이 어찌할 줄 모르고 있을 때, 박종수의 입이 저도 모르게 열렸다.

"마, 마수어?"

상급 던전에서 가끔 만날 수 있는, 지성을 가진 마수들.

그들이 쓰던 말과 흡사하게 들렸던 것이다.

"그럼 저게."

마수란 말입니까, 하고 지휘관이 채 묻기도 전에 남자의 손이 주머니에서 빠져나왔다.

타앙-!

귀를 찢는 굉음이 일대에 울려 퍼졌다.

잘 훈련받은 특수 부대원의 손이 남자의 수상한 행동을 보고 반사적으로 방아쇠를 당긴 것이었다.

'헉!'

지휘관의 놀란 눈이 곧바로 남자를 향했다.

남자의 이마를 파고 들어가지 못한 총알이 톡 하고 바닥으로 떨어졌다.

어느새 남자의 얼굴에서는 미소가 사라져 있었다.

"마, 마수다!"

"인간이 아니야!"

소리쳤던 것도 잠시.

남자의 눈이 붉게 변한 것과 동시에 헌터들과 군인들 모두 심장이 옥죄는 압박감을 느꼈다.

"아, 아-!"

"아……."

그런데.

딱!

손가락이 튕기는 소리와 함께 그들 모두가 실이 끊어진 인형처럼 힘없이 쓰러졌다.

자신의 힘이 아니다.

남자는 뒤를 돌아보며 말했다.

"무슨 짓이냐?"

어느새 나타난 작은 키의 중년 남성이 뒤에 서 있었다.

"시끄럽게 만들 필요 없잖나. 잠시 재웠을 뿐이다."

중년 남성이 쓰는 말도 인간의 언어가 아니었다.

"……그래."

남자는 아쉬운 듯했지만 순순히 납득했다.

중년 남성이 개미굴 안쪽을 돌아보며 물었다.

"확인해 봤나?"

남자는 고개를 끄덕였다.

"그의 힘이 확실해."

"이상한 일."

중년 남성의 시선이 이번엔 쓰러져 있는 헌터들을 향했다.

"왜 그가 인간들을 돕는 건지 모르겠군."

"그의 속을 누가 알겠나. 궁금하면 직접 가서 물어보지그래?"

"……사양하지."

고개를 절래절래 흔든 중년 남성이 입을 열었다.

"사냥은 예정대로 시작한다. 달라진 건 없어."

"알겠다."

중년 남성이 손을 가볍게 휘젓자 허공에 사람 하나가 들어갈 만한 크기의 검은 구멍, 게이트가 열렸다.

"참."

남자의 목소리에 중년이 잠깐 뒤를 돌아보았다.

남자는 말을 이었다.

"하나는 여기 와 있는 거 같던데."

"한국에?"

"온 김에 녀석부터 처리하고 가는 건 어때?"

중년 남자가 살짝 눈을 감았다.

곧 남자가 말한 정보가 중년 남성의 머릿속으로 흘러들어 왔다. 하지만 그는 영 내키지가 않았다.

"이 근처는…… 그의 손에 맡겨 두지."

"엮이고 싶지 않다는 건가?"

"그렇게 해석할 수도 있겠지. 마음대로 생각해라."

중년 남성의 목소리가 게이트 저편으로 사라지자, 게이트도 닫혔다.

스윽.

게이트가 완전히 닫혔음을 확인한 남자가 중얼거렸다.

"겁쟁이 녀석……."

그의 시선에 늘어져 있는 인간들이 들어왔다. 잠깐 잠들어 있을 뿐 곧 정신을 차릴 터였다.

흥.

남자는 코웃음 치며 인간들을 향해 손을 뻗었다가.

'…….'

다시 조용히 거두어들였다.

"뭐, 시끄럽게 만들 필요는 없겠지."

허공을 맴돌던 남자의 목소리도 금방 다른 게이트 속으로 사라졌다.

* * *

늦은 밤.

방바닥에 앉은 진우는 단검을 살펴보고 있었다. 지금은 그림자 병사 '베르'가 된 괴물 개미와의 싸움에서 톡톡히 활약한 '악마왕의 단검'이었다.

[아이템 : 악마왕의 단검]

입수 난이도 : S

종류 : 단검

공격력 +220

악마왕 바란에게서 얻은 단검입니다. '악마왕의 단검' 두 개를 사용하면 세트 효과가 적용됩니다.

세트 효과 '둘이서 하나' : 근력 스탯 수치만큼의 공격력이 각각의 단검에 추가됩니다.

정말 눈이 휘둥그레지는 공격력과 추가 옵션이었다.

처음 이 녀석의 정보를 읽고 몇 번이나 다시 확인해 봤는지 모른다.

그도 그럴 만한 게 입수 난이도 A급이었던 '바루카의 단도'의 공격력이 겨우 110에 불과했으니까.

혹시나 싶어 상점을 뒤져 봤지만, 상점에서 파는 S급 단검들 사이에서도 200을 넘는 공격력은 찾아보기 힘들었다.

거기다가 '악마왕의 단검' 두 개를 들면 근력 스탯이 공격력으로 변환된다는 점도 마음에 쏙 들었다.

이미 근력은 200을 넘어 250을 향해 다가가고 있었다.

그런데 그 높은 능력치가 전부 다 공격력으로 쓰인다?

뒷자리를 생략하고 단순히 더하기만 해도 '바루카의 단도'가 가진 공격력의 네 배에 달하는 무시무시한 수치가 나왔다.

'왠지 휘두를 때마다 베는 맛이 있더라니.'

아마 다른 헌터들에게도 아이템의 능력치가 보였다면 거품 물고 달려들었을 물건이었다.

장검은 또 어떤가?

[아이템 : 악마왕의 장검]

입수 난이도 : S

종류 : 장검

공격력 +350

악마왕 바란의 힘이 담겨 있는 장검입니다. 검을 한 번 휘두를 때마다 '백염의 폭풍' 효과가 발생합니다.

효과 '백염의 폭풍' : 일정 지역 안에 끊임없이 번개가 몰아치는 폭풍을 소환합니다.

장검은 하나만 들 수 있는 반면, 단검은 양손에 들 수 있으니 장검 쪽이 단검 쪽보다 훨씬 더 높은 공격력을 가진 거야 당연하다고 생각했다.

하지만 검이 가진 특수 효과는 당연하지가 않았다.

'그냥 휘두르는 걸로 광역 공격을 할 수 있다고?'

다수의 적을 상대할 때 가치가 빛나는 무기.

실제로 바란의 마법 공격에 그림자 병사들 전체가 쩔쩔맸던 당시를 떠올리면 아직도 등골이 서늘해졌다.

물론 바란이 쓰던 마법에 비할 바는 아니었지만, 그래도 매우 만족스러운 수준이었다.

'단검 스킬들만 아니면 장검을 쓰는 것도 한번 고려해 볼 텐데…….'

무심코 방 안에서 스윙을 해 보려던 진우가 멈칫했다.

'…….'

아무리 늦은 시간이라도 옆방에서 번개가 치는데 깨지 않을 사람이 있을까?

더 이상 어머니를 놀라게 만들 수는 없었다.

진우는 얌전히 장검을 내려놓았다.

'그래도 다행이다.'

어머니가 반대하지 않으셔서.

그날, 집으로 돌아온 진우는 시스템에 대한 것만 빼고 자신이 처한 상황을 전부 말씀드렸다.

우연히 재각성을 해서 S급 헌터가 되었으며, 앞으로도 계속 헌터를 하고 싶다는 이야기까지.

잠깐 걱정하는 듯 보였던 어머니는 결국 응원해 주셨다.

"엄마는 진우가 하고 싶은 걸 했으면 해."

단, 무리하지 말 것.

그것이 어머니가 내건 유일한 조건이었다.

'그런데 나한테 무리가 될 만한 상황이라면…….'

왠지 끔찍한 상상이 이어질 것 같아 진우는 고개를 가로저었다.

그러자 문득 어머니께서 하셨던 말씀이 떠올랐다.

"그 양반이 이런 일이 있을 줄 알고 나타났었나?"

"그 양반이라뇨?"

"병원에 잠들어 있을 때 아버지 목소리가 들리지 뭐니."

"뭐라고 하시던가요?"

"그게……."

그 이전에도, 그 이후에도 누군가의 목소리가 들렸다거나 꿈을 꾼 적은 없다고 하셨다.

'역시 어머니는 아직 아버지를 잊지 못하고 계신 거겠지.'

그럼에도 헌터가 되겠다는 아들을 말리지 않으시는 건, 그만큼 자식을 믿고 있다는 증거이리라.

진우는 어머니를 실망시킬 생각은 추호도 없었다.

생존.

그것은 언제나 최우선 목표였다.

위험한 상황에서도 끝까지 목숨을 포기하지 않고 발버둥 쳤기에 지금 이 자리까지 올라올 수 있었다.

'……좋아.'

걱정이었던 어머니의 반대마저 없어졌으니, 이제 던전에 들어가는 데 걸릴 것이 없었다.

길드를 만들고 상급 던전을 독차지해 빠르게 레벨을 올린다.

진우는 가슴이 뛰었다.

'레벨을 올려야 할 다른 이유가 생겼으니까.'

스르륵.

진우의 명에 의해 소환된 이그리트가 모습을 드러냈다.

가장 오랫동안 자신과 함께해 온 병사였다.

'그리고…….'

시스템이 제공해 준 유일한 기사급 병사이기도 했다.

즉, 이그리트는 진우의 병사 중 현재 시스템과 가장 가까운 존재라고 할 수 있었다.

"너도 등급이 올라가면 대화를 나눌 수 있겠지?"

이그리트에게는 특히나 묻고 싶은 것들이 많았다.

물론 대답은 돌아오지 않았다.

"……."

녀석은 언제나처럼 침묵으로 응답했다.

침묵이 소리라면 아마도 이 녀석은 세상에서 가장 시끄러운 병사가 아닐까?

피식 웃으며 옆머리를 긁적이던 진우가 악마왕 무기들을 집어 들었다.

'창고.'

무기들을 넣으려던 진우의 눈에 뭔가 번쩍하고 불빛이 반사됐다.

'……뭐지?'

진우의 눈이 커졌다.

인벤토리에 있는 아이템 하나가 빛을 내고 있었다.

8. 의외의 접근

8. 의외의 접근

검은 열쇠.

저주받은 랜덤박스에서 나왔던 검은 열쇠가 자기 위치를 알려 주려는 것처럼 빛을 내고 있었다.

신기한 광경에 넋을 잃고 바라보던 진우가 들고 있던 무기들을 조심스레 내려놓고 인벤토리 쪽으로 손을 뻗어 열쇠를 움켜쥐었다.

'…….'

그리고 손을 펴 보자.

[아이템 : 카르테논 신전의 열쇠]

입수 난이도 : ??

종류 : 열쇠

'요구 조건이 충족되었습니다.'

카르테논 신전으로 들어갈 수 있는 열쇠입니다. 지정된 게이트에서 사용할 수 있습니다.

지정된 게이트의 위치는 일정 시간이 지난 후에 공개됩니다.

남은 시간 : 417시간 06분 52초

이전에는 볼 수 없었던 아이템의 정보가 떠올랐다.

'카르테논 신전?'

진우는 고개를 갸웃거렸다.

어째서일까?

들어 본 적 없는 이름이 어딘지 모르게 낯익었다.

'아니, 들어 본 적이 있다.'

곰곰이 기억을 되짚어 보던 진우가 눈을 번쩍 떴다.

'이중 던전!'

그리고 이중 던전 끝에 위치해 있던 낡은 신전. 신전과 석상, 석상이 쥐고 있던 석판.

차례차례 기억이 떠올랐다.

'분명…….'

석판에 적힌 첫 문장을 읽어 내려가던 송치열 아저씨의 목소리가 아련히 들려오는 듯했다.

"카르테논 신전의 규율."

석판은 끔찍한 석상들이 잔뜩 늘어서 있던 신전의 이름을 '카르테논'이라 말했었다.

석판에 적혀 있던 신전의 이름과, 열쇠의 정보에 떠오른 신전의 이름이 같은 것은 아마도 우연의 일치가 아닐 것이다.

그렇다면 이것이.

'다시 그리로 들어갈 수 있는 열쇠라고?'

진우의 눈이 커졌다.

안개에 가려진 듯 어렴풋이 윤곽만 알아볼 수 있을 정도였던 기억이 점차 또렷해지며 확실한 형태를 갖추어 가자, 진우의 온몸에 소름이 돋았다.

'설마…….'

아니, 설마가 아니다.

시스템이 또 한 번 자신을 부르고 있었다.

모든 것이 시작됐던 장소로.

혹시나 정보를 확인하지 못할까봐 스스로 빛을 내고 있는 아이템. 그리고 정보에 명시되어 있는, 열쇠를 사용할 수 있는 장소의 명칭.

이건 어떻게 해석해 봐도 시스템의 호출이었다.

진우가 궁금한 것은 왜 하필 지금 이 타이밍이냐 하는 것이었다.

'혹시 악마성에서 받았던 퀘스트들과 관련이 있는 걸까?'

검은 열쇠는 '악마의 영혼을 모아라 1' 퀘스트의 알려지지 않은 보상에서 '저주받은 랜덤 박스'를 선택해 받았다.

그래서 '악마의 영혼을 모아라 2' 퀘스트의 알려지지 않은 보상을 확인해 보았다.

'칭호.'

띠링, 하는 기계음과 함께 그때 보상으로 받았던 칭호의 정보가 떠올랐다.

[칭호 : 악마 사냥꾼]

'요구 조건이 충족되지 않았습니다.'

무언가 변한 게 있을까 내심 기대했었지만, 처음 봤을 때와 달라진 것이 없었다.

'이건 아니고.'

그 다음으로는 악마왕 바란을 잡고 풀 세트를 완성했던 악마 군주의 액세서리도 확인했다.

[아이템 : 악마 군주의 반지]

입수 난이도 : S

종류 : 장신구

감각 +20, 지능 +20

악마 군주의 귀고리, 악마 군주의 목걸이와 함께 착용하면 세트 효과가 개방됩니다.

세트 효과 1. 모든 스탯 +5

세트 효과 2. 모든 스탯 +10

혹시나 또 다른 세트 효과가 개방된 것인지 눈여겨봤지만 그것도 아니었다.

'그렇다면…….'

남은 가능성은 하나.

진우의 시선이 칭호 위에 적혀 있는 정보들로 옮겨 갔다.

[이름 : 성진우]

[레벨 : 100]

[직업 : 그림자 군주]

[칭호 : …….]

그중에서도 레벨에 눈이 멈추었다.

제주도 개미들을 몽땅 쓸어버리고 알과 번데기까지 부수어서 간신히 찍는 데 성공한 100레벨.

'아이템이 말하는 요구 조건이란 이것이겠지.'

이쪽이 가장 유력하긴 했다.

창고에 한번 넣어 둔 아이템은 속으로 떠올리는 것만으로 불러내거나 다시 넣어 둘 수 있어, 새로 아이템을 얻지 않은 이상 창고 안을 직접 눈으로 들여다보는 일은 드물었다.

그래서 100렙이 된 지 며칠이 지난 지금에서야 열쇠의 변화를 발견한 것이다.

아마 오늘도 무기들을 꺼낸 김에 인벤토리나 한번 정리해야겠다고 마음먹지 않았다면, 앞으로도 한동안 열쇠를 발견하지 못했을 가능성이 컸다.

그나마 지금이라도 알 수 있게 된 것이 불행 중 다행이었다.

'417시간이라면 17일 정도…… 아직 2주 이상 시간이 남아 있다.'

시스템은 여태껏 거짓말을 한 적이 한 번도 없었다.

그러니 게이트는 분명 아이템 정보에서 알려 주는 장소에 정확히 열릴 터였다.

'지금부터라도 준비를 해 둬야…….'

그런 생각이 잠깐 머릿속을 스치고 지나갔을 때.

진우는 깜짝 놀랐다.

'가만…… 내가 지금 거길 다시 들어갈 생각을 하는 건가?'

하하.

저도 모르게 실소가 흘러나왔다.

비록 협회 소속의 하급 헌터들이었기는 해도 거기 들어갔던 공격대 과반수가 죽었고, 심지어 자기 자신도 몇 번이나 위기를 겪었다.

'마지막에는 다리까지 날아갔었지.'

지금 돌이켜 봐도 끔찍한 기억.

그때 보았던 무릎 아래쪽의 휑한 공간을 떠올리면 아직도 진저리가 쳐졌다.

그러나.

진우의 눈빛에 예기가 떠올랐다.

'지금의 나는 다르다.'

확신이 있었다.

아니, 어쩌면 거기 있던 석상들이나 거대한 신상의 그림자까지 얻을 수 있지 않을까 하는 묘한 기대감마저 들었다.

게다가 시스템의 부름에 응하지 않는다면 어떤 페널티가 주어질지도 모른다.

처음 페널티 퀘스트를 무시했을 때, 그리고 긴급 퀘스트가 떠올랐을 때, 시스템은 자신의 선택에 따라 적도 아군도 될 수 있다는 사실을 깨닫지 않았는가?

생각이 거기까지 미치자 열쇠를 쥔 손에 땀이 흥건하게 고였다.

꼴깍.

긴장한 나머지 마른침이 거칠게 식도를 타고 넘어갔다.

진우는 고개를 가로저었다.

'……흥분하지 말자.'

언제나 침착하게.

자신을 스스로 진정시키자 진우의 박동이 차분히 제자리를 찾아갔다. 호흡이 진정되길 기다렸던 진우가 슬며시 눈을 떴다.

"좋아."

만약 시스템이 내게 용건이 있다면, 그건 또 다른 기회일 수도 있다.

저주받은 랜덤 박스.

내게 필요한 것을 준다고 했던가?

'그래도 어느 정도 대비는 있어야겠지.'

최소한의 대비가.

해야 할 일을 그려 보던 진우의 머릿속에 잠시 미뤄 두었던 작업 하나가 떠올랐다.

길드 설립.

길드가 있어야 게이트에 들어가기도 편하고, 본인과 병사들의 레벨을 올리기도 쉬워진다.

일단은 열성적으로 나서는 유진호에게 잠시 길드 창립 과정을 맡겨 둔 상태였다.

'진척은 어느 정도 되고 있나?'

진우는 유진호에게 연락을 해 보려다가 시간을 확인하고는 전화를 내려놓았다.

지금은 새벽 2시.

'시간도 시간이고…….'

어차피 내일 나가야 할 다른 볼일도 있고 하니 차라리 직접 찾아가는 편이 나을 듯했다.

'내일은 사무실에 들러야겠다.'

* * *

유진호의 눈매가 매서워졌다.

흡사 먹잇감을 노리는 매의 눈빛처럼 모니터를 훑는 시선에 잔뜩 날이 서 있었다.

번쩍.

눈에서 불똥이 튀었다.

'형님의 앞길을 가로막는 것들은 절대 용서할 수 없다!'

유진호는 빠르게 게시물과 댓글들을 캡처한 후 양식에 맞춰 후다닥 고소장을 작성했다. 제법 많은 경험이 쌓인 듯 숙련된 동작이었다.

다다다닥!

작업은 순식간에 끝났다.

"휴-."

키보드에서 떨어진 손이 이마 위에 흐르는 땀방울 하나를 훔쳐냈다.

오늘도 또 한 건.

형님을 음해하는 세력 중 하나의 뿌리를 뽑아내는 데 성공했다.

형님은 길드의 얼굴이자 등불.

형님에게 욕을 하거나 유언비어를 퍼트리는 것들은 그 자체로도 이미 용서받을 수 없는 천인공노할 놈들이다. 아울러 길드의 미래를 생각한다면 더더욱 손 놓고 있을 수 없었다.

그 길드가 어떤 곳인가?

곧 자신이 부사장 자리에 앉게 될 길드가 아닌가?

그러니 이것은 사사로운 감정에서 나오는 행동이 아니라 앞으로 만들어질 길드를 위한 공무의 일종이었다.

그러다 유진호는 자신이 부사장이 될 길드의 이름이 정해지지 않았다는 사실을 떠올렸다.

시급히 해결해야 할 문제였다.

진우는 아직 이 문제에 대해 별말씀이 없으셨으므로 형님을 대신하여 부사장인 자신이 길드 이름을 고민해 보기로 했다.

'흠…….'

길드 이름은 성진우의 성과 유진호의 유를 따 성유 길드라고 지으면 어떨까?

그러나 곧 고개를 절레절레 저었다.

'취지는 좋지만 어감이 좀…….'

어감을 따지자면 순서를 바꿔 유성으로 하는 편이 낫긴 한데, 자신의 성이 진우의 성보다 앞에 오는 점을 용납할 수 없었다.

'형님이 오시면 상의해 봐야겠다.'

사무실에 입주한 지 이틀째.

제주도 레이드 이후 세간의 주목을 한 몸에 받게 된 진우 대신 텅 빈 사무실을 홀로 지키는 시간이 많아진 유진호였다.

'아니, 차라리 형님의 성함과 내 이름의 끝 글자 두 개를 따서 우호 길드라고 하면.'

그때.

“무슨 고민을 그렇게 심각하게 해?”

“헉!”

유진호가 펄쩍 뛰어올랐다.

황급히 일어서 뒤를 돌아보니 어느새 다가온 진우가 옆에 서 있었다.

“혀, 형님!”

진우는 뭘 그렇게 놀라냐는 듯 어깨를 한 번 으쓱해 보였다.

유진호는 놀란 가슴을 쓸어내렸다.

‘진짜 기척을 안 내시면 가까이 있는 줄도 모르겠다니까…….’

딱히 생각에 집중하고 있었던 것도 아닌데 아무 소리도 듣지 못했다. 진우의 신출귀몰함이 어째 날이 갈수록 더해지는 것 같았다.

과하게 놀랐던 것이 민망한지 유진호가 뒷머리를 긁적이며 물었다.

“언제 오셨습니까, 형님?”

“방금.”

간단하게 대답한 진우는 유진호가 보고 있던 모니터를 들여다보았다. 하지만 금방 유진호가 앞을 막아서 화면을 가렸다.

“형님께서는 이런 놈들 일일이 신경 쓰지 않으셔도 됩니다. 제가 다 알아서 처리하겠습니다, 형님.”

유진호의 비장한 얼굴을 보며 진우는 기가 막힌다는 표정을 했다.

“……너였냐.”

요즘 자신에 대한 악플이나 허위성 기사가 뜨면 득달같이 달려와 고소 협박을 하며 삭제 요구를 하는 사람이 있다더니만.

이렇게 가까운 곳에 있었을 줄이야.

뜻하지 않게 자신의 행적이 드러난 유진호가 얼굴을 붉혔다.

"아이, 형님도 참…… 그 정도는 당연히 제가 해야 할 일인데요, 뭘."

칭찬이라도 기대하고 있는지 눈을 반짝이는 유진호를 보고 있자니, 자연스럽게 진우의 입에서 실소가 흘러나왔다.

"그래, 잘했다."

진우의 미소를 만족감의 표현이라고 받아들인 유진호는 앞으로도 형님을 위해 더 활발한 활동을 이어 나가겠노라고 속으로 굳게 다짐했다.

그러다.

"어? 형님 오늘 어디 가세요?"

유진호가 평소와 다른 진우의 복장을 발견하고는 물었다.

진우는 대수롭지 않게 대답했다.

"오늘 볼일이 좀 있어서."

"아하……."

유진호는 내심 감탄을 터트렸다.

그동안 활동이 편안한 복장의 진우만 봐 왔던 유진호에게, 머리에서 발끝까지 검은색 정장을 차려입은 진우의 모습은 낯설면서도 놀라웠다.

진우는 특별한 설명 없이 손목의 시계를 내려다보았다.

'벌써 시간이…….'

진우가 고개를 들고 물었다.

"길드 마스터 면허 딸 때 따로 챙겨 가야 되는 건 없지?"

"네! 협회로 가시면 간단한 테스트 후에 바로 면허가 나옵니다, 형님."

"오케이."

아, 협회에 가시는 거였나?

'협회에 가시는 것치고는 복장이 과하신데…….'

진우의 목적지를 어림짐작한 유진호는 잠시 고개를 갸웃거리다가 곧 납득했다.

'이제 형님도 유명인이 되셨으니 항상 복장을 신경 쓰셔야 하겠지.'

유명하다는 건 좋은 면도 있지만 이렇게 피곤한 면도 있는 법이다.

이름 석 자만 말해도 전 국민이 알 만한 사람들이 주변에 잔뜩 포진해 있는 유진호는, 그들 각자가 짊어지고 있는 남모를 고단함의 무게에 속으로나마 잠깐 애도를 표했다.

그러거나 말거나 진우는 멀찍이 떨어진 책상 위를 가리켰다.

"차 좀 가져간다."

손가락 끝이 차 키를 향해 있었다.

"얼마든지 쓰세요, 형님."

차 키를 집으려던 유진호.

그러나 뻗은 손이 무색하게 마치 빨려 들어가는 것처럼 진우의 손바닥 안으로 들어가는 차 키를 보고 눈을 휘둥그레 떴다.

"형님, 방금 대체……?"

진우가 딱 잘라 말했다.

"스킬."

"……."

유진호는 할 말을 잃었다.

이제 진우가 스킬로 하늘을 막 날아다닐 수 있다고 해도 전혀 이상하지 않을 것 같은 기분이 들었다.

'형님은 대체 못하시는 게 뭘까?'

까도 까도 또 깔 게 있는 양파처럼, 형님은 알면 알수록 놀라운 분이었다.

'참, 이러고 있을 때가 아니지.'

유진호는 정신을 차렸다.

진우에게 몇 가지 물어보고 싶은 것들이 있었다. 진우가 사무실에 들른 지금이 기회였다.

진우는 유진호의 눈빛을 보고 뭔가 할 말이 있다는 사실을 눈치채고는 멈춰 섰다.

"응?"

"형님, 구인 게시판에 글을 올린 지 하루 만에 길드 창립 멤버 지원자들이 벌 떼같이 몰려들어서 제가 리스트를 뽑아 봤습……."

"아, 그건 갔다 와서."

지금도 시간이 애매하니까.

진우가 서두르는 기색을 보이자 유진호의 마음도 조급해졌다.

"아, 형님! 그럼 길드 이름은 정하셨습니까?"

역시 이게 젤 중요한 문제였다.

어디 게시판에 구인글을 올릴 때도, 그 밖에 다른 공무를 처리할 때도 길드 이름은 있어야 하니까.

'생각해 두신 길드명이 있으실까?'

진우의 대답을 기다리는 유진호의 가슴이 콩닥콩닥 뛰었다.

정 결정을 내리기 어려워하면 자신이 고민해 둔 이름을 제안해 볼 생각이었다.

'성유, 진진, 우호…… 하나는 마음에 드셔야 할 텐데.'

그렇게 유진호가 기대의 눈빛을 보내고 있을 때, 잠시 고민해 보던 진우가 씩 웃으며 대답했다.

"솔플 길드는 어때?"

"예?"

유진호는 눈을 끔벅끔벅 떴다.

여기서 웃어야 하는 걸까?

하지만 그렇다고 보기에는 진우의 표정이 농담 같지가 않았다.

딱히 리액션을 기대한 것은 아닌 듯, 진우는 문을 향해 돌아섰다.

"이따 보자."

사무실을 나가는 진우의 뒷모습을 보며 유진호는 생각했다.

'……형님도 못하시는 게 있구나.'

역시 형님도 한 명의 사람.

정말로 길드 이름이 '솔플'로 확정될까 두려우면서도, 간만에 발견한 형님의 인간적인 면모에 조금은 마음이 놓이는 유진호였다.

* * *

민병구 헌터의 영결식 현장.

원래는 비공개로 가족들만 있는 자리에서 조촐히 이뤄질 계획이었으나, 추모를 하고 싶다는 사람들이 많아 공개장으로 바뀌었다.

많은 사람들이 민병구 헌터의 희생을 기리기 위해 빈소를 방문했다.

진우도 빈소를 찾았다.

'어어, 저기……?'

'헉! 저 사람 성진우 헌터 아니야?'

'진짜네.'

웅성웅성.

진우를 발견한 사람들이 흥분한 눈길로 수군거리기 시작했다.

진우는 특별한 경우가 아니면 주변의 시선을 그다지 의식하지 않는 편이었다.

귀찮게만 굴지 않는다면 얼굴이 알려지는 것도 크게 상관은 없었다.

그래서 남들이 자신을 알아보고 자기네들끼리 무슨 이야기를 나누든 딱히 신경 쓰지는 않았다.

하지만.

'적어도 때와 장소는 구별들 좀 해야지.'

진우가 눈살을 찌푸렸다.

여기는 민병구 헌터의 희생을 추모하기 위한 장소가 아닌가?

엄숙해야 할 영결식장이 자신 때문에 소란스러워지는 것을 원하지 않았던 진우는 마력의 일부, 아니 일부라고 말하기도 힘들 정도로 극히 미미한 양을 잠깐 개방했다.

'……!'

효과는 그걸로 충분했다.

일대의 공기가 착 가라앉으며 정적을 만들어 냈다. 조문객들의 호흡마저 조심스러워졌다.

"……."

"……."

방금까지 떠들어 대던 이들이 전부 거짓말처럼 동시에 입을 꽉 다물었다.

'좋아.'

소리 없는 시위로 만족스러운 분위기를 만들어 낸 진우가 잠깐 멈췄던 걸음을 다시 옮겼다.

그러나 이내 할머니라고 부르기에는 너무 젊고, 아주머니라고 하기에는 연세가 있으신 중년 부인 한 분이 진우의 앞을 가로막고 섰다.

바로 민병구 헌터의 어머니였다.

마주 선 그녀와 진우를 보고 사람들이 술렁거렸다.

'어, 어?'

'이거 욕이라도 먹고 쫓겨나는 거 아니야?'

하지만 사람들이 걱정했던 일은 벌어지지 않았다.

이유는 간단했다.

"오셨군요."

"예."

진우가 이곳에 들러 주기를 간곡히 부탁했던 이가 바로 민병구 헌터의 어머니였기 때문이다.

"꼭 직접 뵙고서 말씀드리고 싶어서 연락을 드렸습니다. 혹 폐가 되지는 않았나요?"

"아닙니다."

"제 아들을 데려올 수 있도록 거기 있었던 괴물들을 모두 없앤 분이 헌터님이라고 들었습니다."

민병구 어머니는 본인이 들은 사실을 확인하고 싶은 것인지, 잠시 말을 멈추고 진우를 올려다보았다.

'…….'

진우가 제주도 개미들을 잡은 데는 여러 이유가 있었다.

하지만 분명 민병구 헌터의 시신을 개미굴의 가장 깊은 곳에서

썩게 만들 수는 없다고 생각했던 것도 사실이었다.

그래서 진우는 고개를 끄덕였다.

"네."

"제 아들이 그 어둡고 차가운 곳에서 잠들지 않게 해 주셔서……."

민병구 어머니는 참았던 눈물을 뚝뚝 흘리며 말을 이었다.

"헌터님 덕분에 이렇게라도 다시 아들을 만날 수 있게 됐습니다. 정말 감사합니다, 성진우 헌터님."

자식 잃은 부모를 어떤 말로 위로할 수 있을까?

진우가 침통한 표정으로 입을 다물고 있자, 민병구 어머니의 친척들이 다가와 말을 잇지 못하는 그녀를 조심스럽게 안쪽으로 데려갔다.

민병구 어머니는 부축을 받아 멀어지면서도 몇 번이고 고개를 숙여 감사의 마음을 전했다.

'…….'

문득 진우의 눈에 민병구 어머니의 얼굴과, 10년 전 아버지가 게이트 안에서 실종됐다는 연락을 받았던 어머니의 얼굴이 겹쳐 보였다.

가슴이 뭉클했다.

'그래도.'

아버지가 목숨을 희생해 가며 많은 동료를 살려 냈듯이 민병구 헌터의 죽음도 헛되지 않았다.

그의 헌신적인 힐이 아니었다면 거기 있었던 헌터들은 살아서 개미굴을 빠져나오기 힘들었을 것이다.

또한 그는 죽어서까지 자신의 힘으로 다른 헌터의 생명을 살렸다.

민병구의 그림자는 점점 혈색이 돌아오는 차해인 헌터의 얼굴을 바라보며 안도했다.

진우는 동료를 생각하는 그의 진심을 느낄 수 있었다.

마침 헌화를 위해 영정이 놓인 방향으로 걸음을 옮기던 진우의 시선에 멀리 차해인의 얼굴이 들어왔다.

진우와 눈이 마주친 차해인은 움찔하며 당황했다.

'다들 같이 온 건가.'

차해인 주변의 한국팀 헌터들은 진우에게 눈인사를 보내오는 반면, 차해인은 어떤 표정을 지어야 할지 모르겠다는 얼굴을 하고 있었다.

'어라, 저 여자가 저런 표정을 지을 때도 있네?'

무표정한 얼굴 말고는 본 적이 없는 것 같은데, 역시 사람은 오래 살고 볼 일이었다.

고개를 돌린 진우가 영정 앞에 섰다.

사진 속의 민병구 헌터는 근심 하나 없는 얼굴로 활짝 웃고 있었다. 손에 쥔 꽃을 영정 앞에 놓은 진우가 잠시 눈을 감았다.

'부디 좋은 곳으로 가시기를.'

그렇게 명복을 빌어 주고는 돌아서서 나오는데, 낯익은 얼굴 하나가 가까이 다가왔다.

"성진우 헌터님."

낮고 굵은 목소리의 주인은 고건희 협회장이었다.

"협회장님."

"그렇지 않아도 연락을 드리려고 했었는데, 여기서 뵙는군요."

"제게 연락을요?"

협회에서 헌터를 찾는 일이야 뻔할 뻔자다.

레벨을 올릴 곳이 생길지도 모른다는 생각에 진우가 기대를 띤 눈빛을 보내자, 고건희는 허허 웃으며 안타깝게 고개를 가로저었다.

"헌터님께서 원하시는 그런 용무는 아닙니다."

"아, 예."

좋다 말았네.

진우는 아쉬움에 속으로 입맛을 다셨다.

"해서 잠깐 이야기를 나누고 싶은데, 괜찮으시겠습니까?"

안 그래도 길드 마스터 면허 문제로 협회에도 들를 예정이었던 진우는 쉽게 승낙했다.

"협회에 볼일도 있고 하니 가서 말씀하시죠."

"헌터님께서 협회에 볼일이라니…… 무슨 일이십니까?"

"길드 마스터 면허가 필요해서요."

"예?"

고건희의 얼굴에 물음표가 떠올랐다.

"S급 헌터증을 가지신 분이 왜 길드 마스터 면허를 필요로 하십니까?"

"S급 헌터는 면허 없이 길드 설립이 가능합니까?"

"그렇지요."

고건희는 사람 좋은 미소를 지으며 말을 이었다.

"길드를 만들고 싶으시다면 협회에 전화 한 통만 넣어 주시면 됩니다. 나머지는 저희가 다 알아서 해 드리겠습니다."

"……."

불과 반년 전까지만 해도 본인이 속하리라고는 꿈도 꾸지 못했던 등급이라, 진우는 S급 헌터들이 받는 혜택을 과소평가하고 있었다.

몰랐던 사실을 알게 되어 처음엔 좀 당황스럽기도 했지만.

'결과적으로는 잘된 일이네. 이참에 S급 헌터의 혜택을 좀 알아봐야겠다.'

그것도 고건희 협회장과 다이렉트로 연락이 가능하니, 자격 요건만 갖추면 길드는 금방 만들어질 듯했다.

이래서 성공하려면 줄을 잘 서야 한다고 하던가.

남들은 한 번 만나 보기도 힘든 헌터협회장이 진우에게는 어느새 든든한 백이 되어 있었다.

고건희가 말을 이어갔다.

"그리고 자리를 옮겨야 할 만큼 긴 얘기도 아닙니다."

진우는 고개를 끄덕였다.

그러자 고건희 협회장이 기다렸다는 듯 물었다.

"혹시 제주도에 결계 같은 것을 걸어 두셨습니까?"

"그게 무슨 말씀이시죠?"

갑자기 결계 마법이라니.

자신이 개미들을 다 처리하고 제주도에서 떠난 후 무슨 일이 생기기라도 했던 걸까?

고건희는 차분히 상황을 설명했다.

"민병구 헌터의 시신을 수습하는 과정에서 같은 장소에 있던 군인들과 헌터들 모두가 정신을 잃는 사고가 발생했었습니다. 아, 이 경우에는 정신을 잃었다기보다는 잠에 빠졌다는 표현이 맞겠군요."

같은 장소에 있었던 이들이 동시에 잠들었다?

진우는 고개를 갸웃했다.

'듣기로는 상태이상 광역 마법 같은데.'

악마왕 바란의 번개 공격에 갇힌 그림자 병사들이 일제히 스턴에 걸렸던 것처럼.

그런데 문제는 거기 있던 헌터들이 평범한 헌터가 아니라는 사실이었다.

"제주도에는 기사단 길드의 정예 멤버들이 가지 않았습니까?"

진우의 질문에 고건희는 고개를 끄덕였다.

"전부 A급 중에서도 상위권에 속하는 헌터들이나 A급에 가까운 B급 헌터들이었지요."

그만한 헌터들을 하나도 아니고 수십씩이나 동시에 잠재우다니. 어지간한 S급 마법 계열도 시도는커녕 엄두도 내지 못할 일이었다.

"그래서 혹시나 성진우 헌터님께 여쭈어 본 겁니다. 결계를 쳤던 걸 잠깐 깜박하셨던 게 아닐까 하고."

그만큼 진우가 고건희나 헌터협회에게 높은 평가를 받고 있다는 이야기였다.

하지만 상태이상 마법 결계는 진우의 전문 분야가 아닐뿐더러, 그런 무서운 마법을 시전해 놓고 잊었을 가능성은 더더욱 없었다.

진우는 고개를 저었다.

"아니요. 그런 적은 없습니다."

"역시…… 그렇겠지요."

고건희 협회장의 얼굴에 수심이 드리웠다.

머릿속에 그리고 있던 가장 희망적인 예상이 빗나갔다는 사실을 알게 되었다.

"헌터들은 뭐라고 말하던가요?"

"그게……."

설명하기 곤란하다는 표정을 짓고 있던 고건희가 어렵게 말문을 열었다.

"군인들은 물론이거니와 헌터들까지 정신을 잃기 직전의 일을 전혀 기억하지 못하고 있습니다."

그리고 조금은 허탈한 목소리로 덧붙였다.

"사실 마법에 당한 것인지, 아닌지조차 알 수 없는 상황이지요."

"……."

일반인인 군인들만이면 모를까 신체 능력이 월등한, 그것도 A급 헌터들까지 당했다면 수면 가스같이 평범한 무기는 아닐 것이고.

'설마 개미 녀석들이 파 놓았던 함정이라도 남아 있었나?'

진우는 당장이라도 베르를 불러내 물어보고 싶었지만.

'……'

그랬다가는 영결식 장소가 피 튀기는 레이드 현장으로 변할 터였다.

지금 눈앞에 보이는 상급 헌터들 숫자만 대충 헤아려 봐도 수십은 가뿐히 넘었으니까.

물론 진우는 베르를 걱정하는 것이 아니었다. 괴물 개미를 상대해야 하는 헌터 쪽이 걱정인 거지.

그때.

협회의 직원으로 보이는 젊은 남자가 다가와 고건희 협회장에게 무언가를 속삭였다.

고건희 협회장이 안타깝다는 얼굴로 진우에게 말했다.

"손님이 예정보다 일찍 도착하셨다고 해서 먼저 가 봐야겠군요. 시간 내주셔서 감사했습니다."

"별말씀을."

짧은 작별 인사가 끝나고 고건희 협회장은 직원과 함께 빠르게 사라졌다.

협회에서의 용무가 사라진 진우도 집으로 돌아가기 위해 차를 세워 둔 장소로 걸음을 옮겼다.

그런데.

'뭐지?'

아까부터 묘한 인기척 하나가 뒤에 따라붙고 있었다.

진우는 고개를 갸웃했다.

'미행이라면 보통은 들키지 않게 노력해야 하는 게 아닌가?'

그에 앞서 정상적인 사람이라면 사실 S급 헌터를 미행할 생각조차 안 하는 것이 보통이긴 하지만.

저벅저벅.

카메라가 돌아가는 소리가 들리지 않으니 기자는 아니고, 그렇다고 기척을 숨기려고 무슨 노력을 하는 것도 아니고.

진우는 인기척이 언제까지 따라올지, 따라와서 무슨 짓을 할지 궁금해 '봉고' 앞까지 말없이 걸었다.

물론 그동안 인기척도 꾸준히 뒤를 따라왔다.

'허 참…….'

진우는 기가 막혔다.

상대의 수준이 이 정도까지 허술하면 진지하게 임할 마음도 들지 않는다는 사실을 처음 깨달았다.

그런데 진우가 봉고의 차 문을 열려고 손잡이를 잡은 순간.

"성진우 씨 되십니까?"

뒤쪽에서 목소리가 들려왔다.

진우는 이제야 본색을 드러내냐는 생각에 피식 웃으며 돌아섰다.

"네, 그렇습니다만."

상대의 얼굴을 확인하던 진우의 동공이 잠깐이지만 흔들렸다.

'외국인?'

한국어 발음이 너무 능숙해서 외국인이라고는 조금도 생각하지 못했던 까닭이었다.

깔끔함을 넘어 세련되기까지 한 정장을 갖춰 입은 서양인 청년은 자신의 금발 머리를 닮은 밝은 미소를 지었다.

"저는 이런 사람입니다."

남자는 품에서 명함을 한 장 꺼내 스윽 내밀었다.

명함에는 남자가 속한 기관명과 그의 이름, 그리고 전화번호가 큼지막하게 적혀 있었다.

[미합중국 헌터관리국, 상급 요원 애덤 화이트.]

'헌터관리국?'

미국에서 가장 끗발이 세다는 기관의 엘리트 요원께서 나한테 무슨 볼일로 찾아왔을까?

아니, 헌터관리국에서 볼일이라면 하나밖에는 없나?

진우가 고개를 들자 요원은 시원한 목소리로 자신을 소개했다.

"편하게 애덤이라고 불러 주시면 감사하겠습니다, 성진우 헌터님."

애덤 화이트.

진우는 자신의 소속을 헌터관리국이라고 밝힌 미국인 청년과 눈을 마주했다.

'…….'

그가 호감을 가지고 있다는 건 눈빛만 봐도 알 수가 있었다.

미국이 막대한 자금력을 바탕으로 전 세계 헌터들을 끌어모으고 있다는 것은 새삼스레 숨길 필요도 없는 자명한 사실.

그래서 소개가 끝난 뒤 자연스럽게 미국행 권유가 나오리라 생각했다.

한데 애덤은 전혀 예상하지 못했던 말을 꺼냈다.

"헌터님께 드리고 싶은 정보들이 있습니다."

"정보……?"

"아마도 현존하는 어느 나라, 어느 기관에서도 들을 수 없는 정보일 겁니다. 저희를 제외하면요."

진우는 고개를 갸웃했다.

그 정도의 극비 정보를 일면식도 없는 외국인 헌터에게 제공하겠다는 이유가 뭘까?

"그런 정보를 저한테 주겠다는 이유가 뭡니까?"

진우의 질문에 애덤이 싱긋 웃어 보였다.

"특정 인물들에게는 정보를 공개하는 것만으로도 저희가 얻을 수 있는 이득이 있습니다."

특정 인물들.

이번 경우에는 진우도 그 '특정 인물'의 범주에 들어간다는 소리였다.

진우는 호기심이 생겼다.

"일단 들어 보죠."

"제가 헌터님과 나눌 수 있는 대화는 여기까지입니다. 이 뒷부분은 저희 부국장님께서 이어 나가실 겁니다."

헌터관리국의 부국장.

어지간한 나라의 장관급 이상의 파워를 지닌 그가 한국까지 왔다?

'예삿일은 아니라는 소리긴 한데.'

애덤은 진우의 호기심을 자극하는 데 성공했다고 판단했는지 아껴 뒀던 본론을 꺼내었다.

"부근에 차를 대기시켜 놨습니다. 부국장님을 만나 보시겠습니까?"

하지만 어디까지나 선택권은 진우가 쥐고 있었다.

'정보라…….'

어차피 두 가지 중 하나가 아닐까.

알게 되면 이익을 볼 수 있는 소식이거나, 누군가가 나를 노리고 있다는 제보.

하지만 둘 중 어느 것도 반드시 알아야겠다는 마음이 들지는 않았다.

이익을 볼 수 있는 곳이 있어도 지금은 검은 열쇠에 집중하고 싶었고, 또 누가 적이 되어서 덤벼든다고 해도 이길 수 있다는 자신감이 있었다.

그리고 무엇보다.

'애초에 이 녀석들이 준다는 정보를 신뢰할 수 있는지도 잘 모르겠고…….'

아니면 정보를 주겠다는 말 자체가 아예 거짓일 가능성도 있었다.

상대가 가진 카드가 내게 필요할지 아닐지, 혹은 카드가 있는지

조차 확실하지 않은데, 상대방의 뜻대로 끌려다닐 필요가 있을까?

결론은 금방 나왔다.

"생각해 보고 연락드리겠습니다."

"……!"

예상하지 못했던 대화의 흐름에 애덤은 뒤통수를 얻어맞은 것 같은 충격을 느꼈다.

'아니, 헌터관리국의 부국장이 이 머나먼 곳까지 찾아와서 극비정보를 넘겨주겠다는데 그냥 무시하고 갈 길을 간다고?'

하지만 상대는 빈말로 던진 것이 아닌지 덜컥 차 문을 열었다.

애덤의 이마에 식은땀이 맺혔다.

이대로 성진우 헌터가 가 버리면 다음 기회는 언제가 될지 모른다. 아니, 아예 오지 않을 가능성도 있다.

그가 노리고 한 말인지는 알 수 없었으나, 확실히 놓치면 아쉬운 쪽은 자신들이었다.

"그럼 이만."

진우가 봉고에 올라타려고 하자 안절부절못하던 애덤이 다급하게 소리쳤다.

"자, 잠시만!"

진우의 시선이 애덤에게로 향했다.

애덤은 조금이라도 더 진우의 관심을 불러일으키기 위해서 빠르게 말을 이었다.

"업그레이더……."

"업그레이더?"

애덤이 완전히 졌다는 얼굴을 하고서 자신이 내뱉은 단어를 설명했다.

"각성자의 능력치를 올려 줄 수 있는 각성자에 대해 알고 있으십니까?"

처음부터 그렇게 나오셨어야지.

진우는 애덤 요원이, 아니 정확히는 헌터관리국의 부국장이 알려 주겠다는 정보가 정보 이상의 가치를 지니고 있음을 눈치챘다.

'각성자의 능력치를 올려 주는 각성자라…….'

드디어 진우의 마음이 동했다.

진우가 봉고에 걸치고 있던 한쪽 발을 내리고 차 문을 닫자 애덤이 안도한 나머지 긴 한숨을 내쉬었다.

"휴-."

그렇게 숙이고 있던 고개를 들자 어느새 눈앞에 진우가 서 있었다.

"지저스!"

깜짝 놀란 애덤이 급히 물러섰을 때, 진우가 기다렸다는 듯 물었다.

"이제 어디로 가면 됩니까?"

* * *

끼익.

두 사람이 탄 검은 세단이 유명한 특급 호텔 앞에 멈춰 섰다.

"여깁니다."

그러고 보니 호텔 이름이 전에 유진호에게서 받았던 메모에 적혀 있는 곳과 같았다.

'영어를 쓰는 외국인이 찾고 있다더니 이 사람들이었나?'

진우는 요원을 따라 부국장이 기다리고 있다는 방으로 올라갔다.

헌터관리국의 마이클 코너 부국장은 부하의 뒤에 서 있는 동양인 남자의 얼굴을 확인하고는 흥분을 감추지 못했다.

'좋았어!'

거래에서 가장 힘든 과정은 상대를 협상 테이블에 앉히는 것이었다.

일단 앉히기만 하면 이미 반쯤은 성공한 것이나 다름없다고나 할까?

부국장은 활짝 웃으며 진우에게 오른손을 내밀었다.

"헌터관리국 부국장 마이클 코너입니다."

영어로 말한 그의 인사말을 애덤이 유창한 한국어 실력으로 번개같이 통역해 주었다.

진우는 부국장의 손을 맞잡았다.

"헌터 성진우입니다."

간단히 소개를 끝낸 두 사람은 테이블을 사이에 두고 마주 보며 앉았다. 애덤은 앉지 않고 부국장의 옆에 가서 섰다.

"혹시 타국의 헌터 관계자와 만나신 적이 있습니까?"

부국장은 그렇게 운을 띄워 보았다.

"없습니다."

기대하고 있었던 대답이 나오자 부국장은 만족스러운 미소를 지었다.

'역시 미국보다 빠른 나라가 있을 리 없지.'

남들보다 한발 앞서 있는 공격수만이 골을 넣을 수 있는 법.

부국장은 남들보다 먼저 손에 넣은 기회를 허투루 만들 생각이 추호도 없었다.

특히나 상대는 상관에게서 무슨 수를 써서든 데려오라는 명을 받은 헌터.

애매한 화법 따위는 애초에 생각지도 않고 자리에 임했다.

"단도직입적으로 말씀드리겠습니다, 성진우 헌터님."

부국장은 비장한 얼굴로 자신 앞에 수북이 쌓여 있는 서류 더미를 진우에게 내밀었다.

스윽.

그러면서 말을 이어 갔다.

"저희 미합중국은 성진우 헌터님을 원하고 있습니다."

"이건……?"

"미국 이민 서류입니다. 원래는 처리하는 데 1년에서 2년이 걸려야 할 서류들입니다. 하지만 성진우 헌터님은 다릅니다."

부국장은 검지를 들어 보였다.

"1초."

그러고는 자신감 있는 목소리로 단언했다.

"하겠다고 한마디만 하시면 단 1초 안에 미국인이 되실 수 있으십니다. 물론 평범한 시민이 아닌, 자국의 최상급 헌터들과 완벽히 동등한 수준의 대우를 받게 되실 겁니다."

"……."

여기까지는 충분히 예상할 수 있는 수순의 대화였다.

하지만 진우가 알고 싶은 것은 '업그레이더'라는 각성자의 정보였다. 진우의 시선이 닿자 애덤은 흠칫하며 눈길을 돌렸다.

진우는 다시 부국장을 바라보며 말했다.

"저는 애덤 요원에게서 정보를 얻을 수 있다는 말을 듣고 찾아왔습니다만."

그러자 부국장이 호쾌하게 웃음을 터트렸다.

"제가 방금 드렸던 말씀과 무관한 얘기가 아닙니다."

"무슨 말씀이신지."

"헌터님이 미국의 헌터가 되어 주시겠다고 약속만 하시면, 저희는 헌터님이 가진 능력을 한 단계 더 높은 곳으로 끌어올려 드릴 겁니다."

업그레이더.

정말로 문자 그대로의 의미를 지닌 각성자인 모양이었다.

애덤 요원이 했던 말을 부국장에게 듣고서도 아직 진우는 반신반의했다.

'정말로 그런 능력을 지닌 각성자가 있단 말인가?'

그래서 확실하게 짚고 넘어가고 싶었다.

"능력을 올린다니, 그게 정말 가능한 일입니까?"

진우가 관심을 보이자 부국장은 들뜬 목소리로 말했다.

"실은 그분이 이곳에 와 있습니다."

이 자리에 다른 사람도 있다는 사실쯤은 진우도 알고 있었다.

안쪽 방의 닫힌 문틈 사이로 마력이 조금씩 흘러나오고 있었으니까.

마력의 양이 크지 않아 헌터관리국 부국장 같은 중요한 인물의 호위를 맡기에는 부족한 헌터가 아닌가 생각하고 있던 차였다.

아니나 다를까.

부국장이 지시를 내렸다.

"셀너 부인을 모시고 나오게."

딸깍.

부국장의 명령이 떨어지자마자 문이 열리며 두 명의 요원이 중년의 흑인 여성 한 사람을 데리고 나왔다.

진우는 그녀에게서 느껴지는 묘한 기운에 눈을 가늘게 떴다.

'…….'

확실히 일반적인 각성자와는 전혀 다른 분위기가 있었다.

부인이 테이블 옆에 서자 요원이 비어 있는 의자 하나를 빼냈다. 그제야 부인은 천천히 의자 끝에 엉덩이를 붙였다.

그녀는 단박에 진우를 알아보고서 흥미를 보였다.

"당신이 바로 그 영상의……."

이미 성진우에 관한 자료는 부인에게 충분히 제공된 상태였기 때문에, 부국장은 진우에게만 부인을 소개했다.

"이쪽은 노마 셀너 부인. 전 세계에 단 한 명, 각성자들의 능력을 한계치 이상으로 올려 줄 수 있는 유일한 각성자입니다."

소개가 끝나자 셀너 부인은 진우에게 가볍게 눈인사를 보냈다.

진우도 마찬가지로 눈인사로 답했다.

"셀너 부인. 성진우 헌터님께 본인의 능력을 간단히 설명해 주시지요."

부인은 아직도 의심의 눈빛을 보내고 있는 진우를 바라보며 장난기 어린 미소를 지어 보였다.

"모두들 처음에는 헌터님처럼 그런 눈빛을 보내지요. 하지만."

부인은 진우에게 상체를 기울이고는 속삭이듯 말했다.

"한번 경험하고 나면 다들 매달릴 수밖에 없게 된답니다."

"부인……."

부국장이 이맛살을 찌푸리자, 부인이 웃으며 손을 내저었다.

"알고 있어요, 부국장님. 중요한 분이시라는 거."

셀너 부인은 미소를 유지하면서 찬찬히 설명을 이어 나갔다.

"성진우 헌터님. 헌터님도 아시다시피 모든 각성자에게는 한계점이 존재한답니다. 누구도 한계점을 넘어설 수는 없지요."

그래서 재각성을 하지 않는 한, 각성자들의 랭크는 영원히 변하지 않는 것이다. 헌터라면 누구라도 알고 있는 상식 중의 상식이었다.

"그럼 부인께서는……."

진우가 채 묻기도 전에, 셀너 부인이 마지막에 먹으려고 아껴 둔 케이크 위의 딸기를 집어 든 아이같이 환한 표정을 지으며 말했다.

"맞아요."

진우의 눈이 커졌다.

"저는 세 단계에 걸쳐서 그 한계점을 높여 줄 수가 있답니다. 강제 재각성이라고 해야 할지, 잠재력을 끌어올린다고 해야 할지는 모르겠지만요."

굉장한 능력!

그녀의 방금 한마디는 전 세계 최상급 헌터들의 마음을 뿌리째 뒤흔들 수 있는 강력한 폭탄과도 같았다.

진우의 시선이 부국장을 향했다.

부국장은 고개를 끄덕였다.

"그녀의 말은 모두 사실입니다. 단, 그녀는 한 번 힘을 쓰고 나면 오랫동안 쉬어야 다시 능력을 쓸 수 있기 때문에, 혜택을 받을 수 있는 각성자는 1년에 서너 명을 넘지 않습니다."

"……그럼 효율은 얼마나 됩니까?"

"사람마다 다르지만 세 단계가 전부 끝나고 나면 적게는 2할에서

부터 많게는 3할까지도 힘이 성장했다고들 느끼더군요."

2할에서 3할!

이미 평균 스탯이 250에 가까워진 지금, 그 정도의 능력치가 향상된다면 평균 스탯 300을 거뜬히 넘길 수 있었다.

그야말로 어마어마한 수치였다.

만약 이들의 말에 한 치의 거짓도 없다고 가정한다면.

'능력치를 올려 주는 버프를 걸어 주는 걸까? 아니면 고정되어 있는 레벨을 올려 주는 것?'

어느 쪽이든 헌터들에게는 보물 같은 능력이라고밖에 말할 수 없었다.

그녀를 노리는 사람이 한둘이 아닐 것이라는 이야기이기도 했다.

"이런 능력이 밖으로 알려지면……."

부국장은 고개를 끄덕였다.

"그래서 부인이 저희와 계신 겁니다."

진우가 걱정하는 것을 그녀 또한 염려했고, 그녀는 고민 끝에 자신의 능력을 십분 발휘하면서도 안전을 지킬 수 있도록 헌터관리국에 들어갔다.

"저희는 부인의 안전을 책임지며 합당한 보수를 지불하고, 부인은 저희가 원하는 헌터의 능력치를 끌어올려 주시지요. 꽤 오래전부터 그런 협조적인 관계를 유지해 오고 있습니다."

부국장은 그렇게 설명을 매듭지었다. 이제 슬슬 본론으로 들어갈 때였다.

"셀너 부인의 능력. 이것이 저희가 헌터님께 드릴 수 있는 선물입니다."

"선물이라."

헌터에게 이보다 큰 선물이 존재할 수 있을까?

"헌터님께서 미합중국의 헌터가 되시면 헌터님께 가장 우선적으로 혜택을 드리겠습니다. 또한 최고의 조건으로 계약이 성사되도록 원하시는 길드를 주선해 드리겠습니다."

헌터 입장에선 도저히 거부하기 힘든 조건들이었다.

황동수가 온 국민의 손가락질을 받으면서도 과감히 미국행을 결심했던 이유를 알 수 있을 것 같았다.

미국이 제시했다던 어마어마한 금액조차 진짜 '이유'를 가리기 위한 눈속임에 불과했을 뿐.

평범한 헌터들도 눈이 뒤집혀서 덤벼들 만한 이야기인데, 최상급 헌터에게 능력을 강화시켜 줄 수 있다고 말한다면?

과연 누가 거절할 수 있을까.

하지만.

"부인에게 그런 힘이 있다는 사실을 어떻게 증명할 수 있습니까?"

그들의 말에는 아무런 증거가 없었다.

그러자 그녀가 끼어들었다.

"서두르지 말아요. 오늘은 첫 번째 단추를 풀어 주러 온 거니까."

그제야 진우는 그녀가 방금 전에 했던 말을 온전히 이해할 수 있었다.

'한번 경험하고 나면 다들 매달린다고 했었나?'

백이면 백.

그녀가 말했던 것처럼 능력을 확인한 헌터들은 전부 다 미국행을 택했다. 그녀의 자신감은 거기에서 기인하고 있었다.

부국장은 넌지시 물었다.

"그녀가 말씀하신 대로입니다. 한계점 해제에 동의하십니까?"

"아무 대가 없이 말입니까?"

"서비스라고 생각하세요, 헌터님."

셀너 부인이 진우의 손목을 가볍게 잡았다.

진우가 돌아보자 그녀는 인자한 미소를 지으며 좀 더 가까이 오라는 듯 손짓했다.

"내 눈을 들여다봐요, 자세히. 그게 첫걸음이니까."

그녀의 말이 사실일까?

진우는 헌터관리국에서 장담하는 것처럼 셀너 부인에게 정말로 그런 힘이 있는지 확인하기 위해 일단은 그녀의 지시에 따라 보기로 했다.

부국장은 의자에 등을 맡긴 채 두 사람을 바라보며 팔짱을 꼈다.

'됐어, 넘어왔어!'

게임은 끝났다.

지금 성진우 헌터는 시종일관 냉정한 표정을 유지하고 있지만, 그것도 다 여사의 능력을 직접 경험해 보기 전까지다.

첫 번째 해제가 끝나고 나면 성진우 헌터가 알아서 다음 연락을 해 올 터였다.

아니, 그가 좀 급한 성미를 지녔다면 이 자리에서 바로 이민 서류에 사인할지도 모른다.

이제 부국장의 관심사는 그다음에 있었다.

'과연 그의 한계점은 어느 정도일까?'

팔짱을 풀고서 턱을 만지작거리며, 부국장은 흥미롭게 진우를 응시했다.

그런데 그때.

"헉!"

숨을 급히 들이쉰 셀너 부인의 눈동자가 격렬히 진동하기 시작했다.

노마 셀너.

흔히 셀너 부인, 셀너 여사로 통하는 46세의 흑인 여성은 현재 헌터관리국 내에서 미국 대통령보다 높은 보호 등급을 받는 유일한 존재였다.

즉, 그녀와 대통령이 동시에 목숨의 위협을 받게 되면, 헌터관리국은 그녀를 우선해서 구한 뒤에 대통령을 생각한다는 이야기다.

어떻게 이런 일이 있을 수 있을까?

전 국장이 헌터관리국을 떠나며 현 국장에게 인수인계를 하는 과정에서, 그녀에 대해 이렇게 표현했다.

"대통령이 누가 되든 미국이 세계 최강의 헌터국이라는 입지가 흔들릴 일은 없지만, 그녀가 사라지고 나면 미국은 당장 외곽의 소도시에 생겨나는 게이트부터 걱정해야 할 것이다."

그렇다.

그녀가 세계의 S급 헌터들을 한데 모아 준 덕분에, 미국 국민들은 그 넓은 땅덩이에도 불구하고 상급 게이트가 어디에 생기든 신경 쓰는 일 없이 두 발 뻗고 잠자리에 들 수 있었다.

그녀의 손에 이끌려 국적을 옮긴 최상급 헌터들의 수만 26명.

헌터 강국이라 불리는 어지간한 나라들의 S급 숫자보다 많았으며, 헌터관리국에서 특별 선별해 접촉하는 까닭에 질 또한 매우 우수했다.

그러니 셀너 부인은 수면 아래에서 미국을 지켜 주는 수호신이라 할 수 있는 존재였다.

아무리 S급 헌터들의 지위가 높고 대접이 좋다고 해도 셀너 부인보다 우선될 수는 없었다.

그녀의 존재 자체가 대통령도 함부로 접근할 수 없는 절대적 기밀로 분류.

당연히 그녀를 만날 수 있는 S급 헌터들도 헌터관리국의 까다로운 기준에 의해 추려졌다.

애덤 화이트 요원이 언급했던 특정 인물들.

"특정 인물들에게는 정보를 공개하는 것만으로도 저희가 얻을 수 있는 이득이 있습니다."

그 특정 인물들의 범주에 들어가는 것이 얼마나 대단한 일인지, 진우를 포함한 대다수의 S급 헌터들은 처음에는 알지 못했다.

그러나 셀너 부인에 의해 한계점이 깨지고 나면 그제야 비로소 자각하게 된다.

자신이 누구에게 선택을 받았으며, 그게 어떤 의미인가 하는 사실을!

어떤 헌터는 온몸에 넘쳐 나는 힘에 감동한 나머지 그녀 앞에 무릎 꿇고 감사의 눈물을 흘렸다고 한다.

그리고 다음 날, 그의 국적은 콩고에서 미합중국으로 바뀌었다.

'늘 그래 왔었지.'

그래서 마이클 코너, 현 헌터관리국의 부국장은 한 치도 의심하지 않았다.

성진우 헌터도 다른 헌터들과 마찬가지로 경악에 가득 찬 감탄성을 내지르며 신을 찾게 될 거라고.

매달린다.

그만큼 적절한 표현이 또 있을까?

조금의 의심도 없이 그렇게 확신하고 있었다.

한데 경악에 가득 찬 소리는 다른 사람의 입에서 나왔다.

"으아아악!"

한참 진우의 눈을 들여다보던 셀너 부인이 못 볼 것이라도 본 사람처럼 비명을 지르며 나자빠졌다.

그 즉시 그녀를 호위하던 두 요원이 품속에서 총을 꺼내 진우를 겨누었다.

"그만! 자네들 미쳤나!"

요원들의 만용을 목격한 부국장이 기겁하며 소리쳤다.

벌떡 일어선 부국장은 요원들의 총을 양손으로 내리누르며 욕설이 섞인 고성을 내질렀다.

"지금 눈앞에 있는 분이 누군지 몰라서 이따위 물건을!"

"하지만 부인이……."

"이 얼간이들이! 셀너 부인이 걱정되면 그녀를 먼저 돌보게!"

"죄, 죄송합니다."

요원들은 곧바로 총을 집어넣고서 바닥에 쓰러진 채 파르르 떨고 있는 셀너 부인을 부축했다.

그녀의 안색은 안쓰러울 정도로 파랗게 질려 있었다.

부국장은 진우에게 90도 가까이 허리를 숙였다.

"죄송합니다, 헌터님. 저희 요원들이 실례를 저질렀습니다."

여유만만하던 부국장의 목소리가 떨리고 있는 것을 보니 적잖이 놀란 모양이었다.

'아무리 부인의 안전을 최우선하도록 훈련시켰다지만 S급 헌터에게 총구를 내밀 줄이야.'

만약 상대가 불같은 성미를 지닌 헌터였다면 요원 두 사람은 물론이거니와, 관련자인 자신의 목 또한 온전하지 못했을 터였다.

총기 반입이 금지된 나라에서 최상급 헌터의 면전에 총을 들이밀었으니 어떤 변명도 입에 담을 수 없다.

셀너 부인이 비명을 지르며 넘어질 때 한 번, 두 젊은 요원이 품속에서 총을 꺼낼 때 한 번.

두 번이나 철렁했던 심장은 아직도 쿵쾅쿵쾅 시끄럽게 날뛰고 있었다.

하지만 이 상황이 당황스럽기는 진우도 마찬가지였다.

'이게 대체 무슨 일이래?'

갑자기 부인이 비명을 지르더니 쓰러지고, 헌터관리국 요원들이 총을 꺼내 겨누더니, 부국장이 길길이 날뛰며 허리 숙여 사과한다.

처음에는 황당했고, 다음은 기가 막혔으며, 마지막으로는.

"……괜찮습니다. 아직 다친 사람은 없으니까."

화낼 마음도 들지 않았다.

한 나라 최고 기관의 2인자가 먼저 나서서 부하들의 실수를 빠르게 인정하고 저리 깍듯하게 사과해 오는데, 대놓고 윽박지르는 것도 꼴사납다는 생각이 들었기 때문이다.

총을 봐도 무감각하다는 이유도 있었다. 무기가 아니라 어린애 장난감을 들이민 기분이었다.

진우와 이들의 격차는 그 정도였다.

“감사합니다, 헌터님.”

진우가 괜찮다고 말해 주고 나서야 부국장이 고개를 들었다.

부국장은 진우를 곁눈질했다. 얼굴을 보아하니 비꼬는 것은 아닌 듯했다. 정말로 다행이라는 생각이 절로 들었다.

‘만에 하나 토마스 안드레나 중국의 류즈캉 앞에서 이런 일이 있었다면…….’

자신이 채 사과를 하기도 전에 총을 꺼낸 두 사람의 심장은 이미 멈춰 있었을 터였다.

성진우 헌터가 신사적인 성격이어서 천만다행이었다.

‘휴-.’

부국장은 안도의 한숨을 내쉰 후, 콧잔등에 맺혀 있던 식은땀을 손으로 쓸어내렸다.

일단 발등에 떨어진 불은 끄는 데 성공했다.

이제 다음은 주위로 시선을 돌릴 차례.

다시 한번 진우에게 고개를 숙인 부국장은 황급히 부인의 상태를 살폈다.

“셀너 부인, 무슨 일입니까?”

“마, 마이클…….”

“부인? 땀이 이렇게…… 몸이 안 좋으십니까?”

부국장도 방금 일촉즉발의 위기에 식은땀을 잔뜩 흘렸었지만, 부인은 아예 온몸이 땀으로 흠뻑 젖어 있었다.

'무슨 일이지?'

부인의 상태가 걱정된 진우가 일어서서 다가가자 부인이 시선을 똑바로 하지 못하고 몸서리쳤다.

부국장은 아랫입술을 질끈 깨물었다.

'이 상태로는 도저히…….'

어렵게 성진우 헌터를 테이블에 앉히는 데 성공했지만, 협상을 이어 갈 중요한 카드가 사라지고 말았다.

부인이 능력을 사용할 만한 상황이 아니었다.

돌아선 부국장은 침통한 표정으로 진우에게 말했다.

"오늘은 셀너 부인의 컨디션이 좋지 않은 듯합니다. 후에 다시 연락드려도 되겠습니까?"

* * *

한편.

한국 헌터협회 협회장실에는 중요한 손님이 방문했다.

바로 일본 헌터협회의 회장 마쓰모토 시게오였다.

두 협회장이 수행원 하나 없는 방 안에서 각자의 통역만 세워 놓은 채 서로를 마주 보고 앉았다.

고건희가 먼저 입술을 뗐다.

"고토 씨 일은 들었습니다."

"안타까운 일이지요."

잠깐 씁쓸한 표정이 스쳐 지나갔던 마쓰모토의 안색이 싹 바뀌었다.

"하지만 저는 과거의 일이 아니라, 앞으로의 일을 논하러 온 겁니다."

고건희도 고개를 끄덕였다.

두 사람 사이에는, 아니 한국과 일본 사이에는 처리해야 할 문제가 몇 가지 남아 있었다.

우선은 마정석 분배.

원래는 1년 뒤 개미들이 모조리 죽고 나서 분배를 시작할 예정이었다.

하지만 지금은 진우가 개미들의 씨를 깔끔히 말려 버린 상태.

위성 카메라로 진우의 경악스러운 행각을 발견한 일본도 이 사실을 모르지 않았다.

"저, 저 인간 뭘 하려는 거지?"

"개미들이…… 성진우 근처의 개미들이 사라져 갑니다!"

"그가 부리는 소환수들이 사냥을 시작했습니다!"

"소환수들이 섬 전체로 퍼져 나갑니다."

"이거 설마……?"

설마가 사람을 잡는다더니.

순식간에 제주도에서 모든 마력의 흔적이 사라졌다.

딱 하나.

성진우 헌터의 것으로 예상되는 거대한 마력 덩어리를 빼놓고는.

'뛰어난 힘, 예측 불허의 행동력. 굳이 죽이지 않고 놔둬도 되는 마수들을 찾아다니며 처치하는 잔혹성까지.'

우리 일본에 이렇게 어울리는 헌터가 이 세상천지에 또 어디 있을까?
마쓰모토는 그때 상황실의 분위기를 떠올리며 피식 웃었다.
그리고 가져왔던 문서 몇 장을 고건희에게 내밀었다.
"이게 뭡니까?"
고건희는 문서를 받아 들며 물었다.
"일본이 제주도 마정석의 소유권을 포기하겠다는 각서입니다."
"……?"
반신반의하며 문서를 훑어 내려가던 고건희의 눈이 커졌다. 마쓰모토의 말은 사실이었다.
"어째서?"
어째서 적지 않은 타격을 입은 일본 헌터협회가 이리도 쉽게 큰 이익을 포기하려는 것일까?
답은 금방 나왔다.
"대신 성진우 씨를 저희에게 넘겨주시지요."
"허허."
고건희는 실소를 터트리며 소파에 등을 기댔다.
"아쉽지만 그는 헌터협회 소속이 아닙니다."
헌터협회 소속이라고 해도 그만한 헌터를 타국에 넘겨줄 생각은 눈곱만큼도 없지만 말이다.
"알고 있습니다."
마쓰모토는 기다렸다는 듯 말을 이었다.
"하지만 그는 헌터협회와 아주 밀접한 연관을 맺고 있는 데다, 지금은 협회를 통하지 않으면 그에게 연락조차 할 수 없게 되어 있지요."

아쉽게도 일본 헌터협회에는 미국 헌터관리국만큼의 정보력이 없었다.

그 말인즉슨 마쓰모토가 진우에게 연락할 방법은 헌터협회를 설득시키는 것뿐이라는 뜻이었다.

"그를 어떻게 해 달라는 소리가 아닙니다. 그와 교섭해 볼 기회를 달라는 것이지요."

"그 기회 때문에 이 천문학적인 금액을 포기하겠다는 겁니까?"

끄떡.

마쓰모토는 간단히 인정했다.

이번 일로 일본은 10명의 최상급 헌터를 잃었다.

최상급 헌터의 수급이 절실한 상황에서 레이드 희생자들에게 돌아갔어야 할 돈이 수중에 그대로 남아 있는 상태.

돈은 썩어 넘치도록 많았다.

성진우만 한 헌터를 얻는 대가라면 마정석 따윈 조금도 아깝지 않았다.

하지만.

"거절하겠습니다."

돌아오는 답변은 마쓰모토의 예상과 달랐다.

"아니, 거절하겠다니요?"

마쓰모토가 화들짝 놀랐다.

물론 자신에게는 성진우 헌터를 일본으로 반드시 데려갈 자신감이 있었지만, 고건희에게는 그저 교섭의 기회를 달라고만 말했을 뿐이다.

그런데 저쪽이 먼저 제안을 걸어찰 줄이야.

"일본에게 성진우 헌터를 뺏길까 봐 이런 기회를 마다하는 겁니까?"

"아니요."

고건희는 고개를 가로저었다.

"당신들에게는 처음부터 단 하나의 마정석도 가질 자격이 없음을 말하고 있는 겁니다."

고건희의 의미심장한 발언에 통역이 눈치를 살폈다.

"협회장님, 정말 그대로 말씀드려도 괜찮겠습니까?"

"물론이네. 한 글자도 빼먹지 말고 그대로 말하게."

통역의 말을 들은 마쓰모토의 얼굴색이 붉어졌다.

"고건희 협회장! 그게 무슨 망발이오!"

자연스레 언성 또한 높아졌다.

그때.

고건희의 입에서 천천히 일본어가 흘러나왔다.

"통역들 없이 우리 둘이서만 얘기를 나누고 싶소."

마쓰모토가 흠칫 놀라 물었다.

"당신…… 일본어를 할 수 있었나?"

"어렸을 적 아버지께서 일본에서 자그마하게 사업을 좀 하셨지. 오래전 얘기라 유창한 대화는 어렵겠지만."

끄떡.

마쓰모토의 동의하에 두 통역이 협회장실을 나갔다.

시작은 마쓰모토였다.

"우리는 당신들을 위해 S급 헌터 10명을 희생했소."

희생자 명단에는 일본 제일의 헌터 고토 류지까지 포함되어 있었다.

"당신이 내 제안을 받아들이지 않겠다면 어쩔 수 없지. 우리가 받기로 약속했던 마정석의 반에다 희생자들의 피해 보상까지 더해 한국 정부에 청구하겠소."

하지만 고건희는 코웃음 쳤다.

"마쓰모토 협회장…… 당신은 아직 당신이 우위에 서 있다고 착각하고 있구먼."

"고건희 협회장!"

마쓰모토가 눈을 부릅뜨며 자리에서 벌떡 일어섰다.

"그게 당신들을 위해 싸워 준 우리에게 할 소린가?"

흥분한 마쓰모토와 달리 고건희는 끝까지 침착했다.

"나는 계속 궁금했었소."

고건희의 차분함에 열이 식은 것인지 마쓰모토도 다시 천천히 자리에 앉았다.

그가 완전히 앉기를 기다렸던 고건희가 말을 이었다.

"어째서 국제사회에 이름 알리기 좋아하는 당신들이 레이드의 가장 핵심적인 과정이라 볼 수 있는 여왕 사냥을 우리에게 맡겼는지."

"그거야 한국은 개미 군단을 상대로 시간을 벌어 줄 자체적 역량이 없으니……."

"정 그렇게 생각했다면 일본팀을 4개 조로 나눈 것처럼 한국팀을 하나의 조로 끼워 넣고, 일본 최정예 팀이 개미굴로 들어가 여왕을 사냥하는 편이 더 생색내기에 좋지 않았겠소?"

과연.

마쓰모토의 눈빛이 달라졌다.

"……그래서 지금 하고 싶은 얘기가 뭡니까, 고건희 협회장."

어째서인지 그는 고건희라는 이름 석 자를 분명하게 언급했다.

"당신들이 철수한 타이밍…… 괴물 개미 때문이 아니라 처음부터 예정되어 있던 것은 아니오?"

"당신, 미쳤군."

"미친 건 당신들이지. 대체 우리 헌터들을 죽음으로 몰아넣고 뭘 어떻게 할 생각이었나?"

고건희의 눈매가 가늘어졌다.

그러자 마쓰모토가 크게 웃음을 터트렸다.

"하하하하!"

이윽고 그의 주머니에서 녹음기가 나왔다. 그는 고개를 절레절레 저으며 말을 이었다.

"방금 당신이 했던 발언. 여기 고스란히 다 담겼소. 아무 증거도 없이 일본 헌터들을 모욕하고 그걸 빌미로 약속했던 배분까지 미룬 죄."

마쓰모토의 입가에 음흉한 미소가 어렸다.

"국제사회의 심판을 받게 해 주지."

고건희의 발언이 담겨 있는 이 음성 파일 하나면 일본 헌터들이 작전 중 후퇴했다는 사실을 덮고도 남았다.

여론은 바뀔 것이다.

앞뒤를 가리지 않고 심증을 따랐던 고건희의 명백한 실수였다.

만약 그가 눈이 뒤집힌 나머지 자신에게 손이라도 댄다면?

더더욱 빼도 박도 못할 증거.

음성 파일은 이미 본국의 상황실 컴퓨터로 전송된 뒤였다.

하지만.

"증거? 당연히 있지."

고건희도 품속에서 우표 크기와 비슷한 사각형의 검은 물체 하나를 내놓았다.

"……?"

"성진우 헌터가 현장에서 발견해 가져온 겁니다."

심상치 않은 분위기에 마쓰모토의 태도가 조금 누그러들었다.

"뭡니까…… 이게?"

고건희는 의아해 하는 마쓰모토를 바라보며 피식 웃음을 지었다.

"당신네들의 송수신기에 달린 블랙박스. 고토 팀이 쓰고 있던 것이라고 하더군요."

순간 마쓰모토의 얼굴이 흙빛으로 변했다.

고건희는 기회를 놓치지 않고 재생기를 꺼내 메모리에서 추출한 음성 파일을 플레이했다.

딸깍.

―한국 놈들이 들어간 지 얼마나 지났지?

―잠시. 10분이 조금 안 됐답니다.

―10분이라.

―슬슬 빠질 준비를 해야겠군.

세계에서 가장 유명한 일본인 중 하나인 고토 류지의 목소리가 생생히 담겨 있었다.

고건희는 재생기를 끄고는 말했다.

"내가 왜 이 파일을 공개하지 않았는지 아시오, 마쓰모토 시게오 일본 헌터협회 협회장?"

마쓰모토는 천천히 고개를 저었다.

흙빛이 되었던 그의 얼굴색이 이제는 하얗게 질려 가고 있었다.

"승리의 여운을 즐기고 있는 국민들에게 당신네들이 한 짓으로 똥물을 끼얹는 것이 싫어서였소. 당신들이 아니라 우리들을 위해서 조금 미뤄 뒀던 거란 말이오."

마쓰모토의 손에서 녹음기가 툭 떨어졌다.

고건희가 말했다.

"이제 내가 할 말을 알고 있겠지, 마쓰모토 협회장."

고건희의 손에 들려 있던 재생기가 S급 헌터의 악력에 의해 산산조각 났다.

"이 방에서 당장 꺼지시오."

* * *

진우가 돌아가고 난 뒤, 부국장은 셀너 부인과 단둘이 방에 남았다.

"부인, 대체 어떻게 된 일입니까?"

여태까지 많은 헌터들을 보아 왔고, 셀너 부인과도 한두 번 일해 본 것이 아니지만 이런 경우는 처음이었다.

부인은 떨리는 가슴을 억누르며 가까스로 목소리를 짜냈다.

"그는 왕이에요. 그것도 아주 강력한 왕."

부국장의 눈이 커졌다.

부인이 가진 능력의 원리를 아는 사람은 국장과 부국장, 그리고 셀너 부인 본인.

단 세 사람에 불과했다.

그런 부인이 성진우 헌터를 '왕'이라 확언하고 있었다.

두근, 두근.

부국장은 다시 심장이 요동치는 것을 느꼈다.

"그럼…… 그가 국가 권력급 헌터들과 맞먹는 수준이라는 말씀이십니까?"

절레절레.

부인은 고개를 저었다.

"아니요, 그건 모르겠어요. 이런 경험은 처음이라. 그는 왕이지만, 보통 왕들과는 달라요."

"예? 좀 더 알아듣기 쉽게 설명을……."

"그를 들여다보는 동안, 그도 나를 보고 있었어요."

"그거야 다른 헌터도 항상……."

"아니요! 성진우 헌터 말고 그의 안에 있는 끝없는 어둠이 저를 보고 있었다고요!"

셀너 부인이 히스테릭하게 소리쳤다.

그러고는 희게 질린 얼굴로 몸을 부르르 떨었다.

그것은 모든 생명체가 가진 원초적인 공포.

죽음에 대한 두려움이었다.

하지만 지금 중요한 건 그것이 아니었다.

정말로 중요한 말을, 그녀는 공포에 몸을 떨면서도 간신히 떠올리는 데 성공했다.

"그리고 그는."

부국장은 다시 그녀의 말에 귀를 기울였다.

부인은 힘겹게 입술을 뗐다.

"한계점이 존재하지 않아요."

9. 가입 희망자

9. 가입 희망자

털썩.
마쓰모토가 무릎을 꿇었다.
한 단체의 장.
그것도 일본이라는 나라에서 모든 헌터들의 입장을 대표하는 자리에 앉아 있는 남자가 무릎을 꿇었다.
'…….'
지금 이 순간에도 수많은 생각들이 마쓰모토의 머릿속을 스쳐 지나갔다.
하지만 아무리 머리를 굴려도 이보다 더 나은 방법은 떠오르지 않았다.
자존심이나 체면 따위를 생각할 때가 아니었다.
이 일이 새어 나가면 여파는 자신의 자리가 날아가는 것만으로는 끝나지 않는다.

"고건희 협회장…… 부디 용서해 주시오."

하지만 고건희 협회장의 눈빛은 냉랭했다.

증거가 드러나지 않았을 때는 큰소리치다가, 상황이 불리하다 싶으니 곧바로 꼬리를 내린다.

어찌 곱게 볼 수 있을까?

"일어나시오."

고건희 협회장이 차가운 목소리로 무의미한 사과를 그만둘 것을 종용했으나, 마쓰모토는 막무가내로 이마를 바닥에 찍었다.

쿵! 쿵!

"우리 일본은 최상급 헌터 전력의 반 이상을 잃어 앞으로 국제사회의 도움이 절실하게 되었습니다."

일본의 헌터 시스템이 뛰어나다고 해도 S급의 반이 사라진 현재, 언제가 됐건 구멍은 생길 수밖에 없는 일이었다.

A급 게이트까지야 지금 있는 헌터들만으로도 문제가 없겠지만…….

S급 게이트가 생성되는 순간 일본도 방심할 수 없게 된다.

어쩌면 제주도에서 일어났던 일이 일본에서 똑같이 발생하게 될지도 모른다.

"그 파일이 알려지게 되면 우리는 철저히 외면당하고 맙니다. 부탁입니다, 고건희 협회장. 죄가 없는 일본 국민들을 생각해서라도 한 번만 용서해 주시길……!"

"벌이라고 생각하시오."

고건희는 단칼에 마쓰모토의 말을 잘랐다.

"당신과 당신네 헌터들이 저지르려고 했던 범죄의 벌이라고 생각하고 달게 받으시오."

언제 터질지 모르는 폭탄을 짊어지고서 처벌의 시간을 기다리고 있어라.

그것이 고건희의 뜻이었다.

하지만 마쓰모토는 바닥에 붙인 이마를 떼지 않았다.

"고건희 협회장…… 당신의 노여움이 풀릴 때까지 일어나지 않겠습니다. 제발, 제발 다시 한번 고려를!"

"그럼 어쩔 수 없군."

고건희는 불쾌하다는 표정으로 휴대폰을 꺼내 들었다.

"5분 주겠소."

이게 무슨 말일까?

궁금함을 이기지 못한 마쓰모토가 고개를 들고 고건희를 올려다보았다.

고건희는 폰을 흔들었다.

"5분 안에 나가지 않으면 이 전화에 등록된 모든 기자들에게 일제히 메시지가 갈 것이오. 일본의 헌터협회장이 내 앞에서 무릎을 꿇고 빌고 있노라고."

언제 터질지 모르는 폭탄이 무서워 발목을 붙들고 늘어지겠다면, 지금 바로 터트려 주겠다.

협박이 아닌 통보였다.

"그런……."

마쓰모토는 아랫입술을 깨물었다.

겨우 온정에 호소하는 것 정도로 약해질 만큼 고건희는 결단력이 부족한 사람이 아니다.

뒤늦게 그 사실을 깨달았다.

자존심까지 버린 마지막 시도가 수포로 돌아가는 순간이었다.

힘없이, 마쓰모토가 몸을 일으켰다.

그런 그를 지켜보며 고건희는 핸드폰을 내려놓았다.

비척거리는 마쓰모토에게 고건희가 말했다.

"성진우 씨에게 감사하시오."

고건희의 맹수 같은 두 눈에 안광이 번들거렸다.

"만약 괴물 개미가 아닌, 당신네들의 수작 때문에 우리 헌터가 다쳤다면 지금 당신은 이 방을 살아 나가지 못했을 테니까."

떨리는 손으로 짐을 모두 챙긴 마쓰모토는 뒤도 한 번 돌아보지 않고 도망치듯 협회 건물을 빠져나갔다.

전에 한국을 방문했을 때의 당당함은 어디서도 찾아볼 수 없었다.

"후-."

고건희는 소파에 등을 기댔다.

속이 뻥 뚫리는 기분이었다.

하지만 이대로 끝낼 생각은 없었다.

일본 헌터협회의 목숨 줄이 손안에 들어왔다고 해도 과언이 아니었다.

'죄를 지었으면 벌을 받아야지.'

고건희는 예전부터 은원 하나는 확실한 사람이었다.

그때 탁상에 올려 두었던 핸드폰이 요란하게 울렸다.

'음?'

고건희가 통화 버튼을 누르자 다급한 목소리가 흘러나왔다.

가만히 듣고 있던 고건희의 눈동자가 커졌다.

"뭐? 차도 한복판에 게이트가 생겼다고?"

그것도 평범한 공격대가 어찌해 볼 수 있는 수준이 아닌 B급의 게이트가.

"거기가 어딘가?"

빨리 대형 길드에 연락해서 공격대를 출발시키는 것이 상책이었다.

그런데.

'잠깐만.'

직원에게서 보고를 듣던 고건희의 표정이 묘해졌다.

'그곳 근처에 성진우 헌터가 길드 사무실을 잡았다고 하지 않았나?'

* * *

갑자기 정체되기 시작한 도로.

진우는 나아갈 수 없게 된 차 안에서 생각에 잠겨 있었다.

'그 아줌마, 뭔가 봤어.'

셀너 부인.

막강한 헌터들을 수없이 마주했을 여성이 눈도 제대로 마주치지 못할 정도의 두려움을 느끼고 있었다.

뭘 본 걸까?

시스템의 흔적?

시스템이 가끔 어려운 요구를 해도 그렇게 무서운 존재는 아닌데.

'내게는 무섭기는커녕 최고의 서포터지.'

하지만 그게 다른 이들의 눈에는 어떻게 비칠까?

부국장이 말했었다.

다음에 연락드려도 괜찮겠냐고.

한데 부국장이 그 말을 꺼냈을 때, 뒤쪽에서 진정하고 있던 부인에게서 끔찍한 동요가 느껴졌었다.

내가 다시 만나고 싶다고 해도 부인이 알아서 피할 것 같은 그런 거리낌을 온몸으로 나타내고 있었던 것이다.

진우는 그때 직감했다.

그녀의 능력이 자신에게는 먹히지 않는 게 아닐까. 자신은 평범한 헌터들과는 다른 부분이 많으니.

'그럼 더 이상 시간 낭비할 필요는 없겠지.'

그래서 부국장에게 다시 연락할 필요는 없을 것 같다고 정중히 거절 의사를 전하고 왔다.

굳어 버린 부국장의 얼굴이 유난히 기억에 남았다.

'근데 차는 왜 이렇게 밀려?'

차들로 꽉 막혀 있는 도로를 바라보던 진우가 눈살을 찌푸렸다.

'이래서 지하철이 편한데.'

앞에 뭔가 사고라도 난 건가, 생각이 들었을 무렵.

드드드드-

충전기에 꽂아 놨던 핸드폰이 부르르 몸을 떨었다.

진우는 발신자를 확인했다.

'협회장님?'

불과 몇 시간 전에 영결식장에 봤던 분이 또 무슨 용무로 전화까지 건 걸까?

진우는 통화 버튼을 눌렀다.

-헌터님, 고건희입니다.

협회장은 차분한 목소리로 현재 서울 도심 한가운데에서 일어나고 있는 상황을 설명해 주었다.

"예? 도로 한복판에 게이트가 생겼다고요?"

어쩐지.

일상적인 교통 체증치고는 너무 심각하게 밀리는 거 아닌가 싶었더니.

진우는 차를 돌리려고 시선을 뒤로 향했다.

그러나 뒤쪽이고 앞쪽이고 조금도 움직이기 힘들 정도로 차들이 빽빽이 들어차 있었다.

진우는 고개를 절레절레 저으며 시선을 바로 했다.

그런데 바로 그때.

극심한 체증에 밀려드는 불쾌함을 단박에 씻어 내려 줄 반가운 소리가 수화기 저편에서 들려왔다.

–저희 직원들이 측정한 결과 B급 게이트라고 하는데, 헌터님께서 처리해 주시겠습니까?

헛.

진우는 모처럼 들려오는 기쁜 소식에 웃음이 새어 나오려는 것을 가까스로 참아 냈다.

그래도 이렇게 많은 시민들이 불편을 겪고 있는 일을 기뻐해서는 안 되지. 암.

목소리를 가다듬은 진우가 조심스레 물었다.

"공략 허가도 없이 이렇게 막 들어가도 되겠습니까?"

–허허. 헌터님, 공략 허가는 어디서 나옵니까?

"협회에서 나옵니다."

–제가 누구지요?

진우는 웃음을 꾹 참고 대답했다.

"헌터협회 협회장님이시죠."

-허허. 그러니 걱정하지 말고 들어가십시오.

"그럼 잘 먹…… 아니, 감사합니다."

진우가 주먹을 불끈 쥐었다.

차에서 내려선 진우는 게이트에서 흘러나오는 마력의 흔적을 쫓아 앞으로 걸어갔다.

어차피 앞뒤 좌우가 모조리 차들로 꽉 들어차 있어 따로 주차해 둘 필요도 없었다.

"네, 여러분들이 지금 보고 계시는 검은 구멍이 바로 오늘 도심에 출현한……."

"지금 들어온 소식에 따르면 이번 게이트의 등급은 B, 길드의 개입이 필요한 상급 게이트라고 합니다."

게이트 주변에는 언제 나왔는지 기자들이 늘어서 있고, 협회 직원과 경찰이 주변을 통제하고 있다.

'흠…….'

진우가 기자들의 벽을 지나 게이트 쪽으로 다가가자 깐깐해 보이는 여직원이 앞을 막았다.

"잠깐만요! 당신 뭐예요?"

여직원은 진우의 가슴을 밀며 목에 힘을 주었다.

"여기 함부로 들어오시고 그러면 안 돼요!"

그러나 그녀의 작은 손으로는 아무리 용을 써 봤자 진우는 꿈쩍도 하지 않았다.

그제야 그녀는 눈앞에 있는 사람이 헌터, 그것도 상급 헌터라는 사실을 깨달았다.

"헌터…… 세요?"

진우는 신분증을 보여 줬다.

여직원의 눈이 커졌다.

'S, S급? 성진우?'

그렇다면 이 사람이 그 제주도에서 개미 마수들을 상대로 활약했던…….

뒤늦게 진우의 신원을 안 여직원이 고개를 들었다.

TV에서 봤을 때와 많이 다른 모습에, 협회 직원이면서도 S급 헌터를 알아보지 못했다.

하지만 수많은 사람들 중에는 눈치가 보통 이상인 이들도 존재하기 마련.

"어?"

"저 사람 혹시……?"

"성진우다!"

"성진우가 직접 게이트를 처리하려고 나왔나 봐!"

정체에 짜증 나 있던 사람들이 하나둘 진우를 알아보고 얼굴이 환해졌다.

약속이 있던 몇몇 사람들은 아주 환호성까지 내질렀다.

하지만 시민들의 반응이 어떻든 간에 여직원은 완고한 태도를 굽히지 않았다.

잠시 머뭇거리던 그녀가 물었다.

"여…… 여기는 어떻게 오셨죠?"

어떻게 오긴.

헌터가 게이트 앞에 서 있으면 볼일은 하나밖에 더 있나.

굳이 설명할 필요도 없겠다 싶어 진우는 손가락을 들어 여직원 어깨 너머의 게이트를 가리켰다.

잠깐 뒤를 돌아봤던 여직원은 뭔가 결심한 듯한 표정을 지었다.

많은 헌터들이 자신의 힘만 믿고 절차와 규정을 따르지 않다가 목숨을 잃었다.

'S급 헌터도 마찬가지겠지…….'

그런 사고를 방지하기 위해 협회가 존재하는 것이라고 누누이 배웠다.

협회가 최우선으로 여기는 것은 헌터의 안전.

특히나 상대가 S급이라는 뛰어난 인재라면 더더욱 불의의 사고를 당하게 할 수 없다고 생각한 그녀가 당차게 말했다.

"아무리 S급 헌터라도 절차를 무시하는 행동은 용납할 수 없습니다."

"……."

진우는 할 말을 잃고 우두커니 여직원의 얼굴을 내려다보았다.

이렇게 나올 줄은 몰랐다.

S급 헌터를 설득하는 데 성공했다고 믿기 시작한 여직원은 질문을 쏟아 냈다.

"공략 허가권은 얻고 오셨나요?"

진우가 고개를 젓자.

"아니, 허가권이 있다고 해도 최소 인원수를 다 채우지 않으시면 들어가실 수 없습니다."

여직원은 강경했다.

눈빛을 보아하니 악감정을 가지고 이렇게 나오는 것은 아닌 듯한

데, 원리원칙을 철저히 고집하는 스타일인 모양이었다.
진우는 뒷머리를 긁적였다.
뭐, 이러면 어쩔 수 없지.
"잠시만요."
진우가 곧바로 어디론가 전화를 걸었다. 그리고 통화가 연결되자 핸드폰을 내밀었다.
"자."
여직원이 의아해 하자 진우가 또박또박 말했다.
"받아 봐요. 당신 전화니까."
여직원은 의아한 눈초리로 물었다.
"누, 누군데요?"
"당신이 용납할 수 없을 것 같은 다른 한 사람."
엉겁결에 전화를 넘겨받은 그녀가 액정에 떠 있는 수신인의 이름 석 자를 확인하고는 눈을 동그랗게 떴다.
'고, 고건희?'
설마 진짜로 전화를 받고 있는 사람이…….
"저…… 전화 바꿨습니다."
여직원이 잔뜩 긴장한 목소리로 전화를 받자, 맞은편에서 묵직한 목소리가 흘러나왔다.
–협회장이네.
역시나.
눈동자가 흔들리던 여직원은 연신 고개를 끄덕였다.
"네. 네. 아니요. 네. 네. 그럼 말씀하신 대로 하겠습니다."
딸깍.

여직원은 풀 죽은 얼굴로 핸드폰을 다시 돌려주었다.
진우는 그녀를 지나쳐 가며 작게 말했다.
"고마워요."
"네?"
"걱정해 줘서."
"당신, 알고 있으면서……!"
진우는 빠르게 게이트 쪽으로 사라졌다.
'으…….'
약이 바짝 오른 여직원이 부들대며 진우의 등에다 대고 저주……라기보다는 악담을 빌었다.
'하느님! 저 사람, 던전에서 넘어져 발목이나 삐게 해 주세요!'
하지만 성진우 헌터는 S급 마수들이 가득했던 제주도에서도 무사히 빠져나왔던 사람이다.
'그럼 사람이 B급 던전에서 어떻게 되기야 하겠어?'
그런데 그 순간.
여기저기서 비명이 터져 나왔다.
"어? 저거 뭐야?"
"왜 빨개지는데?"
진우가 들어가고 난 뒤 게이트의 검은 막이 서서히 핏빛으로 물들기 시작했던 것이다.
레드 게이트!
무서운 이름이었다.
"아……."
여직원은 레드 게이트를 보고 망연자실했다.

'설마 내가 방금 다치라고 빌었기 때문에?'

물론 아닐 것이다.

하지만 그녀의 머릿속에서 자기 때문이라는 생각이 지워지지 않았다.

이차원과 연결된 레드 게이트가 얼마나 위험한 곳인지는 교육을 통해 잘 알고 있었다.

상급 헌터들조차 생환 가능성이 높지 않다는 이야기를 들은 적이 있었다.

'설마…….'

갑자기 최악의 상상이 떠오르자 여직원의 얼굴이 새하얗게 질려갔다.

'진짜 그 헌터님이 다치기라도 하면…….'

몇 분이나 지났을까?

자책하고 있던 그녀가 인기척을 느끼고 바닥으로 향하고 있던 시선을 들었다.

어느새 눈앞에 진우가 있었다.

"어맛!"

그녀는 귀신이라도 발견한 듯 화들짝 놀랐지만, 진우는 잠깐 그녀를 향해 씨익 웃어 주고는 지나갔다.

'…….'

여직원의 얼굴은 협회장의 전화를 받고 난 후보다 더 빨개졌다.

주위를 두리번거리던 진우가 짐칸에 감자를 가득 싣고 있는 트럭 기사에게 다가갔다.

"아저씨, 그거 한 포대만 파시지 않을래요?"

"예? 감자를요?"

진우는 고개를 저었다.

"아뇨. 포대 자루요."

* * *

가칭 '솔플' 길드의 부사장이자 영입 담당자고, 변호사이며 회계사까지 맡고 있는 유진호는 사무실 안으로 들어서는 진우를 보자 반가운 얼굴을 했다.

"오셨습니까, 형님!"

"별일 없지?"

"네, 형님. 그런데 창립 멤버 지원자 한 분이……."

"오케이. 리스트 줘 봐. 나도 한번 확인해 볼게."

아침에 했던 이야기로 지금까지 독촉하는 것을 보니 유진호도 얼른 길드를 만들고 싶어 안달이 난 모양이었다.

다행히 진우도 같은 생각이었다.

창립 멤버가 될 나머지 한 사람.

최소한 세 명의 헌터가 모여야 길드 설립 조건을 충족시킬 수 있었다.

'아무리 머릿수만 채우는 용도라고 해도 기왕이면 성실한 사람이 좋겠지. 잠깐 보고 말 사이도 아닌데.'

진우는 스스로 고개를 끄덕였다.

그런데 가만 보니 유진호의 얼굴이 어딘지 모르게 좀 어두워 보였다.

"무슨 일 있어?"

"그게…… 형님."

"응?"

"아시다시피 길드 설립에는 돈이 좀 많이 듭니다. 상급 게이트는 경매가도 단위가 다르고, 신입 헌터들 계약금도 줘야 하고, 특히 이번에 창립 멤버로 지원하신."

진우는 말을 잘랐다.

"돈은 이 정도면 될까?"

털썩.

진우는 가지고 온 감자 포대를 바닥에 놓았다.

'뭐지?'

유진호가 의아한 눈빛으로 자루를 들여다보았다.

안에는 고가의 마정석들이 잔뜩 들어 있었다.

"혀, 형님……? 이게 다 뭡니까?"

진우는 대수롭지 않게 얘기했다.

"오는 길에 게이트가 하나 보여서."

"……."

언제 나갔다고, 그사이 상급 던전이 보여서 거길 털고 마정석까지 가지고 나오셨다고?

"역시 대단하십니다, 형님!"

유진호는 더 이상 생각하는 것을 그만뒀다.

형님에게 상식의 잣대를 들이미는 짓은 가치가 없는 행동이었다.

진우는 자금을 확보해 기뻐하는 유진호를 흐뭇하게 바라보다가 회의실 쪽으로 고개를 돌렸다.

"그런데 저분은 여기 왜 와 있는 거야?"

"예? 아, 아까 말씀드리려다가……. 지금 지원자 한 분이 와 계십니다, 형님."

진우의 눈이 커졌다.

"지원자?"

"네, 형님."

"누가?"

"회의실에 계신 분 말입니다, 형님."

"본인이 그래?"

"네, 형님."

지금 무슨 소리를…….

진우는 유진호의 말이 끝나기가 무섭게 성큼성큼 걸어가 회의실 문을 열었다.

덜컹.

그러자 사무실 비품도 채 갖춰지지 않아서 유진호가 급하게 근처 편의점으로 달려가 사 온 캔 커피를 묵묵하게 홀짝이고 있는 여성이 고개를 돌렸다.

"여기는 어떻게 오셨다고요?"

진우는 황당한 얼굴로 물었다.

그러자 그를 가만히 올려다보던 차해인이 말했다.

"길드…… 가입하려고요."

제대로 들은 것이 맞나?

진우는 귀를 의심했다.

대한민국 최고 길드 부사장이자, 본인 실력 역시 최정상에 속하는 차해인이 아직 첫걸음도 제대로 떼지 못한 길드에 제 발로 들어오겠다니.

어디서 협박이라도 받고 온 것이 아니라면 이게 가당키나 한 소린가?

하지만.

'과연 누가 저 여자를 협박할 수 있을까?'

진우는 한국에서 유일하게 그녀를 협박할 만한 능력이 있는 인물을 언급해 보았다.

"혹시 협회장님의 지시입니까?"

차해인은 왜 여기서 협회장이 나오는지 전혀 이해할 수 없다는 표정을 지었다.

"그분이 왜……?"

진짜 상황을 이해하기 힘든 사람이 누군데, 정작 원인을 제공한 장본인이 저런 표정을.

'아니, 진정하자.'

분명 깜짝 놀랄 만한 소식이었고, 흥분할 수도 있는 상황이었지만 진우는 침착하게 의자를 빼내 차해인의 맞은편에 앉았다.

그리고 말없이 그녀를 응시했다.

짧은 시간의 집중.

느려지기 시작한 시간 속에서 그녀에 대한 정보가 하나하나 머릿속으로 흘러 들어왔다.

'동요하고 있다.'

박동, 호흡, 눈빛.

차해인은 태연한 척하려고 애쓰고 있었지만, 진우의 높은 감각 스탯을 속일 수는 없었다.

하지만.

뭣 때문에 그녀는 이렇게 무리까지 해 가면서 가칭 '솔플' 길드에 들어오겠다는 것일까?

진우가 물었다.

"아직 헌터스 길드와 계약 기간이 남아 있으실 텐데요?"

보통 길드와 헌터의 계약은 5년 단위로 잡는 편이었다.

차해인이 S급 판정을 받고 헌터스 길드에 들어간 것이 2년 전. 최소 단위로 가정해도 아직 3년은 더 기한이 남아 있다는 소리다.

"위약금 물어 줄 돈은 있어요."

차해인의 차분한 대답에 진우는 고개를 갸웃했다.

위약금은 대개 계약금의 두 배에서 세 배 사이.

헌터스 길드가 S급 헌터를 잡으려고 지불했을 막대한 계약금을 생각하면, 위약금 또한 무시무시할 것이라는 계산이 금방 나왔다.

현실적인 이야기를 꺼내기에 앞서 진우의 목소리가 사무적으로 변했다.

"저희 '솔플' 길드에서는 차 헌터님의 수준에 맞을 만한 계약금을 드릴 수가 없습니다."

"기, 길드 이름이 '솔플'인가요?"

"저와 부사장이 동의한 길드 이름에 무슨 문제라도?"

"……아니요."

차해인은 작은 새처럼 한숨을 가볍게 내쉬더니 말을 이었다.

"상관없어요. 계약금은 없어도 괜찮습니다."

엄청난 위약금을 물고 헌터스를 나와야 하면서 계약금 없이 계약을 맺어도 상관없다?

'무슨 꿍꿍이지?'

진우의 눈매가 가늘어졌다.

눈을 마주치는 시간이 길어지자 차해인이 더 이상 버티지 못하고 시선을 옆으로 피했다.

심장 뛰는 소리도 전보다 한층 더 빨라졌다.

진우가 귀를 쫑긋 세웠다. 예리한 청각은 그녀에게서 일어난 변화를 놓치지 않았다.

'뭔가 숨기는 게 있는 건가?'

이쯤 되자 진우는 도저히 묻지 않고 배길 수가 없었다.

"그렇게까지 해 가면서 우리 길드에 오려는 이유가 뭡니까?"

"……."

역시.

차해인은 쉽게 대답하지 못하고 입을 굳게 다물었다.

게다가 얼굴까지 붉어지는 것을 보아서는 아무래도 뭔가 숨기는 것이 있는 게 분명해 보였다.

'가만…….'

그러고 보니 이 여자, 영결식장에서 봤을 때도 평소와 좀 다르다는 생각이 들었지.

무슨 생각인지는 모르겠으나, 어쩌면 그녀의 계획은 꽤 이전부터 준비되고 있었는지도 모른다.

진우는 조용히 차해인의 대답을 기다렸다.

하지만 고개 숙인 그녀는 한참 동안 대답이 없었다.

아니, 어떻게 설명할 수 있을까?

괴물 개미에게 당해 의식을 잃고 있었을 때도 당신이 옆에 있는 것을 느낄 수 있었다고.

아무것도 없는 어둠 속으로 끝없이 가라앉아 가는 와중에서 당신의 체취를 느낀 것만으로도 더없이 편안한 기분이 되었다고.

그때의 기분을 설명할 수 있는 단어 같은 것은 세상에 없었다.

'설명한다고 해도 미쳤다는 소리만 돌아올 거야.'

후에 성진우 헌터가 정말로 거기 있었다는 사실을 알고서는 얼마나 가슴이 뛰었는지 모른다.

혼자만의 착각이 아니었다는 생각에 진심으로 안도했다.

그리고.

'만약…….'

만에 하나.

결코 죽음을 피하지 못할 상황이 찾아온다면 옆에 진우가 있어 주기를 바라는 자신을 발견할 수 있었다.

'마지막 순간까지 곁을 지켜 줬으면 좋겠어요, 라니.'

생각만 해도 뺨이 붉어지는 그런 낯 뜨거운 발언을 어떻게 입에 담을 수 있단 말인가.

소녀 감성과는 거리가 먼 차해인에겐 도저히 불가능한 일이었다.

그래서 그녀는 준비해 왔던 대답을 내놓았다.

"편하게."

고개를 들어 진우와 시선을 마주하며 뒷말을 이어 갔다.

"편하게 지내고 싶어서……."

조금 핀트가 어긋나긴 했지만 완전히 거짓말은 아니었다.

최상급 헌터가 근처에 있으면 악취에 고개를 움직이기도 힘든 반면, 진우와는 같은 공간에 있는 것만으로도 마음이 편안해졌다.

차해인이 말한 '편하게'라는 단어는 그런 의미였다.

의미의 해석은 달랐지만 진우는 차해인을 이해할 수 있었다.

그녀의 대답을 듣고서 고개를 끄덕거렸다.

헌터스 같은 대형 길드에서 빠져나와 작은 길드에서 '편하게' 활동을 이어 가고 싶다.

진우가 알기로 차해인의 나이는 스물둘에서 스물셋.

'S급 헌터가 짊어져야 할 부담감은 20대 초반 여성의 어깨에는 무겁게 느껴지겠지.'

특히 이번에 제주도에서의 일처럼 생명의 위협을 느꼈을 경우에는 더더욱.

협회 소속으로 일할 때, 모든 걸 내팽개치고 달아나고 싶었던 적이 셀 수도 없었던 진우는 그녀의 마음을 십분 이해할 수 있었다.

그러나.

'사정이 딱하기는 하다만…….'

그녀를 덜컥 받아들일 수는 없는 노릇이었다.

괜히 길드 이름을 솔플로 지으려고 했을까?

앞으로 길드 이름으로 예약한 던전들은 모두 혼자서 클리어할 예정이었다.

최소 인원수 규정이 발목을 잡는다면 유진호와 함께 C급 던전을 돌 때처럼 머릿수만 채워 줄 대타 멤버들을 구할 생각이었다.

그게 레벨업을 위해서는 가장 현명한 방법이었다.

그런데 거기에 차해인이 끼게 되면 여러모로 곤란해진다.

계약금은 그냥 넘어간다고 쳐도 돈은 줘야 생활이 가능할 게 아닌가?

굳이 데리고 있을 필요도 없는 S급 헌터를 비싼 돈 주고 모시고 있으면서, 일까지 제대로 시키지 않는 국가적 차원의 낭비를 저질러야만 하는 것이다.

하지만.

'계약금도 마다하고 길드에 들어오겠다는 S급 헌터를 마냥 거절하는 것도 수상한 일이니까.'

해서 진우는 묘안을 하나 내놓았다.

"사실 우리 길드에는 가입 테스트가 있습니다."

"예? 모집 글에는 그런 내용이 없었……."

당황하는 차해인의 말을 진우가 가로챘다.

"만들어진 지 얼마 되지 않은 규정이라 우리 부사장이 실수했나 봅니다."

테스트라는 말에 차해인의 눈빛이 진지해졌다.

"어떤 시험이죠?"

진우는 내심 놀랐다.

'이 여자, 진심인가?'

테스트를 봐야 한다고 하면 자존심 때문에라도 떨어져 나갈 줄 알았다.

그런데 차해인은 반대였다.

오히려 승부욕을 더 불태우고 있었다.

무표정한 얼굴 뒤에 숨겨진 열의가 느껴졌다.

'걸어온 싸움은 피하지 않는 타입인가?'

아니면 그냥 오기일까?

어쨌든 이렇게 된 이상 진우도 그냥 해 본 소리라며 물러설 수는 없었다.

"제가 지정해 주는 소환수를 이기는 겁니다."

빠직.

그녀의 자존심에 금이 가는 소리가 들리는 듯했다.

"……."

저에 대한 평가가 정말 그 정도밖에 되지 않는 건가요, 성진우 헌터님?

신기한 일이었다.

눈빛만 마주쳤는데 그녀의 목소리가 생생히 전해지는 것 같은 기분.

하지만 차해인은 내색하지 않고 평소처럼 차분히 물었다.

"어떤 소환수를 지정해 주실 거죠?"

"차 헌터님께는 특별히 가장 강한 놈으로 골라 드리죠."

"……좋아요."

그녀는 물러서지 않았다.

아마 그녀는 꿈에도 생각지 못했을 것이다.

진우의 소환수, 아니 그림자 군단 컬렉션에 어떤 녀석이 새로 추가되었는지.

승부욕이 강한 사람인 만큼 지면 깨끗이 물러나겠지.

진우는 그러한 판단으로 승부를 받아들였다.

"좋습니다."

"테스트는 언제죠?"

"지금."

빨리 길드를 만들어야 하는 진우 입장에서는 차해인에게 낭비할 시간이 없었다.

생각난 김에 바로.

장소는 헌터협회의 체육관.

S급 헌터에게는 협회의 체육관을 마음대로 빌릴 수 있는 권한이 있었다.

S급 헌터가 누리는 여러 가지 특혜들 중 하나였다.

"알겠어요."

차해인이 고개를 끄덕였다.

빠른 진행은 그녀 또한 바라고 있던 바였다.

두 사람은 마치 약속이라도 한 듯 동시에 일어났다.

'잠깐.'

그때 진우의 뇌리를 번뜩 스쳐 지나간 생각이 있었다.

진우는 회의실을 나가려고 손잡이를 잡은 차해인을 불러 세웠다.

"차 헌터님, 잠시만요."

"네?"

"그리로 갈 필요 없어요."

"……?"

차해인은 영문을 모르겠다는 얼굴이 되었다.

회의실의 문은 하나.

설마 창문으로 뛰어내리자는 소리는 아닐 테고.

멈춰 선 그녀에게 진우가 가까이 다가갔다.

"거기까지 쉽게 갈 방법이 있으니까."

"네?"

"그렇게 하려면 좀 붙어 있어야 하는데 괜찮죠?"

"아……."

차해인은 백윤호에게서 전해 들었던 당시의 상황을 떠올렸다.

한국팀 공대원 모두가 절체절명의 위기에 빠져 있던 순간, 성진우 헌터가 갑자기 자신의 뒤에서 나타났었다고.

'혹시 그걸 보여 주려는 걸까?'

예상했던 것 이상으로 가까워진 진우의 얼굴을 올려다보며, 그녀는 마른침을 꼴깍 삼켰다.

"실례."

진우는 그녀를 가볍게 안았다.

개미굴에서는 의식을 잃은 그녀를 안아 들고 돌아다녔었는데 이 정도 가벼운 허그쯤이야.

진우는 그렇게 대수롭지 않게 여겼지만, 차해인의 얼굴은 금세 새빨갛게 변했다.

하지만 몸부림치거나 뿌리치려고 애쓰지는 않았다.

'……좋은 냄새.'

그녀가 얼굴을 붉히는 사이, 떨어지지 않도록 그녀를 조심스레 붙잡은 진우가 마음의 준비를 끝냈다.

'좋아.'

확인해 보고 싶은 게 있었다.

이보다 더 좋은 기회는 아마도 흔치 않으리라.

"어지러울지도 몰라요."

나도 그랬으니까.

차해인은 그제야 진우의 허리를 끌어안고서 속삭이듯 대답했다.

“네.”

고개를 정면으로 들어 올린 진우가 속으로 되뇌었다.

‘그림자 교환.’

스르르.

두 사람은 소리 없이 바닥의 그림자 속으로 빨려 들어갔다.

그때 마침 이야기가 길어진다 싶어 편의점으로 달려가 다과를 사 온 유진호가 회의실 안으로 들어왔다.

“두 분 이거라도 드시면서 말씀들…….”

유진호와 눈이 마주친 하이오크 병사 하나가 무안한지 뒷머리를 긁적거렸다.

“…….”

챙그랑!

손에 들려 있던 쟁반이 떨어지며 음료수가 담긴 컵이 와장창 깨졌다.

“뭐, 뭐야!”

기겁한 유진호가 눈을 질끈 감았다 뜨자 하이오크 병사는 감쪽같이 사라져 있었다.

‘방금 분명히……!’

양쪽 눈을 비비고 고개를 절레절레 저은 뒤 다시 주변을 둘러봤지만 마수의 흔적은 찾아볼 수 없었다.

‘내가 요새 너무 쉬지를 못했나?’

헛것을 다 보고.

유진호는 고개를 갸웃거리며 안을 살펴보다가 바닥을 닦을 걸레를 찾으러 돌아섰다.

그런데 문득 떠오른 생각에 발이 저절로 멈추었다.

"형님이랑 차해인 헌터님은 어디 가신 거지?"

* * *

발밑이 꺼지며 그림자 속으로 빨려 들어갈 때, 진우는 거의 동시에 떨어지는 차해인을 보았다.

'역시나…….'

예상이 맞았다.

몇 번 '그림자 교환' 스킬을 쓰면서 혹시 이렇게 되는 것은 아닐까 생각해 왔었는데, 정답이었다.

'그림자 교환' 스킬의 정체는 게이트였다.

방금 차해인이 같이 그림자를 통과한 것으로 증명됐다.

'바닥에 생성되는 것이 입구, 좌표로 지정된 곳에는 출구.'

물론 좌표의 기준은 그림자 병사의 위치가 된다.

비록 3시간이라는 제약이 걸려 있긴 해도 스킬로 게이트를 만드는 것이 가능하다니.

마음만 먹으면 3시간에 한 번씩 지구 반대편으로 이동하는 것도 가능하지 않은가.

진우는 자기도 모르게 꼴깍 침을 삼켰다.

놀람도 잠시.

어둠에 잠겼던 시야가 금방 원래대로 돌아왔다.

어느새 두 사람은 협회 체육관 안에 있었다.

전에 이곳에 들렀을 때 급히 협회를 방문해야 할 경우를 대비해 그림자 하나를 심어 뒀었다.

팅! 팅! 팅! 팅!

두 사람의 마력을 감지한 조명 시스템이 차례대로 불을 켜 금세 체육관 내부가 환해졌다.

눈부심을 느낀 차해인이 감고 있던 눈을 떴다.

"어떻게……!"

그녀는 눈을 동그랗게 뜨고서 경악을 금치 못했다.

익숙한 공간.

체감으로는 불과 1초도 흐르지 않은 듯했는데, 눈을 떠 보니 주변 광경이 완전히 달라져 있었다.

'어떻게 이런 일이 가능한 거지?'

이런 스킬이 있다는 이야기는 한 번도 들어 본 적이 없었다.

놀란 눈빛으로 주위를 둘러보던 차해인의 시선이 진우에게로 옮겨 갔다.

"당신……."

묻고 싶은 게 가득 있는 눈치였지만, 그녀는 차마 입술을 떼지 못했다.

첫 번째 이유는 어떻게 물어야 할지 감을 잡기가 힘들다는 것이었고, 그다음 이유로는 대화를 나누기엔 거리가 너무 가까웠기 때문이었다.

"이제 안전하니까."

진우는 그녀의 손목을 가볍게 쥔 손과 허리를 감싼 팔을 풀었다.

"잡고 있지 않아도 됩니다."

끄덕끄덕.

차해인은 진우가 잡았던 손목을 문지르며 소리 없이 고개만 움직였다.

"시작하죠."

진우는 하이오크 그림자 병사가 숨어 있었을 구석에서 벗어나 체육관 중앙으로 걸음을 옮겼다.

"네."

차해인도 진우가 있는 곳으로 걸어가다가, 검을 차에 두고 왔다는 사실을 깨달았다.

직업상 필수품이라고 해도 남의 사무실을 방문하는 데 칼을 들고 들어갈 수는 없는 노릇 아닌가?

차해인이 말했다.

"무기를 차에 두고 왔는데……."

"아, 그 곡괭이요?"

"네?"

"왜, 전에 그 하이오크들이 나왔던 던전에서 들고 있으셨던."

잊고 싶었던 기억이 떠오른 차해인은 얼굴이 화끈거렸다.

"아니요, 제 무기는……."

차해인은 킥킥거리는 진우를 보고서 그제야 자기를 놀리고 있다는 사실을 알아차렸다.

"……."

붉어진 차해인의 얼굴에 진우가 손을 내저었다.

"농담이에요, 농담."

장난은 여기까지만 하고.

'그런데 진짜 어쩐다?'

이번에 불러낼 병사는 아무리 차해인이라고 해도 맨손으로 상대할 수 있는 수준이 아니었다.

당연히 병사가 이기길 원하지만, 그녀가 다치길 원하지는 않았다.

"괜찮아요."

차해인의 시선이 체육관 내부의 창고 쪽으로 향했다.

"창고에 빌릴 수 있는 무기가 있을 테니까."

'오호.'

새로운 사실을 알게 된 진우가 눈을 빛냈다.

차해인은 창고로 가더니 문의 측면에 위치한 잠금장치에 대고 헌터증을 세로로 그었다.

그러자 창고의 자동문이 스르르 열렸다.

안에는 쓸 만한 예비용 무기들이 줄지어 나열되어 있었다.

멀찍이 떨어진 곳에 서서 안을 들여다보던 진우가 헌터협회의 준비성에 내심 감탄을 터트렸다.

'협회 안에 이런 시설이 있었네.'

헌터들이 낸 그 많은 세금들이 어디 가나 했더니 다 쓰이는 곳이 있었던 것이다.

차해인은 안을 둘러보다 그중 자신이 사용하던 것과 길이가 가장 비슷한 검 하나를 들고 나왔다.

"전 준비됐어요."

"그걸로 되겠어요? 쓰던 검이 아니라 손에 잘 안 맞을 텐데."

차해인은 고개를 가로저었다.

"무기는 어떤 거라도 상관없어요. 마수들이 헌터의 무기를 따져가며 싸워 주는 것이 아니니까."

지당하신 말씀.

같은 생각을 가진 진우도 반론을 제기하지 않았다. 딱 부러지는 거 하나는 마음에 드는 여자였다.

'이제 병사를 부를 차례인가?'

준비됐다는 게 빈말이 아님을 증명이라도 하려는 것처럼, 그녀에게서 날 선 기운이 흘러나왔다.

저런 여자를 상대로 어중간한 병사를 불러냈다가는 금방 찢겨 나가고 말 터였다.

하여 진우는 자신이 꺼낼 수 있는 최고의 카드를 꺼냈다.

'나와라.'

그러자 진우의 그림자에서 작은 그림자 하나가 떨어져 나갔다. 몇 발짝 옆에서 움직임을 멈춘 그림자 위에서 검은 기사가 스르르 올라왔다.

칠흑같이 검은 갑옷과 투구.

투구의 끝에 달린, 허리까지 내려오는 빨간 깃.

그림자 군단에서 검을 가장 잘 쓰는 그림자 병사, '이그리트'였다.

'차 헌터한테는 가장 강한 놈을 불러 준다고 했지만…….'

그렇다고 베르를 불러내는 건 너무 지나치다고 생각했다.

베르는 그림자 병사가 되기 전 한국팀 멤버들 전부를 끔찍한 공포로 몰아넣었던 존재였다.

심지어 차해인은 녀석에게 공격당해 사경을 헤매기도 했다.

베르와 마주했을 때, 그녀가 받을 정신적 충격을 고려하면 선불리 녀석을 불러낼 수는 없었다.

어금니는 체육관을 태워 버릴 것 같으니까 제외.

그래서 진우는 이그리트를 택했다.

'역시 너밖에 없구나.'

이그리트의 늠름한 어깨를 보고 있자니, 선택이 틀리지 않았음을 확신할 수 있었다.

하지만.

"성진우 씨."

진우가 차해인을 돌아보았다.

"승패의 조건은 어떻게 되나요?"

듣는 이의 심장까지 얼려 버릴 것처럼 서슬 퍼런 그녀의 목소리를 듣는 순간 확신이 흔들리기 시작했다.

진우가 고민하다 말했다.

"제 소환수가 파괴되거나 차 헌터님이 항복하실 때까지 하는 걸로 하죠."

끄떡.

차해인이 고개를 움직였다.

그러고는 창고에서 꺼내 온 검을 뽑아 들었다.

어디에서나 흔히 구할 수 있는 평범한 마력검을 들고 있을 뿐인데도 불구하고, 뿜어져 나오는 박력이 대단했다.

'확실히 강해.'

진우는 느낄 수 있었다.

진심을 다하기로 작정한 차해인의 기세는 S급 헌터들 중에서도 최상급의 실력을 지닌 여자다웠다.

이그리트도 검을 빼 들었다.

양손에 하나씩 장검 두 개를 손에 든 이그리트.

이대로는 이그리트가 그녀에게 무너질지도 모른다는 예감이 진우의 머릿속을 스치고 지나갔다.

그런데 그때.

'가만…… 무기는 어떤 거라도 상관없다고 했었지?'

진우는 차해인이 방금 했던 말을 떠올리고는 미소 지으며 그녀에게 부탁했다.

"잠깐 돌아서 주실래요?"

"……?"

차해인은 고개를 갸웃거리면서도 진우가 시키는 대로 얌전히 돌아섰다.

그 틈을 타 진우는 창고에서 '악마왕의 장검'을 꺼내 이그트의 손에 들려 주었다.

'이걸로 해라.'

자신의 무기가 어떤 것이든 상관하지 않겠다는 말은, 반대로 해석하면 적의 무기가 어떤 것이든 상관하지 않겠다는 뜻.

주군에게 직접 검을 하사받은 이그리트가 감격한 나머지 무릎을 꿇으려고 했지만 진우가 급히 만류했다.

'그렇게 일일이 격식 차릴 필요 없다니까.'

아이언 녀석이 이그리트의 반만 닮았으면.

어쨌든.

준비가 끝난 진우가 다시 차해인을 돌려세웠다.

"됐어요."

돌아선 차해인은 방금 전까지 없었던, 푸른 전류로 번쩍이는 검을 든 이그리트를 볼 수 있었다.

"……."

"시작해도 되겠습니까?"

진우는 시치미를 뚝 떼고서 테스트 시작을 물었다.

"……네."

이미 한 말이 있는 차해인은 떨떠름한 얼굴로 승낙했다.

"그럼 시작."

진우의 신호와 함께 이그리트가 '악마왕의 장검'을 휘둘러 패시브 효과로 선공을 가했다.

번쩍!

한 줄기 섬광이 차해인에게 일자로 날아갔다.

잠깐 흠칫했던 차해인이 날쌘 고양이처럼 유연하게 상체를 뒤로 꺾어 번개를 피했다.

콰지직!

번개에 맞은 체육관의 벽면이 까맣게 그슬렸다.

찌릿.

몸을 바로 세운 차해인의 따가운 시선이 진우를 향했으나, 진우는 시선을 외면한 채 먼 곳을 응시하며 모르는 척했다.

'…….'

차해인은 말없이 양손으로 검을 고쳐 쥐었다.

바로 그때.

차해인의 정면에서 그녀를 쓰러뜨리라는 명을 받은 이그리트가 무서운 속도로 쇄도해 들어갔다.

그러나 그녀는 눈 하나 깜짝하지 않고 이그리트를 향해 몸을 날렸다.

* * *

본관 건물의 최상층, 협회장실.

이곳에 앉아 있으면 협회 건물들은 물론이거니와 주변 경관까지 훤히 내려다보인다.

'음?'

자신에게 올라온 보고서들을 읽어 내려가던 고건희 협회장의 시선이 문득 창가로 움직였다.

아무도 없을 체육관에 방금 불이 켜졌다.

고건희는 고개를 갸웃거리며 수화기를 들어 수행원을 찾았다.

-네, 협회장님.

"오늘 누가 체육관을 빌리기로 예약했었나?"

-확인해 본 결과 예약은 없었습니다.

"그래?"

잠시 수화기를 막고서 체육관을 바라보며 생각을 정리하던 고건희가 나직이 말했다.

"체육관 내부 CCTV 화면을 내 방으로 연결해 주겠나?"

-알겠습니다, 협회장님.

곧 화면이 연결되고, 협회장실의 한쪽 벽면 전체를 차지한 대형 TV에 성진우와 차해인이 서로를 안고 있는 모습이 나왔다.

"크험."

놀란 고건희가 헛기침을 터트렸다.

몇 번을 다시 봐도 그 두 명이 맞았다.

고건희는 고개를 갸웃했다.

'두 사람이 그런 관계였던 건가?'

하긴.

헬기 안에서 눈을 뜬 차해인 헌터가 가장 먼저 찾았던 사람도 다름 아닌 성진우 헌터였다.

'이거 내가 눈치가 없었구먼.'

고건희는 화면 속의 두 사람을 보며 흐뭇한 미소를 지었다.

두 사람 다 S급이 되자마자 정보 보호 요청을 했을 정도로 사람들 눈에 띄기 싫어하는 헌터들.

차해인 쪽도 마찬가지지만 성진우는 이미 모르는 사람이 없는 지경이 되어 버렸다.

그런 두 사람이 만나 오붓한 시간을 보내려면 폐관 시간을 넘긴 협회의 체육관 같은 장소밖에 없으리라.

요즘 젊은이들답지 않게 체육관에서 데이트라니.

이 얼마나 건전한 만남인가?

고건희는 흐뭇한 미소를 유지한 채 고개를 절레절레 저었다.

'젊음이란 좋은 게지.'

고건희는 아까 내려놓았던 수화기를 한 번 더 들었다.

"미안하지만 체육관 CCTV를 전부 꺼 줄 수 있겠나?"

—예? 하지만…….

"오늘은 점검이 있었다고 기록해 두게."

—알겠습니다, 협회장님.

고건희가 전화를 끊자마자 CCTV와 연결되어 있던 협회장실의 대형 화면도 꺼졌다.

잠깐 체육관 쪽을 바라보던 고건희는 피식 웃으며 중지됐던 서류 검토를 다시 시작했다.

그런데 그때.

쿠구궁.

컵에 담긴 물의 표면이 잔잔히 흔들리며 체육관 쪽에서 미세한 진동이 느껴졌다.

"허허."

고건희는 아예 체육관을 돌아보지도 않고서 흐뭇한 미소를 입가에 머금었다.

'역시 젊음이 좋다니까.'

* * *

'이런…….'

진우는 골치가 아파 이마를 짚었다.

아무래도 그동안 차해인의 실력을 과소평가하고 있었던 모양이었다.

'악마왕의 장검'으로 힘을 실어 줬지만 이그리트는 그녀의 실력을 감당할 수가 없었다.

이그리트의 왼팔이 잘려 나가자마자 진우는 대결을 중지시켰다.

"그만!"

비록 재생이 가능하다고 해도 병사들이 파괴되는 모습을 지켜보는 건 딱 질색이었다.

"후-."

차해인이 거친 호흡을 가다듬으며 날숨을 크게 내쉬었다.

그래도 만만한 상대는 아니었는지 그녀의 몸이 땀으로 흠뻑 젖어 있었다.

이마에 맺힌 땀방울을 가늘고 새하얀 손가락이 훔쳐 냈다.

안타까운 표정을 하고 있던 진우가 깔끔하게 패배를 인정하고서 이그리트를 거두어들였다.

"졌습니다."

스르륵.

이그리트가 그림자로 돌아갔다.

하지만 차해인은 여전히 검을 놓지 않은 채 말했다.

"아니요, 이건 무효로 해 주세요."

"……?"

뜬금없이 무효라니, 갑자기 이건 또 무슨 소리일까?

차해인이 말을 이었다.

"가장 강한 소환수를 지정해 준다고 하셨죠?"

진우와 거리를 좁혀 오던 차해인은 한 걸음 떨어진 곳에서 멈추었다.

"정말로 방금 나온 검은 기사가 가장 강한 소환수가 맞나요?"

이건 묻는 게 아니었다.

자기가 알고 있는 것을 상대에게 확인받겠다는 말투.

진우는 고개를 저었다.

차해인은 기다렸다는 듯 곧바로 대답했다.

"가장 강한 소환수를 불러 주세요. 처음부터 그리하기로 했었으니."

"다칠지도 모릅니다."

"괜찮아요. 꼭 다시 한번 싸워 보고 싶었으니까."

진우의 눈이 커졌다.

"알고 있었어요?"

끄떡끄떡.

"영상을 봤으니까요."

차해인은 진우가 나오는 레이드 영상을 몇 번이나 돌려 보았다.

거기 나오는 거대한 괴물.

입에서 불기둥을 내뿜는 괴물은 분명히 어디선가 본 기억이 있었다.

"그 A급 던전의 보스였던 하이오크 주술사였죠, 그 소환수는?"

그렇다면 이번에 그가 처치했던 괴물 개미 또한 그의 소환수가 되어 있으리라.

처음부터 그녀는 괴물 개미를 생각하고 테스트에 임했던 것이다.

'이렇게 이긴 건 의미가 없어.'

괴물 개미의 힘을 사용하는 소환수를 이기고 진우에게 자신의 가치를 인정받고 싶었다.

진우는 잠깐 고심한 끝에 고개를 끄덕였다.

'베르.'

그러자 진우의 뒤편에서 온몸이 검은 증기로 둘러싸인 그림자 병사 하나가 나타났다.

눈앞에 등장한 베르를 보고서 차해인은 본능적으로 뒤로 뛰어 물러났다.

예나 지금이나 엄청나게 흉악한 기운이었다.

진우는 핏기가 가신 그녀의 얼굴을 보고 진심으로 걱정돼서 물었다.

"정말 괜찮겠어요?"

생전보다 약해져 있다고는 해도 베르는 원래부터가 헌터들을 제거하기 위한 살인 병기로 태어난 녀석이었다.

차해인은 입을 일자로 굳게 다물고서 묵묵히 고개를 끄덕였다.

그녀를 가만히 지켜보던 베르가 진우에게 고개를 숙이고서 물었다.

'왕이시여, 이자를 어떻게 해 드리면 되겠나이까?'

차해인에게는 베르의 목소리가 들리지 않는지 베르가 말을 하고 있는데도 그녀는 별다른 반응을 보이지 않았다.

진우도 속으로 이야기했다.

'여자가 다치지 않는 선에서 쓰러뜨려라.'

'그리하겠나이다.'

한때 개미들의 왕이었던 그림자 병사가 잔뜩 긴장해 있는 여전사를 향해 돌아섰다.

꼴깍.

차해인이 마른침을 삼켰다.

마주해 있는 상대에게서 소름이 돋을 만큼 무시무시한 마력이 전해졌다.

'성진우 씨는 이런 녀석을 상대했던 거야?'

이그리트를 상대로는 눈 하나 깜짝하지 않았던 그녀가 크게 동요하고 있었다.

주군의 명을 따를 준비가 끝난 베르는 이윽고 괴성을 내질렀다.

키아아악-

베르의 손끝에서 칼날 같은 손톱이 돋아나기 시작했으나, 뒤에서 있던 진우가 베르를 향해 매서운 눈빛을 보냈다.

'……손톱은 집어넣고.'

기세등등하던 베르는 그 즉시 손톱을 집어넣었다. 진우가 녀석에게 한 번 더 명령을 되새겨 주었다.

'저 여자가 다치면 너도 곱게는 못 지낸다.'

'말씀대로 따르겠습니다.'

베르에게서 확답을 받은 진우가 드디어 대결의 시작을 알렸다.

"시작!"

베르가 먼저 움직였다.

주군의 명령은 하나.

'적이 다치지 않게 쓰러뜨려라.'

한때 종(種)의 정점에 올라서 있던 베르는 명령을 완수할 수 있는 방법을 잘 알고 있었다.

바로 이것.

-압도적인 격차를 각인시켜 전의를 상실케 한다.

팟!

이동과 동시에 차해인의 시야에서 사라진 베르는 어느새 그녀의 코앞에 서 있었다.

"……!"

차해인은 베르의 속도에 경악을 금치 못하면서도, 동물적인 감각으로 그 짧은 순간 베르를 향해 검을 날렸다.

그리고 이어진 수십 번의 검격.

하지만.

베르는 제자리에 선 채로 한 발짝도 움직이지 않은 채 모든 공격들을 피해 냈다.

불필요한 동작이 배제된, 정밀한 움직임이었다. 어찌나 빠른지 잔상이 일어날 정도였다.

그야말로 압도적인 격차.

'말도 안 돼!'

공격이 빗나갈 때마다 차해인의 눈동자가 흔들렸다.

'이 거리에서 발을 전혀 쓰지 않고도 내 공격을 다 피해 낼 수 있다고?'

또 한 번.

목을 노리고 휘두른 검을 상대는 상체를 살짝 젖히는 것만으로 가볍게 흘려보냈다.

어떤 방향에서 어떻게 변화를 주어도 상대는 어렵지 않게 공격을 피해 냈다.

'어떻게……!'

진짜 마수도 아닌, 죽은 마수의 힘을 빌렸을 뿐인 소환수가 이리 강할 수 있는 것일까?

그리고.

'이런 소환수를 자유자재로 다루는 성진우 씨는 대체…….'

막연한 공포심에 차해인의 움직임이 약간 둔해진 틈을 타, 베르는 쇄도해 오는 검을 손등으로 쳐 냈다. 그러고는 그녀의 얼굴에 아가리를 들이밀었다.

훅 불어오는 죽음의 냄새에 차해인은 경직됐다.

'끝이다.'

거대한 턱이 시야를 가득 메운 순간, 그녀는 저도 모르게 침음성을 내뱉을 수밖에 없었다.
"아!"
그러나 소환수는 턱을 다물어 머리를 부수는 대신 코앞에서 끔찍한 포효를 내질렀다.
"키에에에에에에엑!"
마력이 실린 포효에 밀려 차해인이 나가떨어졌다.
"꺅!"
진우가 눈가를 찡그렸다.
누군가가 일방적으로 당하고 있는 모습을 지켜보는 건 역시 좋은 취미가 되지 못한다.
하지만.
그녀는 쉽게 포기할 생각은 없는 듯 다시 일어서서 검을 고쳐 쥐었다.
진우가 고개를 갸웃했다.
'무슨 생각이지?'
자신이 아는 차해인은 상대와의 격차를 눈으로 확인하고서도 납득하지 못할 정도로 수준 낮은 헌터가 아니었다.
'격차를 알면서도 덤벼들 정도로 무모한 사람으로는 더더욱 보이지 않고.'
그렇다면.
혹시 지금 뭔가 노리고 있는 게 있는 걸까?
'나쁜 판단이 아니어야 할 텐데.'
베르와 연결되어 있는 진우는 녀석이 얼마나 살의를 억누르고 있는지 느낄 수 있었다.

반면 차해인은 절대적으로 불리한 입장이면서도 의지가 꺾이지 않고 있었다.

불길한 예감이 들었다.

둘을 주시하는 진우의 눈빛이 진중해졌다.

'……?'

베르는 차해인의 판단을 이해할 수 없었다.

압도적인 기량의 차이를 몇 번이나 보여 주었다.

그런데 어째서 적은 도전을 멈추지 않는가?

먹이사슬의 가장 위에 군림했었던 개미들의 왕은 한낱 먹잇감에 불과한 인간 암컷의 만용에 슬슬 불쾌감을 느끼기 시작했다.

지배자로서의 기억이 그 분노의 원천이었다.

'감히…….'

베르는 마음을 먹자마자 순식간에 차해인 앞에 도달했다.

그리고 얼굴을 내밀어 나란히 시선을 마주했다.

숨이 붙어 있는 생명체라면 눈빛만 마주해도 서로가 포식자인지, 피식자인지 알아볼 수 있다.

본능의 경고.

적의 본능을 일깨워 전의를 상실시키려는 베르의 계획이었지만, 그가 생각했던 것만큼의 효과는 없었다.

진우가 예상하고 있는 것처럼 차해인에게는 아직 마지막 카드 한 장이 남아 있었다.

스킬 '검무'.

차해인이 가장 자신 있게 쓸 수 있는 스킬.

그녀의 움직임이 마치 춤을 추는 것처럼 빨라지며 검이 화려한

곡선을 그리기 시작했다.
팟! 팟! 팟!
하지만…….
한순간의 막힘도 없이 유려하게 이어지는 공격들을 전부 다 손톱 끝으로 가뿐하게 막아 내던 베르가 결국 얼굴을 일그러뜨렸다.
'장난은 그만.'
베르는 날아오는 칼날을 맨손으로 움켜쥐고는 그대로 부숴 버렸다.
콰직!
반토막 난 검.
그러나 낙담해야 할 순간에 차해인의 눈이 차갑게 빛났다.
'기회는 한 번뿐!'
그녀는 가지고 있던 마력을 전부 다 검에 쏟아부었다.
스킬 '빛의 검'.
소모하는 마력이 워낙 커서 비장의 한 수로 쓸 수밖에 없는 기술을 그녀는 처음으로 공개했다.
찬란히 빛나는 검.
검을 부러뜨린 뒤라 방심하고 있던 베르의 품 안으로, 차해인이 뛰어들며 검을 찔러 넣었다.
진우의 눈이 커졌다.
'안 돼!'
물론 진우가 걱정하는 쪽은 베르가 아니었다.
하지만 진우의 염려에도 불구하고 금빛으로 빛나는 검은 베르의 복부를 뚫고 들어갔다.
"키에엑-!"

찰나의 시간, 베르의 사고가 빠르게 돌아갔다.

'이 여자는 적.'

내가 죽는 건 문제가 안 된다.

하지만 내가 쓰러지고 나면 이 여자의 검은 주군께 향한다.

그때.

그림자 병사들의 잠재의식 속에 위기가 닥치면 최우선으로 발동하게 되어 있는 본능이 꿈틀거리며 깨어났다.

–주군을 지켜라!

그 순간 머릿속이 하얗게 리셋되며 진우에게 받은 명령, '적이 다치지 않게 쓰러뜨려라'가 말끔히 지워졌다.

베르는 진우를 지키기 위해 악귀로 변했다.

거대하게 부풀어 오른 몸, 쇳덩이라도 자를 듯 크게 벌어진 턱, 칼날처럼 길게 솟아 나온 손톱!

"그만!"

주인의 적을 찢어 버리기 위해 준비를 완료한 베르가 날이 선 열 개의 손톱을 움직였다.

쉬익!

열 개의 칼날이 차해인의 전신을 덮치기 직전.

덥석!

가까스로 늦지 않을 수 있었다.

"……그만하라고 했지."

맨손으로 베르의 양쪽 손톱을 움켜쥔 진우가 눈을 부릅떴다.

시선을 마주한 베르가 몸을 파르르 떨었다.

복부에 박힌 검을 빼지도 않은 채 뒤로 폴짝 뛴 베르가 바닥에 납죽 엎드리고는 용서를 빌었다.

"왕, 왕이시여. 자비를……."

진우도 녀석이 무슨 생각으로 일을 저질렀는지는 알고 있었다. 주군을 지켜야 한다는 사념이 머릿속으로 들려올 정도였으니.

'…….'

잠깐 베르를 노려보던 진우가 고개를 돌렸다.

털썩.

잠깐이지만 죽음과 직면했던 차해인은 서 있을 힘도 없는지 아예 바닥에 주저앉아 버렸다.

"괜찮아요?"

진우가 다가가자 혼자 일어나려고 애쓰다가 포기한 차해인이 시선을 내리깔고 고개를 끄덕였다.

"네."

괜찮기는 무슨.

진우는 그녀를 부축해 일으켜 세워 준 뒤 물었다.

"왜 이렇게 무리하는 겁니까? 그렇게까지 해서 우리 길드에 들어올 필요는 없잖아요."

"……."

겨우 테스트였을 뿐이다.

그것도 명목상의 길드 가입 테스트지, 실은 그녀를 거절하기 위한 수단이었다.

그런 대결에서 이런 위험한 스킬까지 써 가며 승리에 집착하다니.

결코 승부욕만으로는 다 설명할 수가 없었다.

그래서.

"혹시……."

진우는 그녀의 기분이 상하지 않도록 조심스레 물었다.

"나한테 관심 있어요?"

"네?"

당황한 차해인이 뒤통수를 얻어맞은 것처럼 멍한 표정을 짓자 진우는 고개를 갸웃거렸다.

'이것도 아닌가?'

하지만.

곰곰이 생각을 정리해 보던 차해인이 이내 대답을 정정했다.

"……네. 그런 것 같아요."

* * *

미 헌터관리국 본부.

성진우 헌터 영입에 실패했다는 소식을 접한 국장의 심기는 불편했다.

그는 보고서를 받아 보는 대신 부국장을 직접 회의실로 불러냈다.

부국장은 셀너 부인과 함께 왔다.

"대체 어떻게 된 일인가?"

국장은 자리에 앉기도 전에 물었다.

셀너 부인이 동반된 영입 제의가 거절당한 것은 헌터관리국이 창립한 이래로 처음 있는 일이었다.

부국장이 어두운 얼굴로 일어서서 고개를 숙였다.

"면목이 없습니다."

"난 사과를 받으려고 자네를 부른 게 아닐세."

국장이 버튼을 누르자 유리로 되어 있던 벽에 칸막이가 쳐지고 출입구가 잠겼다.

안은 완전한 방음 상태가 되었다.

정보가 새어 나가는 것을 방지하기 위해서, 셀너 부인과 관련된 이야기는 전화나 메일을 이용하지 않는다.

그래서 국장은 아직도 한국에서 무슨 일이 일어났는지 전혀 알지 못했다.

"어서 어떻게 된 일인지나 말해 보게."

부국장이 잠깐 셀너 부인의 눈치를 살폈다.

그녀는 천천히 고개를 끄덕였다. 그제야 부국장이 닫혀 있던 입을 열었다.

"셀너 부인이 성진우 헌터를 '관찰'하셨습니다."

"그래서 어떻게 됐나?"

그녀의 능력을 알고 있는 국장에게는 부인의 '관찰' 결과는 '영입'의 성공 여부만큼이나 중요한 문제였다.

"성진우 헌터는……."

긴장으로 바짝 마른 입술을 혀끝으로 적신 부국장이 말을 이었다.

"왕들 중 한 사람이라고 합니다."

"뭐?!"

국장은 벌떡 일어났다.

셀너 부인이 '왕'이라고 표현한 헌터들은 그녀가 만난 무수한 강자들 중에서도 단 세 명뿐.

그리고 하나같이 세계를 쥐고 흔드는 자들뿐이었다.

그야말로 헌터의 정점!

거기에 성진우라는 남성이 추가된 것이다.

국장이 부인을 돌아보며 물었다.

"그럼 성진우 헌터 역시 국가 권력급 헌터 수준의 힘을 가지고 있단 말씀이십니까?"

하지만 그녀는 고개를 저었다.

"예?"

국장의 미간에 주름이 생겼다.

부국장은 국장의 마음을 이해할 수 있었다. 자신 또한 같은 대답을 듣고, 같은 반응을 했었으니까.

부인은 한숨을 내쉬었다.

"설명이…… 조금 필요할 것 같군요."

그렇게 그녀는 운을 뗐다.

"우선 두 분 다 제가 어떤 능력을 가지고 있는지는 잘 아시리라 봅니다."

국장과 부국장은 누가 먼저라고 할 것도 없이 고개를 끄덕였다.

국장이 먼저 입을 열었다.

"각성자들은 모두 저편의 힘과 연결되어 있는 존재라고 하셨지요."

부인은 각성자들의 눈을 들여다봄으로써 각성자와 저편을 잇고 있는 통로를 느낄 수 있었다.

그런데 간혹 저편에서 보내오는 힘이 너무 강대한 나머지, 눈부신 빛이 쏟아져 내려오는 것처럼 보이는 각성자들이 있다고 한다.

그들이 바로 그녀가 말하는 '왕'들이었다.

"그럼 성진우 헌터는 뭐가 다르단 말입니까?"

"그에게는 통로 같은 게 없었어요."

부인은 또다시 몸을 부르르 떨었다.

"그의 눈을 들여다보자마자 그 안에 있는 어둠이 나를 보았죠. 오, 맙소사. 그는 어둠 그 자체였습니다."

부국장이 반론했다.

"하지만 그는 헌터로 활동하며 많은 이들을 돕고 있습니다. 저는 그가 그렇게 악한 사람으로 보이지는 않습니다만……."

만약 성진우 헌터가 악독한 이였다면 총을 뽑아 들었던 부하 둘은 그 자리에서 죽었어야 이야기가 맞는다.

하지만 성진우 헌터는 대수롭지 않게 넘어가 주었다.

부인은 고개를 가로저었다.

"저는 성진우 헌터의 선악을 논하는 게 아닙니다, 부국장님."

부인의 눈빛이 단호했다.

"그의 힘이 어디에서 오는가를 말하는 겁니다."

턱밑에 손을 붙인 채 경청하던 국장이 입을 열었다.

"그가 강한 헌터라는 것은 틀림이 없겠지요?"

부인은 고개를 끄덕였다.

"성진우 헌터, 그는 어딘가로부터 힘을 빌려 오지 않아요. 통로로부터 전해져 오는 게 아닌, 본인 안에 있는 힘을 쓰니 통로에 제한을 받지 않고요. 그 말은 곧……."

"힘에 제한이 없다……."

자기도 모르게 중얼거린 부국장은 문득 부르르 떨며 전율했다. 제한 없이 뿜어져 나오는 힘이 얼마나 강할지 상상조차 할 수 없었다.

둘의 말을 들은 국장은 깊은 고민에 잠겼다. 그러고는 곧 무언가를 결심한 듯 고개를 끄덕였다.

"부인, 수고하셨습니다."

부인을 배웅한 국장은 부국장을 데리고 헌터관리국의 지하로 내려갔다.

"국장님, 어디로 가시는 겁니까?"

"지하 9층."

"거긴 기록 보관소 아닙니까?"

"문서 자료 말고도 보관하고 있는 것이 있지."

승강기 안에서 점점 밑으로 떨어지는 숫자를 보며, 국장은 말을 이었다.

"셀너 부인의 힘을 쓸 수 없다면 다른 방법을 써서라도 데려와야겠지."

젊은 나이.

막강한 힘.

셀너 부인이 말한 대로 성진우 헌터가 강대한 힘을 지니고 있다면, 그것이 빛의 힘이건 어둠의 힘이건 관계없었다.

자신을 지키기 위해 든 칼도 타인의 시선으로 보면 평범한 흉기에 지나지 않는다.

국장은 성진우라는 칼을 가지고 싶었다.

9층에 도착한 국장이 도어락을 풀면서 점점 더 안쪽으로 이동했다.

몇몇 직원들이 지나가며 인사를 보냈지만 국장은 눈길조차 주지 않았다.

"최초의 S급 게이트를 기억하나?"

"물론이지요."

미국 서부 일대를 날려 버린 최악의 던전 브레이크를 어찌 잊을 수 있을까?

미국은 막대한 보상을 걸고 전 세계 최강의 헌터들을 불러들였고, S급 게이트에서 튀어나온 보스급 마수를 잡는 데 성공했다.

하지만 살아남은 이는 다섯.

단 한 마리의 마수가 정상급 헌터 수십을 죽여 버린 것이다.

그들의 희생이 없었다면 미국이라는 국가의 존재가 위험했을 수도 있었다.

따라서 미국은 자국의 운명을 구한 그 다섯에게 국가와 동등한 자격을 부여했고, 이것이 국가 권력급이란 말의 시초가 되었다.

국장은 역사상 최악의 참사를 불러일으킨 마수의 이름을 꺼냈다.

"드래곤 카미쉬……."

마법 계열 헌터들이 말하길 '카미쉬'의 뜻은 꺼지지 않는 불꽃이라 했던가?

마지막 방에 들어가서 금고를 열자, 철저한 보안 속에 감시되고 있는 룬석 하나가 모습을 드러냈다.

부국장이 흠칫 놀랐다.

"그럼 설마 이것이……?"

"그 설마가 맞네."

국장은 룬석을 덮고 있는 강화유리 상자에 손을 얹고는 미소를 지었다.

"그 카미쉬의 사체에서 나온 룬석이지."

카미쉬 레이드가 끝난 후, 국가 권력급 헌터 두 사람이 미국에 자리를 잡았다.

이를테면 그들은 카미쉬가 가져다준 선물.

그 뒤로 미국은 참사를 반복하지 않기 위해 '헌터관리국'을 세우고 헌터들의 힘을 증진시키는 데 온 힘을 다했다.

그 뒤로 약 8년.

살아남은 국가 권력급 헌터 중에 마법 계열이 없었던 까닭에, 카미쉬의 룬석은 이 차가운 헌터관리국 지하에서 오랜 시간 주인을 기다리고 있었다.

국장은 유리 안을 들여다보며 의미심장한 미소를 지었다.

"카미쉬는 또 한 번, 값진 선물을 이 아름다운 나라에 안겨 줄 걸세."

10. 솔플 길드는 어때?

10. 솔플 길드는 어때?

"행님, 어제 게이트 뜬 거 우리한테 허가가 어렵다 카던데예?"

기사단 길드의 사장, 박종수는 출근하자마자 얼굴이 굳어졌다.

"뭐?"

부사장인 정윤태가 황급히 설명을 덧붙였다.

"협회에서 측정한 결과가 좀 높게 나왔답니더."

"S급 게이트래?"

"그건 아니고예, A급인데 최대 측정치까지 올라갔다고 하네예."

"골 때리게 됐네, 이거."

S급이 나왔다면 깔끔하게 포기할 수 있다.

S급 헌터 하나 없는 기사단이 S급 게이트를 클리어한다는 건 말이 안 되는 소리니까.

아마 제주도 레이드 때처럼 전국의 S급 헌터들을 불러 모아야 간신히 클리어할 수 있을 거다.

하지만 마력 측정 결과가 A급으로 나오면 이야기가 달라진다.

5대 길드 중 하나인 기사단이 A급 게이트 하나 제대로 처리하지 못하냐는 소리를 듣게 되는 것이다.

안 그래도 줄어든 입지가 이제 아예 찾아보기 힘들어질 수도 있었다.

"행님, 우째하실 겁니꺼?"

"글쎄다."

"우리가 손 뗀다 카믄 분명히 명성 애들이 올라갈 낀데……."

호남의 명성 길드.

박종수는 '명성'이라는 단어에 눈에 핏대를 세웠다.

"우리 앞마당에 뜬 게이트를 마동욱 입에 처넣어 주자고?"

"말이 그렇다는 얘기지예, 행님."

"내 눈에 흙이 들어가도 그렇게는 안 되겠다."

"그라믄 이거 맡으실라고예?"

잔뜩 흥분해 있던 박종수가 입을 꾹 다물었다.

당연했다.

자신의 말 한마디에 본인은 물론 공격대원들의 생사가 결정될 수도 있는 거니까.

흥분했다고 아무 말이나 내뱉을 수는 없었다.

박종수는 머리가 아파 왔다.

'우리 길드 A급 헌터들은 다른 대형 길드들과 비교해도 절대 꿀리는 수준이 아니다.'

아니, A급들의 숫자나 질적인 측면에서는 한국 최고의 길드라 일컬어지는 헌터스와 비견될 수준이었다.

단지 S급.

그 S급 한 명이 없다는 이유로 5대 길드에서 퇴출될 위기에 놓여 있는 곳이 기사단이었다.

같은 이유로 평범한 A급 게이트 정도는 기사단의 정예들만으로도 충분했다.

하지만 A급 중에서도 마력 측정값이 최상위에 속하는 게이트라면 S급이 없는 기사단 길드로선 팀원들의 위험을 감수해야 했다.

A급으로 분류된다고 해도 던전의 클리어 난이도 자체는 S급에 가까우니까.

헌터협회도 그 위험성을 알고 있기에 허가권을 내줄지, 말지 망설이는 중이라고 했다.

'…….'

박종수의 고민이 길어지자 정윤태가 조심스럽게 말했다.

"행님, 이거 만약에 레드 게이트라도 터지모 우리 진짜 다 죽는 겁니더."

"그렇겠지."

최상위 A급 게이트만 해도 벅찬데, 갑자기 그게 레드 게이트로 변한다?

생각만 해도 끔찍한 일이었다.

운이 좋다면 절반.

만약 운이 따라 주지 않는다면 본인을 포함해서 공격대 전원이 목숨을 잃게 될 수도 있었다.

'냉철하게 생각하면 이 건은 포기하는 것이 맞다.'

하지만 A급 게이트를 포기한 길드라는 소문이 퍼지는 순간, 그날로 기사단의 운명 또한 끝난다고 봐야 했다.

S급 헌터도 없고, A급 게이트도 처리하지 못하는 길드를 어떤 신인이 찾아오겠는가?

"그라믄 행님, 이거 다른 길드랑 연합해서 들어가입시더."

박종수는 고개를 가로저었다.

"혼자서 안 될 것 같으니 연합하자고 드는 거 뻔히 알고 있을 텐데 누가 굳이 손을 잡으려고 할까?"

기사단이 빠지면 오롯이 다 먹을 수 있는 A급 게이트인데 말이다.

만약 손을 잡겠다고 해도 여전히 문제였다.

'역량 부족을 광고하고 다니는 건 마찬가지니까.'

두 사람의 얼굴에 수심이 깃들었다.

그때.

"길드를 끌어들이는 게 좀 그러면 개인은 어때요?"

옆에서 들려오는 여성의 목소리에 두 사람의 고개가 돌아갔다.

기사단의 정예 공격대에서 힐을 담당하고 있는 치유 계열 A급 헌터, 정예림이었다.

힐러의 발언권은 크다.

그 힐러가 A급 랭크 보유자에 다양한 스킬까지 가지고 있다면 두 말할 필요가 없다.

하지만 이번 일에는 기사단 길드의 운명이 걸려 있는 만큼 박종수는 난감한 표정을 숨기지 못했다.

"최상위 A급 게이트에 들어갈 건데 개인이 무슨 도움이……."

박종수의 말이 끊겼다.

'아!'

말을 이어 가다 문득 한 사람이 떠올랐기 때문이다.

A급이 아니라 S급 마수를 혼자서 쓸어버리던 그 남자!

흥분을 참지 못한 박종수가 벌떡 일어났다.

'성진우 씨가 온다면!'

한국의 S급 헌터들이 전부 덤벼도 끄떡없었던 마수를 어렵지 않게 쓰러뜨린 그였다.

그가 함께해 준다면 공격대원들의 안전은 100퍼센트 보장된 것이나 다름없었다.

어디 그뿐일까?

다른 길드의 힘을 빌려 A급 게이트를 처리해야 했다는 오명도 피할 수 있었다.

'오히려 기사단의 이름값이 오르면 올랐지.'

최고의 헌터와 손잡고 레이드를 했다는 것이 길드에 누가 될 리가.

팀원들의 목숨과 기사단의 명예.

두 마리 토끼를 한 번에 다 잡을 수 있는 기막힌 방법이었다.

신이 난 박종수가 들뜬 목소리로 물었다.

"요즘 성진우 헌터님 뭐 하시지?"

처음 말을 꺼냈던 정예림도, 가만히 듣고 있던 정윤태도 고개를 저었다.

"얼마 전 도로에 생긴 게이트 하나 처리했다는 소식 말고는 조용하네요."

최근 뉴스에서 본 성진우를 떠올리던 정윤태가 핸드폰을 꺼냈다.

"제가 성진우 헌터님 연락처 한번 알아볼까예, 행님?"

"됐다, 됐다. 전화는 넣어 놔라."

"예?"

"이렇게 중요한 일을 전화 한 통으로 해결하려고 해서야 되겠냐? 직접 찾아뵙고 말씀을 드려야지."

"아하!"

정윤태가 동의하자 박종수는 웃으며 말했다.

"한번 올라가 보자."

* * *

그날 밤.

침대에 누운 차해인은 이불을 머리끝까지 뒤집어쓴 채 괴로움에 몸부림치고 있었다.

'그런 것 같아요라니, 그런 것 같아요라니!'

이래서야 고백해 버린 것이나 다름없지 않은가!

이불을 발로 마구 차던 그녀의 움직임이 멈추었다.

문득 떠오르는 생각이 있었다.

'그럼…….'

성진우 씨의 대답은 어떻게 해석해야 할까?

"그러면 길드에 들어오는 것보다 더 좋은 방법이 있지 않나요?"

일단 자리를 모면하기 위해 생각해 보겠다며 급히 일어섰지만, 그 순간을 떠올릴 때마다 괴로워져서 자꾸 사고가 정지되었다.

화끈.

다시 떠오르고 만 기억에 얼굴이 또 화끈거렸다.

몸집이 커진 소환수의 광기 어린 눈을 마주했을 때, 결코 피할 수 없는 죽음을 예감했었다.

절대적인 공포.

피식자의 운명.

이어 양쪽에서 덮쳐 오는 10개의 손톱을 보면서 차해인은 눈을 질끈 감았었다.

하지만 그때.

등 뒤에서 따스한 온기가 느껴졌다. 동시에 낯익은 향기가 그녀를 포근하게 감싸 안았다.

'아…….'

차해인은 슬며시 눈을 뜨고 뒤를 돌아보았다.

소환수의 손톱을 잡고서 버티고 있는 진우가 무서운 눈으로 소환수를 노려보고 있었다.

그 순간 가슴이 심하게 뛰었던 것은 사실이다.

그런데.

"혹시…… 나한테 관심 있어요?"

그 상황에서 그렇게 물어 오는 것은 반칙 아닌가?

'아니.'

차해인은 상념을 떨치려는 듯 빠르게 고개를 저었다.

설사 그렇게 물었다 해도 솔직하게 답해서는 안 됐다.

'이상한 여자라고 생각하게 될지도 모르니까.'

그런데.

안 된다고 생각하면서도 입이 저절로 움직이고 말았다.

성진우 헌터와 같이 있으면 마음이 편해져 그런지 평소 보이지 않던 모습을 드러내고 만다.

마치 자신이 아닌 것처럼.

'자신이 아닌 것처럼?'

묘하게 낯이 익는 그 단어들.

어디서였지?

분명 어디선가 그 비슷한 표현을 들었던 기억이 있었다.

그때.

머릿속에서 지워졌던 기억이 뇌리를 스치고 지나갔다.

"……전해 주세요."

벌떡.

차해인은 상체를 일으켰다.

'……!'

분명히 오래된 일이 아닌데도 꿈을 꾸고 일어났을 때처럼, 기억 저편으로 아련하게 사라져 있던 목소리가 떠올랐다.

"……한다고 전해 주세요."

'나는.'

차해인은 목소리의 내용과 그 주인을 기억해 내려고 애썼다.

짙은 안개에 가려진 것처럼 희미하던 기억의 형태가 점점 제 모습을 찾아갔다.

"……조심해야 한다고 전해 주세요."

'민병구 헌터와 만났었어.'

의식을 잃고서 끝을 알 수 없는 어둠 속으로 끌려 들어갈 때, 자신의 손목을 낚아챈 이가 바로 민병구 헌터였다.

평온이 깨져 불쾌했던 기분도 잠시.

민병구 헌터의 전신을 둘러싸고 있는 검은 갑옷을 보고 의아하다고 생각했던 기억이 났다.

드러나 있는 것은 얼굴뿐.

그 얼굴마저도 평소와 달리 어딘지 모르게 슬퍼 보였다.

당시의 기억이 천천히 떠오르기 시작하자 차해인은 돌연 등줄기가 서늘해짐을 느꼈다.

민병구 헌터는 울음을 참는 것 같은 얼굴로 말했다.

"성진우 헌터에게."

'성진우 헌터에게……?'

"자신이 가진 힘을 조심해야 한다고 전해 주세요."

* * *

샤워를 끝낸 진우가 욕실 거울 앞에 섰다.

'흠…….'

확실히 여기서는 괜찮아 보이기는 한다만.

그런데 정말로 차해인 같은 미녀가 자신에게 호감이 있어서 길드까지 옮기려고 했을 줄이야.

'내가 그 정도인가?'

진우는 거울을 들여다보았다.

피식, 웃음이 나왔다.

누가 일러 주지 않아도 자아도취 같은 것에 빠질 생각은 없었다.

자신 있는 부분은 한 군데뿐.

하루도 빠지지 않고 매일 반복되는 일일 퀘스트 속에서 점점 더 단단해져 가는 근육과, 시스템의 영향인지 어쩐지 전보다 훌쩍 커 버린 키가 전부였다.

결국 몸이 다라는 소리다.

얼굴은…… 글쎄, 조금 강한 눈매를 제외하면 거리에서 흔히 볼 수 있는 수준이 아닐까?

그런데 그때.

'가만.'

거울을 보던 진우의 눈빛이 진지하게 변했다.

고개를 앞으로 약간 기울이고, 좀 더 자세하게 들여다보았다.

거울 속의 진우와 현실의 진우가 한참 동안 서로를 마주 보았다.

'엇?'

진우의 눈에 이채가 어렸다.

시선이 얼굴 곳곳을 훑었다.

역시나.

달라진 게 맞았다.

크게 티가 나지는 않아도 자세히 들여다보면 발견할 수 있었던 작은 흉터, 점, 잡티 같은 것들이 어느샌가 말끔하게 사라져 있었다.

'재활의 의지 버프 효과 때문인가?'

플레이어가 되는 대가로 받았던 버프 효과 중 '손상된 신체의 모든 부위를 복구한다'라는 내용이 있었다.

석상에게 잘렸던 다리까지 재생시킬 정도의 버프였다.

자잘한 피부의 손상이 치료되는 것쯤은 이상한 일이 아닐지도 모른다.

하지만 정작 신기한 것은.

'……아무래도 좀 어려진 거 같은데?'

20대 중반의 나이.

그러나 거울 속의 자신은 그보다 두세 살쯤 어린 20대 초반으로 보였다.

놀라운 일이었다.

마력이 각성자의 노화도 어느 정도는 막아 줄 수 있다던데, 그것과 비슷한 현상인가?

'에라이…….'

남자 혼자서 거울을 뚫어져라 바라보고 있는 것도 웃긴다는 생각이 든 진우가 욕실을 빠져나왔다.

마침 여동생도 방을 나오던 참이라 남매가 거실에서 상봉했다.

진우는 씩 웃으며 진아를 불렀다.

“동생아.”

“응?”

“네가 보기엔 오빠 어때?”

“뭐가?”

“남자로서의 매력 같은 거.”

“허?”

진아가 눈살을 찌푸렸다.

“어디서 또 근거 없는 자신감을 얻고 오셨대? 내 눈엔 그냥 집구석 오빠거든?”

“오냐, 고맙다.”

진우는 피식 웃으면서 진아의 볼을 꼬집었고, 진아 역시 날카로운 하단 차기로 응수했다.

물론 아파서 폴짝 뛰어오른 건 진아 쪽이었다.

“오빠가 어떤 사람인지 그새 까먹었냐? 그 머리로 공부는 제대로 할 수 있겠어?”

“뭐래?”

입이 뾰족하게 튀어나온 진아가 눈을 흘겼다.

“이번 모의고사에서도 내가 전교 1등이거든?”

진우는 동생의 반응이 재밌어 웃음을 삼켰다.

가족이 있어서 좋은 점은 설령 내가 달라진다고 해도 항상 같은 곳에서 같은 태도로 나를 대해 준다는 거다.

진우는 젖은 머리를 수건으로 문지르며 진아를 지나쳐 갔다.

"수고."
"오빠도."
방으로 들어가려던 진우가 뭔가를 떠올리고는 뒤를 돌아보았다.
"참, 오빠가 이번에 길드를 하나 만들까 하는데."
"오!"
반색한 진아가 눈을 반짝였다.
"오빠도 이제 사장님 소리 듣는 거야?"
"잘되면."
"길드 이름은 뭐야?"
"안 그래도 그걸 한번 물어보려고."
"오! 뭔데, 뭔데?"
기대하는 눈빛을 보내 오는 동생에게 진우가 조심스레 물었다.
"솔플 길드는 어때?"
"허?"
방금 전과 같은 대답이 돌아왔지만 뉘앙스는 많이 달랐다.
아까가 장난이었다면 이번은 분명히 진심이었다.
"왜? 이상해?"
"……길드 이름을 왜 그렇게 짓는 건데?"
"혼자 움직이는 걸 좋아하니까."
"오빠답기는 한데, 오빠 길드에 붙이기엔 좀 이상하지 않아?"
"왜?"
"오빠 능력은 그 검은 옷 병사들을 불러내는 거 아니었어?"
"음."
"그거 엄밀히 말하자면 혼자 싸우는 게 아니잖아."

듣고 보니 과연.

진우는 고개를 끄덕였다.

'나한테는 그냥 스킬의 한 종류라고 해도 다른 사람들 눈에는 그렇게 안 보인다 이거지.'

일리가 있는 말이었다.

어쩌면 지금부터 평생을 함께하게 될지도 모르는 길드니까, 길드명에는 자신을 잘 표현할 수 있는 의미를 담고 싶었다.

그래서 '솔플'을 택한 것인데.

'그 의미가 잘 와닿지 않는다면 소용이 없지.'

나를 표현할 수 있는 단어라.

진우가 다시 물었다.

"아진 길드는 어때?"

"아진?"

어감을 되새겨보던 진아가 웃으며 되물었다.

"내 이름 거꾸로 한 거 같아서 정감 가기는 하네. 그런데 무슨 뜻이야?"

"나 아(我), 나아갈 진(進)."

오로지 나만이 가능한 일.

그리고 나와 함께 성장할 길드에 붙여 주고픈 이름.

"둘이 합쳐서 '내가 나아간다'는 뜻의 아진(我進)이야."

"오-."

진아는 자신이 할 수 있는 최고의 칭찬을 들려주었다.

"그건 좀 괜찮은데?"

* * *

다음 날.

길드 이름도 정해졌겠다, 진우는 사무실을 찾았다.

"길드명 말인데……."

아침부터 나와 있던 유진호가 이야기를 듣고서 활짝 웃었다.

"정말 좋습니다, 형님!"

우아하게 떠 있는 백조도 수면 아래에서는 있는 힘껏 발장구를 치고 있다고 했던가?

그만큼 유진호는 필사적이었다.

'뭐가 됐든 솔플만 아니면 돼.'

여러 번 상상해 봤다.

누군가에게 '솔플 길드의 부사장 유진호입니다'라고 소개하는 자신을.

고통스러웠다.

정확한 이유는 알 수 없지만 가슴 한쪽이 아파지곤 했다.

하지만 어떻게 하늘 같은 형님께서 고민하신 끝에 지은 이름에 토를 달 수 있겠는가?

그렇게 체념하고 받아들이려는 찰나에 기회가 온 것이다.

"형님, 길드명은 그걸로 하시죠!"

이번에야말로 진짜 파트너의 동의를 얻은 진우도 마음의 결정을 내렸다.

"그럼 길드명은 정해졌고."

그 한마디에 유진호는 속으로 쾌재를 불렀다.

진우가 턱을 만지작거리며 말했다.

“남은 건 창립 멤버 한 사람인가.”

“참, 형님.”

“응?”

“어제 차해인 헌터님은 어떻게 되신 겁니까?”

“차 헌터는 안 될 것 같다. 원하던 사람이 아니어서.”

‘컥!’

유진호는 신음을 삼켰다.

형님의 안목이 보통은 아닐 것이라고 예상했었지만 차해인 정도 되는 헌터로도 만족할 수 없으시다니.

차해인 헌터는 S급에, 젊고, 실적도 뛰어나며, 심지어 미인이기까지 했다.

어디를 봐도 떨어뜨릴 만한 구석이 없었다.

평범한 사람이 보기엔 말이다.

하지만 형님께 어디 평범이란 단어가 가당키나 하던가?

‘S급을 받고 공식적으로 참가한 첫 레이드에서 S급 마수들을 거의 혼자 쓸어버리신 형님이시니까.’

어지간한 S급 헌터로는 성에 안 차는 것도 당연하다면 당연한 이야기.

그렇다면 과연 어떤 헌터가 와야 형님을 만족시킬 수 있을까?

아직 이름도 정해지지 않은 길드에 ‘성진우’라는 이름 석 자만 보고 날아든 수백 명의 지원서가 다 부질없어지는 느낌이었다.

‘지원자 중에 차해인 헌터보다 나은 사람은 없을 텐데…….’

이러다 영원히 길드 문을 열지 못하게 되는 것은 아닌가 하는 걱정에, 유진호가 조심스레 물었다.

"저기, 형님. 그러면 어떤 사람을 구하시는 겁니까?"

"헌터 자격증 소지자에, 길드 활동에 전혀 관심이 없지만, 그럼에도 신뢰할 수 있는 사람?"

"어……?"

유진호는 그 조건에 딱 맞는 사람 한 명을 떠올랐다.

'이거 완전…….'

그때.

똑똑.

누군가 사무실 문을 두드렸다.

"누구십니까?"

유진호가 일어나 문을 열었다. 그러자 못 보던 남자 둘이 어색하게 서 있었다.

진우를 찾아 무작정 서울까지 올라온 기사단 길드의 사장 박종수와 부사장 정윤태였다.

박종수가 먼저 진우를 알아보고 환한 미소를 지었다.

"어! 계시네요."

진우가 자리에서 일어서며 물었다.

"누구시죠?"

"아, 인사가 늦었습니다."

재빠르게 다가온 박종수가 정중하게 손을 내밀었다.

"기사단 길드의 마스터인 박종수라고 합니다."

진우는 고개를 끄덕였다.

왠지 어디서 많이 본 것 같은 얼굴이더라니.

5대 길드 마스터 정도 되는 사람이면 관심이 없어도 얼굴 정도는 알아보기 마련이었다.

뉴스나 TV에 오죽 나와야지 말이다.

한데 기사단이라면 분명 부산에 거점을 둔 대형 길드인데.

소개를 들은 진우가 고개를 갸웃하며 물었다.

"그런데 기사단 분들이 여기까지는 어떻게 오셨습니까?"

"아, 그게 말입니다……."

잠깐 망설이며 정윤태와 눈빛을 교환하던 박종수가 어렵사리 말을 꺼냈다.

"이번에 저희가 A급 게이트 중에서도 좀 큰 놈을 맡게 됐는데……."

그러나 곧 그의 눈빛에서 망설임이 사라졌다.

"성진우 헌터님께도 후회 없으실 이야기입니다. 잠시만 저희에게 시간을 좀 내주시겠습니까?"

* * *

[광안리 앞바다에 나타난 초거대 게이트를 보고 두려움에 떨고 있는 시민들…….]

[헌터협회, 허가권을 두고 고민 중.]

[기사단 길드, 광안리 게이트 공략을 포기하다?]

[제주도의 악몽이 반복되는가?]

박종수는 많은 기사 중 하나를 열어 동영상을 보여 주었다.

–저거 봐, 저거. 찍고 있어?
–어, 어.
–와, 저게 말이 되냐? 게이트가 뭐 저리 커?

일반인이 찍은 것으로 추정되는 영상에는 겁에 질린 목소리들이 가득 담겨 있었다.
그도 그럴 것이, 게이트의 크기가 너무 컸다.
10층 건물을 넘어가는 높이.
시도 때도 없이 생성되는 게이트에 이제는 익숙해진 시민들조차 겁먹을 수밖에 없는 크기였다.
“게이트의 크기와 등급이 반드시 일치하는 것은 아니지만.”
박종수는 영상을 종료하고 설명을 덧붙였다.
“무식한 크기답게 마력도 어마어마하게 뿜어져 나오고 있다고 합니다.”
흥미로운 소식에 진우가 진지한 눈빛으로 물었다.
“S급으로 나왔나요?”
“측정 불가까지는 아니고 바로 그 한 단계 밑이라고 하네요. 여태까지 부산에 나타난 게이트들 중에서는 가장 크답니다.”
A급이긴 하지만 S급에 가깝다는 소리였다.
‘그 정도면 경험치를 기대해 봐도 되겠는데?’
진우의 심장이 조용히 고동치기 시작하는 것과는 다르게, 박종수는 씁쓸한 목소리로 말을 이었다.

"아까 기사에서도 보셨겠지만 협회가 저희에게 허가권을 안 내주려고 하고 있습니다."

"너무 위험하기 때문에요?"

"아시다시피 저희 기사단 길드에는 S급이 한 명도 없으니까요. 헌터협회 입장에서는 저희를 믿고 맡기기가 어렵다 이거죠."

박종수는 말하다 말고 슬쩍 진우의 눈치를 살폈다.

"혹시 아직 가입하실 길드를 구하고 계신다면 저희와……."

진우는 박종수가 말을 맺기도 전에 회의실 책상 위에 놓여 있는 파일 커버를 보여 주었다.

커버 상단에 떡하니 박혀 있는 제목이 눈에 들어왔다.

[길드 창립 멤버 지원자 명단]

박종수는 머쓱한지 뒷머리에 손을 얹고는 고개를 끄덕였다.

"아하……."

이렇게 언감생심 진우를 기사단으로 끌어들이려 했던 박종수의 시도는 수포로 돌아갔다.

그렇다면 이제 진짜 본론을 꺼낼 차례였다.

"기사단의 정예 헌터들은 헌터스와 비교해도 꿀리지 않습니다. 단지 A급들을 이끌어 줄 S급이 없을 뿐이죠."

지금까지는 잘해 왔지만 이번 레이드에서 '무슨 일'이 생길지 모른다.

그리고 염려하던 그 '무슨 일'이 생겼을 때, 반드시 필요한 존재가 최상급 헌터였다.

S급 존재 하나가 상황을 역전시킬 수 있다.

멀리서 찾을 필요도 없다.

바로 앞에.

한국팀 헌터들이 전멸을 앞둔 순간 홀연히 나타나 상황을 반전시킨 장본인이 앉아 있는데.

더욱이 직접 가까이에서 본 성진우 헌터는 같은 헌터가 봐도 정말 믿음직함 그 자체였다.

'싸인…… 부탁하면 해 줄까?'

제안을 거절당하면 사인이라도 한 장 받아 오라던 힐러 정예림의 심정도 이해가 갔다.

"제 얼굴에 뭐라도 묻었습니까?"

"아, 아닙니다."

웃으며 손사래 친 박종수가 말을 이어 갔다.

"그래서 헌터님이 저희 공격대에 합류해 주시면 저희가 이번 레이드를 맡을 수 있을 것 같습니다."

진우는 팔짱을 끼고서 의자에 등을 기댔다.

진우의 고민이 더 깊어지기 전에, 박종수가 황급히 말했다.

"물론 대우는 섭섭하지 않게 해 드리겠습니다."

그러고는 웃으며 가져온 계약서를 꺼냈다.

"이번 던전에서 얻는 수익의 20퍼센트를 드리겠습니다."

대형 길드가 일개 개인에게 던전에서 얻을 수익의 2할을 바친다.

어지간한 헌터는 꿈도 꿀 수 없는 대우였다.

보통의 대형 길드가 던전을 공략할 때 S급 헌터가 자기 몫으로 가져가는 수입은 보통 10프로 내외.

기사단은 진우에게 그 두 배의 금액을 제시했다.
박종수의 말처럼 정말 섭섭하지 않은 보수였다.
하지만 진우의 생각은 달랐다.
"50 대 50."
진우가 사인하기 쉽도록 챙겨 온 펜을 꺼내던 박종수의 손이 움찔 떨렸다.
"예?"
"저를 개인이 아니라 길드로 대우해 주시겠다면 협조해 드리죠."
진우는 딱 잘라 말했다.
수입을 반으로 나누자는 발언에 박종수의 동공에 지진이 일어났다.
'크윽……!'
하지만 그는 진우처럼 강하게 나갈 수가 없었다.
이번 레이드에 기사단 길드의 운명이 달려 있다고 봐도 과언이 아니라 할 수 있었다.
진우는 속으로 혀를 끌끌 찼다.
'그래도 20퍼센트는 아니지.'
기사단 길드의 딱한 사정을 이용해 뜯어내겠다는 심보는 아니었다.
여러모로 따져 봤을 때 가장 합리적인 배분.
그것이 50 대 50이었다.
'기사단 길드의 정예들이라고 해 봐야 그림자 병사들에 비할까?'
수적으로나, 질적으로나 비교가 안 된다. 거기다 이쪽은 S급 헌터까지 한 사람 포함되어 있다.
그 대가로 받는 것이 겨우 수입의 20퍼센트라면 무료 봉사에 가까웠다.

서로의 이익을 위한 정당한 거래에서 굳이 자신의 몫을 상대에게 넘길 필요가 있을까?

진우는 자신의 가치를 낮추고 싶지 않았다.

“그럼 40 대 60으로 하는 것이…….”

“저는 기사단 길드와 흥정하려고 하는 게 아닙니다.”

“그럼 50 대 50 말고는 생각할 여지가 없다는 뜻입니까?”

진우는 고개를 끄덕이는 것으로 대답을 대신했다.

끄응.

박종수는 생각에 잠겼다.

‘나이도 어려 보이고 인상도 친절해서 일이 쉽게 풀릴 줄 알았는데 호락호락한 상대가 아니었네.’

하긴.

그는 대한민국의 S급 헌터들을 전부 모아도 이길 수 없는 남자였다.

그만한 헌터를 공격대에 합류시키는 거다.

어쩌면 그의 요구는 무리가 아닐지도 모른다는 생각이 들었다.

‘아니야…….’

박종수는 고개를 저었다.

무리한 요구라니.

만약 상대가 독한 마음을 품었다면 50 대 50이 아니라 역으로 자신이 8할을 먹겠다고 우길 수도 있었다.

어쨌거나 아쉬운 건 자신이지 성진우 헌터가 아니니까.

이번 레이드를 포기할 경우 기사단의 손실은 이루 다 헤아릴 수 없을 정도다.

그에 반해 그가 잃을 건?

아무것도 없다.

애초에 멱살을 잡힌 채로 협상 테이블에 앉아 있는 꼴과 다름이 없었다.

그런데도 반만 가져가겠다면 매우 신사적인 요구가 아닌가?

어디 그뿐일까.

이 계약이 성사만 되면 성진우라는, 대한민국에서 가장 든든한 보험을 얻게 되는 셈이었다.

문득 어제 정윤태에게서 들었던 말이 떠올랐다.

"행님, 이거 만약에 레드 게이트라도 터지모 우리 진짜 다 죽는 겁니더."

하지만 옆에 성진우 헌터가 있다면?

성진우 헌터는 수천에 달하는 S급 마수들을 상대하면서도 눈 하나 깜짝하지 않았던 남자다.

제주도 개미들이 어떤 꼴이 되었는지 직접 보고 오지 않았나?

'참, 그랬었지.'

그 개미들을 모두 죽인 사람이 지금 눈앞에 있는 남자라는 사실이 불현듯 실감 났다.

꼴깍.

마른침이 목구멍을 타고 힘겹게 넘어갔다.

개미들이 학살당한 현장을 눈에 담아 넣고 와서 그 장본인에게 한다는 말이 2 대 8이라니.

'무례한 쪽은 나였구나.'

박종수는 순순히 자신의 실수를 인정했다.

그리고 진우의 너그러운 조건에 마음속으로 깊이 감사했다.
하지만 고마운 건 고마운 거고.
저쪽의 요구대로 한 발짝 물러서는 것인 만큼 이쪽도 하나를 가져가야 형평성이 맞는다고 볼 수 있는 것.
어찌할까.
긴 고민 끝에 박종수는 조심스럽게 입을 열었다.
"좋습니다, 대신……."
"대신?"
"보스급 마수는 성진우 헌터님께서 잡아 주실 수 있겠습니까?"
박종수는 적어도 이 정도는 받아 가야겠다는 각오로 눈에 힘을 주었다.
던전 안에서의 피해는 대부분 보스급 마수 때문에 발생한다.
공격대의 피해를 최소화시키기 위한 수단으로 박종수는 보스급 마수의 처리를 진우에게 맡기겠다는 강수를 둔 것이다.
'그때 개미굴에서 보여 줬던 성진우 헌터의 힘이라면, 혼자서도 보스급 마수를 처리할 수 있겠지.'
박종수는 이마저도 거절당할까 봐 조마조마한 심정으로 입을 꾹 다물고서 진우의 대답을 기다렸다.
정적이 길어질수록 점점 굳어져 가는 박종수의 얼굴과는 반대로.
'크흡…….'
진우는 자꾸만 입가에 떠오르는 미소를 숨기기 위해 턱밑에 붙이고 있던 손을 코밑까지 끌어올려 입을 가리고 눈살을 찌푸렸다.
최대한 고민하는 것처럼 보이고 싶어서였다.
작전은 성공했다.

박종수는 시간 가는 줄도 모르고 손에 땀을 쥐고서 진우의 결정에 집중했다.

결국 진우는 하는 수 없다는 듯 한숨을 내쉬고는.

"알겠습니다."

……하고 말을 이었다.

"그렇게 하도록 하죠."

박종수는 책상 밑에 가려진 두 주먹을 불끈 쥐었다.

'됐어!'

진우에게서 승낙이 떨어지자마자 모든 걱정과 근심이 씻은 듯 내려가는 느낌이었다.

이 문제로 그동안 왜 그렇게 고민했을까?

처음부터 이렇게 했으면 될걸.

부산을 떠날 때부터 계속해서 경직돼 있던 박종수의 얼굴에 처음으로 환한 미소가 피어났다.

이제 남은 일은 협회에 연락해 공략 허가권을 받아 내는 것뿐이었다.

성진우 헌터가 공격대에 합류하기로 결정됐으니 더 이상은 거치적거릴 것이 없었다.

"게이트가 발견된 지 시간이 좀 지난 뒤라 늦어도 내일은 레이드를 시작해야 합니다."

"그럼 내일 뵙죠."

"아."

가져온 짐을 챙기던 박종수가 급히 말했다.

"그럴 게 아니라 차라리 저희 차로 같이 내려가시죠."

어차피 내일 다시 만나야 한다면 번거롭게 약속을 잡는 것보다 같이 행동하는 것이 낫지 않을까.

박종수는 그런 의미에서 동행을 권유했다.

"최고급 호텔로 모시고 숙박비는 저희가 부담하겠습니다."

하지만 진우는 굳이 장시간 차를 타고 먼 길을 갈 이유가 없었다. 그림자 병사 하나를 박종수의 그림자에 붙여 놓으면 끝이었다.

이러면 길을 헤맬 일도, 시간에 늦을 일도 없다.

진우는 바닥을 기어 이동하는 원형의 그림자 하나를 힐끔 내려다보고는 적당히 둘러댔다.

"오늘 저녁에 볼일이 좀 있어서 같이 내려가기는 어렵겠네요."

"아하!"

"그래도 시간을 못 맞추는 일은 없을 겁니다."

설마 길드 마스터 본인이 지각하지 않는 한은.

그때.

볼일을 본다며 회의실을 빠져나갔던 기사단의 부사장 정윤태가 들어오다 말고 비명을 꽥 질렀다.

"해, 행님!"

당황한 박종수도 벌떡 일어나 돌아보았다.

"왜? 왜?"

"방금 그림자가 움직였습니더! 막 이쪽에서 저쪽으로."

박종수가 잠깐 멈칫하더니 곧바로 서서는 정윤태를 노려보았다.

"윤태야…… 너 술 마셨냐?"

"……."

싸해진 분위기를 감지한 정윤태가 할 말을 잃고서 코밑을 검지로 쓱 훑었다.

"술 마셨냐고?"

"아까 휴게소에서 입가심으로 맥주 두 캔 했습니더, 행님."

"내가 비즈니스 할 때는 조심하라고 했냐 안 했냐?"

"죄송합니다, 행님."

박종수에게 꾸벅 머리를 숙인 정윤태가 이어 진우에게도 꾸벅 머리를 숙였다.

"죄송합니다, 헌터님."

박종수는 정윤태의 뒷머리를 꾹꾹 누르며 자신도 고개를 숙였다.

"얘가 참 괜찮은 녀석인데 술만 먹으면 가끔 헛소리를 합니다. 놀라셨다면 사과드리겠습니다."

"아뇨, 괜찮습니다. 가끔 그림자가 움직일 때도 있죠, 뭐."

그렇게 훈훈한 분위기에서 이야기가 끝나려던 찰나.

테이블 위에 올려 두었던 진우의 핸드폰이 울렸다.

드드드드.

'누구지?'

발신인을 확인해 봤지만 한 번도 본 적이 없는 번호였다.

"잠깐 전화 좀 받고 오겠습니다."

"예, 예."

정중히 양해를 구한 진우가 회의실을 나가자, 한바탕 소란을 일으킨 정윤태와 가슴 졸이던 박종수가 동시에 안도의 한숨을 내쉬었다.

이어 정윤태가 고개를 갸웃거리며 중얼거렸다.

"아, 진짜 그림자가 움직였는데……."

"콱 마!"

박종수가 눈을 부라리니 정윤태는 그제야 입을 다물었다.

잠깐 정적이 흐른 뒤.

협상의 결과가 궁금했던 정윤태가 먼저 입을 열었다.

"행님, 어케 됐습니꺼?"

"어떻게 되긴 뭐가 어떻게 돼? 같이하기로 했지."

"잘됐네예!"

긴장하고 있던 정윤태의 얼굴도 환해졌다.

싱글거리던 그가 다시 물었다.

"근데 우리 길드 들어오라고 말은 한번 해 보셨습니꺼?"

"말도 마라. 길드 만들 거라고 이걸 딱 내밀더라."

박종수는 진우가 했던 것처럼 '길드 창립 멤버 지원자 명단' 파일 케이스를 들어 보였다.

정윤태가 낄낄 웃었다.

"길드들 다 자리 잡은 상황에서 지금 만들어 봤자 뭐가 얼마나 크겠습니꺼? 우리 길드 오면 왕 대접받을 수도 있을 낀데, 편한 길 두고 사서 고생을 하네예."

"그러니까 말이야."

아쉬움에 입맛을 다시던 박종수가 파일을 제자리에 갖다 놓으려다, 그만 지원서가 한 장 빠져나오고 말았다.

화들짝 놀라 급히 지원서를 주워 들던 그의 얼굴이 경직됐다.

"어?"

어디서 많이 본, 낯익은 여자 사진이 지원서에 떡 붙어 있었다.

"컥!"

정윤태의 얼굴도 경직됐다.
“행님, 이 여자 혹시……?”
보고도 믿지 못하는 정윤태에게 박종수가 고개를 끄덕여 줬다.
“어, 맞다. 헌터스 부사장.”
말없이 차해인의 사진을 보고 있던 정윤태가 슬쩍 박종수의 눈치를 살폈다.
“행님. 우리는 뭐 인수합병 그런 거 안 합니까?”
순간 박종수의 미간이 구겨졌다.
“이 자식이 진짜…….”

* * *

사무실을 나온 진우가 통화 버튼을 눌렀다.
그러자 수화기 너머로 익숙한 여성의 목소리가 흘러나왔다.
─아들.
진우는 목소리를 확인하고 나서 한편으로는 마음이 놓이면서도, 또 한편으로는 약간의 아쉬움이 들었다.
“핸드폰 사셨어요?”
─응. 핸드폰 생기자마자 아들 목소리가 듣고 싶어서 전화해 봤지. 혹시 바쁜데 엄마가 방해한 건 아니지?
진우는 기사단 길드의 두 사람이 기다리고 있을 사무실 쪽을 잠깐 돌아봤다가 피식 웃음 지었다.
“전혀요.”
─다행이다. 그런데 엄마가 잘 샀는지 모르겠네. 이런 건 영 익숙

하질 않아서.

"대리점에 혼자 가셨어요? 진아 데리고 안 가고?"

―공부하느라 바쁜 애를 뭐하러.

가끔은 자식들 말고 본인 생각도 좀 하시면 좋을 텐데.

진우는 어머니와 통화를 끝내고서 나직하게 한숨을 내쉬었다.

그런데.

전화를 건 사람이 어머니라는 사실을 알고서 어째서 실망했던 걸까?

'뭘 기대했던 건지.'

웃으며 핸드폰을 주머니에 넣은 진우가 고개를 들었다.

눈빛에 생기가 돌았다.

오늘 고마우신 기사단 길드분들이 찾아와 준 덕분에 내일 던전의 공기를 맛볼 수 있게 됐으니 말이다.

'S급에 가까운 A급 게이트라.'

몸을 풀어 본 지가 너무 오래된 것처럼 느껴졌다.

제주도 레이드에서 돌아온 지 이제 한 일주일쯤 지났나?

그동안 별거 없는 B급 레드 게이트에 한 번 들어갔을 뿐, 이렇다 할 활동이 없었다.

두근, 두근.

간만에 뛰는 가슴의 고동을 느끼며, 진우는 내일의 레이드를 기대했다.

* * *

기사단의 최정예 헌터들이 한자리에 모였다.

그들은 묘한 기대감과 흥분으로 들떠 있었다.

그도 그럴 수밖에.

어쩌면 생명의 위협을 감수해야 했을지도 모르는 레이드였다.

특히 레드 게이트로 변하면 전멸을 피할 수 없었을 터.

그런데 그런 레이드에 성진우 헌터가 함께해 준다고 했다.

"꺄악!"

아이디어를 꺼냈던 정예림은 성진우의 합류 소식을 듣고서 기쁨의 비명을 질렀다.

다른 헌터들도 각자 표현의 방식과 정도가 다를 뿐, 강력한 안전장치가 생긴 것을 알고 다들 기뻐했다.

여기서 초조해 하는 건 한 사람뿐.

발을 동동 구르며, 오기로 한 진우를 애타게 기다리고 있는 길드 마스터 박종수였다.

'아오, 그냥 어제 억지로라도 데려오는 건데.'

박종수는 시계를 확인했다.

오전 11시 5분 전.

예정대로라면 5분 후에는 레이드가 시작돼야 한다.

그런데 곧 도착한다는 사람이 아직 코빼기도 보이지 않으니 애간장이 다 타들어 갈 수밖에.

그가 없이는 레이드를 시작할 수조차 없었다.

성진우 헌터가 공격대에 합류했다고 알리자마자 협회는 기다렸다는 듯 바로 허가권을 내주었다.

성진우의 이름값이 힘을 발휘한 것이 틀림없었다.

그런데 이제 와서 그 없이 레이드를 시작한다?

'그건 둘째치고…….'

박종수가 공격대원들의 면면을 둘러보았다.

저 기대감에 찬 눈들을 보라.

협회가 아니라 길드원들의 반대에 부딪혀서 출발하지 못할지도 모른다.

'이제 남은 시간은 3분.'

초조함에 또다시 핸드폰을 꺼내 들었던 박종수가 초인적인 인내심으로 다시 집어넣었다.

10분 전에 곧 도착한다는 연락이 온 사람에게 다시 전화를 거는 건 역시 실례가 아닌가.

하지만 강한 기운을 가진 사람이 다가오는 기척도 없고, 도착했다는 진우의 연락도 오지 않았다.

박종수는 속 대신 태울 것을 찾다가 담배를 물었다.

'도대체 어디 계신 겁니까, 성진우 헌터니임……!'

그 시각.

진우는 아파트를 나서고 있었다.

몸을 움직이기 쉬운 가벼운 복장에 운동화.

시계를 보니 11시 1분 전.

고개를 들었더니 우중충한 하늘이 내려다보고 있었다.

진아 녀석, 우산 챙겨 갔으려나.

하지만 그런 생각도 잠시.

'슬슬 가 볼까.'

후드 티를 뒤집어쓴 진우의 입가에 미소가 어렸다.

일단은 은신.

그리고.

'그림자 교환.'

그림자 상태로 있는 병사와 곧바로 위치를 뒤바꿨다.

* * *

진아가 다니는 고등학교.

미술 선생의 심부름을 맡게 된 세 남학생의 얼굴에는 불만이 가득했다.

"이거 완전 노동력 착취 아니냐?"

"그러게."

"왜 자기가 해야 할 일을 우리한테 시키냐고."

남학생들은 툴툴거리면서도 지금은 창고로 쓰이고 있는 제2 미술실의 자물쇠를 열고 들어갔다.

"아, 먼지."

"웩."

오랫동안 쓰지 않은 창고답게 뿌옇게 쌓인 먼지들이 남학생들을 반겨 주었다.

주위엔 낡아 빠진 미술 도구들이나 버려진 그림, 소묘에 쓰이는 석고상들이 여기저기 놓여 있었다.

"석고상 몇 개 가져오라고 했지?"

"전부 여섯 조니까 여섯 개겠지."

"아…… 하나씩 챙겨도 한 번 더 와야 하잖아."

"그럼 네가 네 개를 들고 가든가."

남학생들은 석고상을 옮기기 위해 소매를 걷었다.

그런데 가장 구석에 있던 석고상을 집으려던 남학생 하나가 안쪽에 있는 '무언가'를 발견했다.

"어?"

심상치 않은 남학생의 목소리에 다른 두 사람이 옆으로 다가왔다.

"어, 이거?"

벽면에 떠올라 있는 큼지막한 검은 구멍.

사람 키만 한 게이트였다.

그들 중 가장 덩치가 큰 남학생이 게이트를 보더니 피식 웃었다.

"난 또 뭐라고."

남학생은 게이트 표면에 손을 짚더니 말했다.

"이렇게 닫혀 있는 게이트는 안전해. 헌터들 말고는 안으로 들어갈 수도, 안에 있는 게 나올 수도 없다고."

그때였다.

파직.

게이트 표면에 금이 생김과 동시에 튀어나온 손이 남학생의 머리를 움켜쥐었다.

"어?"

남학생은 몸부림쳤으나 머리를 잡은 손은 꿈쩍도 하지 않았다.

그리고.

콰직-!

단단한 열매의 껍질이 부서지는 소리가 들리며 사방으로 핏줄기가 튀었다.

"으, 으아아악!"

"준석아!"

피를 뒤집어쓴 남학생들의 비명 소리와 함께.

게이트를 막고 있던 검은 장막이 유리창처럼 산산이 조각나며 안에 있던 마수들이 쏟아져 나왔다.

– 나 혼자만 레벨업 V권에서 계속됩니다

나 혼자만 레벨업 4

1판 1쇄 발행 2019년 8월 19일
1판 23쇄 발행 2024년 8월 1일

지은이_ 추공
발행인_ 최원영
편집장_ 이호준
편집디자인_ 최은아
영업_ 김민원 조은걸

펴낸곳_ (주) 디앤씨미디어
등록_ 2002년 4월 25일 제 20-260호
주소_ 서울시 구로구 디지털로32길 30 코오롱디지털타워빌란트 1301-1308호
전화_ 02-333-2513(대표)
팩시밀리_ 02-333-2514
E-mail_ papy_dnc@dncmedia.co.kr
블로그_ blog.naver.com/gnpdl7

값 12,000원

ISBN 979-11-364-0124-3 (04810)
ISBN 979-11-364-0120-5 (set)